庫 18

山田孝雄
新村出

新学社

装幀　友成　修

カバー画

パウル・クレー『無題（ロープに沿った5人）』一九一二年

パウル・クレー・センター蔵（ベルン）

協力　日本パウル・クレー協会

河井寛次郎　作画

目次

山田孝雄

新村　出

山田孝雄

俳諧語談（抄）

（校訂者　山田忠雄）

大岡寺縄手

七部集の第四「ひさご」の城下の巻の附合に

連も力も皆座頭なり　里東

から風の大岡寺縄手吹透し　野径

といふのがある。この大岡寺縄手は西馬の標注七部集に

関ト亀山ノ間ニ大岡寺縄手アリ、十八丁ナリ

と頭注してゐるので、この説には古来別に異論も無かつたのであるが、近頃出た露伴氏の抄には

大岡寺は音読すべし、水口に在り、新古今集十訓抄等の記すところとは異なれども、俗伝に鴨長明発心のところと云へり。本尊は甲賀三郎が護持仏観音菩薩なり。一句立は宜しかれど、前句へのかゝり力弱し。大岡寺と座頭との間に何事かの交渉有りやと推察せらるれど聞知るところ無し。たゞ単に前句の心細く寂しき体をから風寒く吹く冬枯の色無き景に附倣したるにや。

と委しく論じてある。一代の巨匠と我も人も信じてゐた人の断言であるから今の人々は恐らくは之を信じて、古来の説をば誤であるとするに至つてゐるかも知れない。それ故にここにその事を弁じて世の惑を解くことにする。

「大岡寺は音読すべし」とあるが、「ひさご」の初板元禄本には「大岡寺縄手」と旁に仮名をつけてあるから昔からその音読になれて来てゐて之に惑つたものは無かつた。さて、その大岡寺といふ文字を以て示された寺は東海道五十三次の一駅たる水口町（近江国甲賀郡）の附近に現存してゐる。露伴氏が「水口に在り」といはれたのはその寺のことで、これはその水口町の附近、東にある大岡山の半にある天台宗の寺である。露伴氏が新古今集十訓抄等云々といはれたのは大岡寺といふ寺のことでは無く鴨長明発心の話のことである。さてその鴨長明がこゝで発心したといふ俗伝や、甲賀三郎の護持仏の話は東海道名所図会にもあるし、近江国輿地志略にも見ゆるのであるがこれは大岡寺に関係はあるが、この句の意味には無関係である。そこで露伴氏が云はれたやうに座頭と大岡寺との間に関係があるかと見るにこれも何等の事をも見ないのである。私は先づ大岡寺といふ寺を捜つて、これが東海道の駅路に近いのと同じく水口に近い飯道寺が炭俵の附句に見えてゐて山伏の先達寺だといふことであるから私もこの寺と座頭との関係がありはしないかと思ふのであつたが何も得られなかつた。そこで、目を転じて大岡寺縄手といふものをさがしたが、それも無い。若しくは水口の駅から東、大岡寺へ行くまでの路筋をさすかと思つたが、さやうのものは無いし、又水口駅の前後の東海道の路筋にあるかと思ふに、水口駅から草津駅をさして稍行つた処にいづみ縄手といふ所があり、それから横田川に行くといふ事であるが、それは大岡寺縄手では無い。それでこれは大岡寺といふ名だけで臆断すべきではあるまいと考へたのでこの考を拋棄したのである。

そこで彼の西馬のいふ所の古来の説はどうかと見るに、先づ東海道名所図会を見ると、伊勢の関駅から亀山駅に至る中間の記事のうちに参宮道、出羽森、古馬屋、布気神社と標目を次第して亀山に及ぶのであるが、その出羽森《いづはのもり》の下に

小野村の北に小き森あり、羽州羽黒権現《はしうはぐろごんげん》を勧請《くわんじやう》して羽黒山といふ。出羽森《いづはのもり》古詠あり。此ひがしに大岡寺縄手《たいかうじなはて》十八町あり、右に関川《せきかは》流る。

とある。これ即ち西馬のいふ所のもので、その位置とその長さとが明記してある。それから古くは西鶴の一目玉鉾には亀山の次、関の前に羽黒山と標し、さて曰はく

是より里もなく、右は高根《たかね》つゞき不断《ふだん》に嵐はげしき所。爰を大東風縄手《たいこちなはて》といへり、近江路の山見べし。

とあつて、その下にその縄手を騎馬の人々の通行する図を描いてそれには「たいこちなはて」と記してある。それで西鶴によるとこれは「だいこちなはて」といふことになる。今姑くそれはそれとして措いて見るに、ここは「不断に嵐はげしき所」であることが知らるゝ。さうすると彼の附句の「から風の」「吹き透し」といふことが実地に経験したものの言だといふことが知らるゝ。元禄三年に著した東海道分間絵図は芭蕉在世の時のものであるが、それには亀山、のむら、のしり、をちはり、をの、関と次第してあるが、その「をちはり」と「をの」との間に「たいかうしなわて」と記して大名行列が、関から亀山に向うて通行する所を描いてある。それは、一目玉鉾の絵と稍似てゐる。次に貝原益軒の吾妻路之記を見る。その京から江戸への往路には関から亀山に向ひて往く記事に

大岡寺縄手《たいかうじなはて》　此所地景極てよき所也

とあり、江戸から京への還路には亀山より関への記の中にも同じ文句の文があつて、から風の烈しいといふことは全く見えぬ。これは益軒が往還とも幸に天候の穏かな時に通つたからであらうが、その地景は全く益軒の云ふ通りであることはその畷《なはて》の稍下に沿うて往復する汽車の中の眺めを以ても知らるゝのである。寛政四年十月に屋代弘

賢が幕府の命により柴野栗山等と共に社寺の古宝物を調査する為に上京した時の紀行の道の幸に

廿日（十月）卯のはじめ出立。（亀山）野村、野尻、落針、せき川の橋わたりて、大かうじなはて過る比夜あけぬ。よべより西北の風はげしく吹て寒さたへがたし。

とある。これも「ひさご」の附句を実地に説明してゐると見ることが出来る。次に享和元年に大田南畝が幕府の命により大坂に出張した時の紀行、それは二月廿七日に江戸を発して三月十一日に大坂についたのであるが、その改元紀行と題する書の三月七日の記事に

和田の坂を越えて亀山の城下に入る。（中略）亀山横町を過れば左の方に坂あり。（中略）坂を越ゆれば落針村なり。土橋を渡りて左の方に流るゝ川を関川といふ。又土橋を渡りて松の並木両行に立り。此間十八町にして大岡寺縄手といふ。小野村を過て関の宿の入口に追分あり。

とあるが、その並松のさまは一目玉鉾の絵図でも想像せらるるけれども、改元紀行の方が委しい。それから後、文化四年四月に土屋斐子といふ婦がその夫の堺奉行として任に就くに伴はれて江戸から堺に赴いた際の紀行を「たびの命毛」といふ、その内にもこの地の記事がある。最もこれには大岡寺縄手の名はあらはしてゐないが、その地を通つた時の風の烈しさはよく描写してある。即ち四月十五日亀山に泊つた翌日の記

事である。

十六日、げに神のまもりますしるしこよなく、まだきより空はれて明方の横雲ことにおかし。風はいよいよふきまさりて止まず。関川なはてといふをぞ行く。夜明がたになるを、一里にあまれる縄手の右は美濃路の山々より吹おろす風おびたゞしく、左はなごの海よりいづこも〳〵はて見えず、四方に障る木立だになきを眼下に関川緬々と帯の如く流れつゞきたり。朝風はだへをとほし、玄冬といふともかうはと思ふ寒さに手足もこゞゆるばかりなれば、従者どもかゞまりゐて行なやむ。絶がたきは雨の具など取出ていくらも〳〵肩に引かけなどす。とかくして関のすくに着きてぞやすむ。

とある。ここに「関川なはて」といふことがあるが、さういふ名は元来無かつたので、これが大岡寺縄手をさしたのであらう。関川といふのは鈴鹿川の関の町の辺を流るゝのをさしたので、関から亀山までは東海道の路筋はこの川の北方に沿ひ山の根をつたひつゝ行くのであるから、いはゞ関川の上の縄手とも云ひうるのでかく云つたのであらう。又十八町といふ縄手を一里に余れると云つてゐるが、これは余りの寒さで、早く通り過ぎたいと思ふ心に待遠しく思つて長く感じたのであらう。それはさておき、この記事はまさしくこの附合の解釈をしてゐるやうなものである。

以上、東海道名所図会、一目玉鉾、東海道分間絵図等は東海道の駅路を一々説いてゐるものであり、伊勢の大岡寺縄手を説いてはゐるが、水口駅及びその附近にさやうな地のあることを全く記してゐない。又貝原益軒、屋代弘賢、大田南畝の如き学者文人も東海道の駅路を一々歴て往復したのであつて実地の記事であるが、これらにも伊勢の大岡寺縄手は明かに記してゐるけれども水口駅の辺には何も云はない。これらの記事を通じて見て露伴氏の言は無稽のものであると断じなければならなくなつてくる。私はこの大岡寺縄手はやはり古来の説の通りでよいのだと思ふ。

さてこの縄手を一目玉鉾だけが「大《たい》東風《こち》縄手」といひ、その他は皆「大岡寺縄手」といふ。この一目玉鉾の名目は大なる東風が吹くからといふ名にしたので西鶴の臆断ではあるまいか。しかし、ここの風の寒く烈しいのは地勢の然らしむるところで、北からの山おろしか西北の風かで東風《こち》では無いのであるから「大こち」ではなくやはり大岡寺縄手が正しいのであらう。さてさうなると、この辺にさういふ寺があるといふことは殆ど見ないから露伴氏のやうに水口附近の大岡寺にこじつけたくなるのである。私もこれには頗る惑うたが勢陽五鈴遺響を見るに及んで、その疑が解けたのである。五鈴遺響の鈴鹿郡の条に

大剛寺、落針ノ乾位小野ノ東ニアリ、山林ニ傍テ民居ス。神戸郷ノ内ナリ、訓ハ字ノ如シ、正税四百二十七石、亀山領ナリ。大剛寺ハ往昔出羽国羽黒山ヲ遷シテ修験者多ク居住ス、寺院ノ名ヲ本邑ノ名トナス処ナリ。官道小野ト落針ノ間ニ畷

アリ、大剛寺縄手ト称ス、長千九百四十六間アリ、方俗十八町ト云、御道第一ノ長畷ナリ。芭蕉桃青誹諧ひさこ集

から風の大剛寺縄手ふき通し
連も力も皆座頭なり

とある。ここには「ひさこ」の附合を誤つて前後してはあるが、この地を詠んだことをば著者も認めてゐる。これによると大岡寺で無くて大剛寺と書くのが正しいのであるが、俗には通用したものであらう。さうして畷に冠した大岡寺は寺の名ではなくその村名であることが知らるゝ。かくして、その村名が大剛寺といふ寺の存在に基づくことが知られ、その大剛寺が東海道名所図会にいふ出羽森の中に勧請した羽黒権現、一日玉鉾にいふ羽黒山を守り立てた寺であつたのであらう。五鈴遺響は「往昔云々」と云つてゐるから、近世はその大剛寺は亡びて羽黒権現の祠のみが残り、その寺の名は地名として伝はつたのであらう。かやうにしてここにその寺の無いのと、大岡寺と書く寺が偶、水口附近に在るところから混雑をひき起したものであらう。考へてここに至れば大岡寺縄手は伊勢の関と亀山との間に在るものに相違無いが、それが有名になつたのは東海道の中で最も長い縄手であるのと風が烈しくて頗る寒いといふことに

あつたらう。しかし天候がよければ貝原益軒のいふやうに眺望のよい土地なのである。

さて、このやうに考へ来てこの附合を考へて見ると、既に云つたやうに、一目玉鉾、道の幸によつて其処が、から風の烈しく吹く所であることを考へ、更に「たびの命毛」に

朝風はだへをとほし、玄冬といふともかうはと思ふ寒さに手足もこゞゆるばかりなれば、従者どもかゞまりゐて行なやむ。

とあるのを考へわたしみるとよい。これは婦人の胸中をのべたもので、その力とたのむ従者が皆寒さに堪へかねて困り切つてゐることを叙してゐるが、頼む夫が共にあり、多くの従者がゐても寒くわびしく感じたのである。そこで

連も力も皆座頭なり

といふ人間が、この大岡寺縄手にかゝつたらそのたよりなさ、わびしさが一層烈しく身にこたへて感ぜられるであらう。野径は近江国膳所《ぜぜ》の人といふ。委しいことは知らないが、恐らくはこの地を通過して「たびの命毛」の著者と同様の経験をしたことであらう。かやうに考へてくると、次の附句の

虫のこはるに用叶へたき　乙州

は少し尾籠ではあるが、またよく附けたといふべきである。「たびの命毛」の著者が前の文に次いで、

絶（堪ナリ）がたきは雨の具など取出ていくらも〳〵肩に引かけなどす。

と云つてゐるのは人々がその寒さに困つてゐる有様が見るやうに描いてある。やれ合羽を出さうか、蓑でも重ねて着ろと騒ぎ合つてゐるさまであるが、その間には終に腹が冷えて大腸かたるを起したものも生じたといふ実地の経験がこの句をなさしめたかも知れぬ。乙州も膳所の人で、江戸へ行つたことのあるのは芭蕉の

梅若菜まりこの宿のとろゝ汁

の送別の句があるのでも知らるゝ。

（校訂者注）万治二年刊の東海道名所記（浅井了意著、万治二年三月刊「道中記」に拠つたものと考へられる）巻五に

おちはり村、関川ノ緒の町村、右のかたに出羽の羽黒山をうつしたりとて山あり。岩ほありと記すが、大岡寺縄手についての記述はない（右、前田金五郎氏の調査による）。

款冬を飲む

冬の日の附合に

はなに泣桜の黴とすてにける　芭蕉
僧ものいはす款冬を呑　羽笠

といふのがある。この「款冬を呑む」について古来いろ〳〵の説があらはれた。

この款冬をば和漢朗詠集に春、黄色な花の咲く山吹だとして詠んであるにより、之を山吹だと解したものがある。しかし、山吹の花を呑むといふことは訳がわからぬから、山吹といふ銘の煎茶を出して飲むのだといふ説にした。その説の例として七部集大鏡を引く。

此句は山吹といふ茶を呑む也と云々

一書に呑と作りたるは山吹の露か或は下水なるべし。茶銘と見れば呑むといふには難なけれども季をもつ事覚束なし。呑むといふに付て食類の難あり、打越納豆扣くとあれば也。愚考茶と見るは何れにも非也。茶の銘も数々なれば一句動きて茶にはをさまらず。彼の桜の執着を捨つる無言の行僧の水を呑まむとするに山吹の影映りたるをその儘呑むといふ句也。

ここに山吹を茶の銘とするも穏かで無いが、山吹の影映りたる水を呑むといふ説は牽強も甚しといはねばならぬ。冬の日注解にこれらの説をあげつゝいろ〳〵論じて終りに

今余が解のごとくならば山吹の露を呑といふ句意なるべし。露は飲食の類ならざれば、其難あるべからず。

と論じてゐるが、山吹の露を呑むなどといふことは果して実に有りうべきことか、蟬が露を飲むといふ話は聞いたこともあるが僧が露を呑むといふことは有りさうにも無い。結局これも無稽のたは言にすぎない。かやうに難解であるから西馬の標注七部集は

款冬ハ蕗ナレトモ棣棠《ヤマフキ》常ニ用ヒ来ル事久シ、和名抄ニ出、禅録ニ一口呑尽江海水ナト云ル併呑ノ呑ト見テ打越飲食ノ難ナカルヘシ、諸解未詳

と匙を投げてゐる。

近頃の人々の説ではさすがに山吹の露を呑むだの影を呑むだといふ奇説は見えぬ。小林一郎の七部集連句評釈には

(上略)云々と独語ちつゝ、ふと隣りの家をさし覗けば出養生と見えて渋い顔した

僧が黙つて薬を飲んでゐる。あれは痰持ちのやうす故、飲む薬は款冬であらうと思ひやる様である。

とある。この款冬を薬と見たのは正鵠を得てゐるであらう。しかし、それは正体が何であるか、又どんな薬か、その文句から直ぐに感ぜらるゝ点は飲み薬（煎じ薬）のやうであるが、それもさうとは断言してゐないから模糊としてはつきりせねば落着くまいと思はるゝ。岩本梓石氏の新釈には

款冬を呑む　咳嗽薬にツハブキを呑むなり、或者は謌ひ或は声に苦しむ

と頭注してある。これも薬であるといひ、しかもそれはツハブキであるとその実体を示してある。しかし款冬は果してツハブキであらうか。

幸田露伴氏が大正十三年に公にした冬の日抄にはこの句の解に五頁を与へて滔々と論ずる所がありて詳細にわたつてゐる。しかし、その論は先づ、

款冬は字に依りて論ずれば、蕗又は橐吾《ツハブキ》の類にして其花出でんとして未だ出でず苞中に在るもの、俗に「ふきのとう」といふもの、採りて薬とすべし、温肺治嗽の功あり、これに因りて「款冬をのむ」を解して薬を服するなりと為すものあり。薬を服するに「ものいふ」もの有らんや。果して薬を服するならば「もの言はず」の五字を置くこと愚甚しく陋甚し。

と云ひ薬を飲むといふ説を罵倒してあますところが無い。しかしながら私はこの「僧

ものいはず」と言つたことに深い興味を感じてゐるのである。その事は末に説くであらう。さてそれから露伴の論は

又款冬の二字邦俗読みて「やまぶき」と為す。云々

といひ、はじめて、

されば此句中の款冬をやまぶきと取らんは許すべきふしあり強ちに咎むべきにあらず、

といひ、進んで、

必ず茶をいふにはあるべからず、山吹の露を飲み下行く水を飲むなりといふも苦しき解なり。然までに云はんほどならば山吹の花を呑むなりと解かんかた寧ろ苦しからざるべし。

といひ、終に

款冬は即ちくちなしの縁あることは古今集以来人の知り古したることなれば無言の行を身に保持し心に執りいだけるをば言葉を綾にして詠諧に「山吹を呑む」とは云へるにて僧の眼の往くところに水流れ山吹咲けるは言はで知るべきなり。

と断言してゐるが、私はこれに服し得ない。

然るにその後小宮氏の注意等ありて露伴氏みづからこの説を訂して、昭和二年六月に公にした春の日、曠野抄の附録に冬の日抄補正として載せたものがある。それを抄

出する。

冬の日抄、炭売の巻僧ものいはず款冬をのむ、といへる羽笠の句の解、聊か足らぬところ有りたり。句はそれに附けたる荷兮の、白燕濁らぬ水に羽を洗ひ、の句に徴しても考へ知るべく、又僧ものいはずとある語に徴しても知るべく、もとより黄花美はしき山吹を云へるに疑無けれども、款冬をのむといへる「のむ」の一語や、通じ難く、俳諧にせよ余りなる言ひ方なれば、少しく疑はしく思ひたるまゝ、猶ほ其後に至りて、款冬花を熏じて其烟を吸ふ崔知悌の療嗽の法有ることを見出でたる折、閑窓偶筆の中に記して「思想」に寄せたり。然るに又後に蓬里宇氏書を寄せて淀川にふきのたうを烟草の代りに喫むことありと記せり、若くは其事にあらずやと云へり。如何にも貞徳の淀川の雑の部、宗鑑が犬筑波集「にが〳〵しくも尊かりけり、皆人のまゐるや蕗のたう供養」といへるに附けて「たばこ法度の春の山寺」といひ、貞徳みづから注して「当世ふきのたうを煙草の代にのむ故なり」と云へり。ふきのたうは即ち真の款冬花にして款冬を黄花美しき山吹と為すは朗詠集以後の事なり。されば羽笠が句は、款冬といへる文字の使ひざまも正しく、且明らかに貞徳が句に本づき、時代の俗習によりてふきのたうを採み乾して烟草として喫むことをば作れるなり。淀川より冬の日まで、凡そ四十年ほどなれば、其間長からざるにあらねど、太平の世、俗習相承けて、ふきのたう烟草を喫むことも貞享の頃には猶ほ存せしなるべし。前句芭蕉の桜の花の枯びたるを捨てたるに蕗のたうの乾けるを喫む羽笠の附けかたも、をかしく映りあへり。故に一句の解ならびに前句への附としては蕗のたうをのむと為すを正しとすべし。但し、款冬は音読すべし、訓読する勿れ。款冬の二字に蕗と山吹との両用ありて、此句は款冬をのむの語には全く蕗のことを云へるながら、ものいはずの語には極めて狡獪に家貞山吹の歌の故事を含め、俳諧ぶりを逞しくし居り、荷兮の次句は山吹咲ける水辺の景を附けたるをも黙認し居れるなり。冬の日抄の余が言、おほよそは存すべしと雖も、款冬は畢竟やまぶきと訓むべしといへるは削るべし。（但し評釈冬の日には補正してゐない）

と云つてゐる。ここに款冬をふきのたうの乾したものを烟草のやうにしてその烟を喫むのだと訂正したのは、まことにその通りであつて、ここにはじめて正しい解を得たのである。しかしながら、その「ものいはず」の説明や、次の句への斟酌などといふことは断じてあるべきことでは無い。その事は末にいふこととして、ここにはその淀川の句等に就いて少しく加へていふことがある。

淀川といふのは新増犬筑波集の一名であり、露伴のいふ通りに犬筑波集の附合に基づいて三句目の行きやうを示す目的であらはしたもので、貞徳自身の付けた句にはそれ〴〵説明が加へてある。蓬里宇氏のいふ所の説明には当世ふきのたうをたばこの代にのむ故なり、逢ニ着僧房ニ款冬花といふ詩もありとあるが、この説明がこの辺の附合に深い関係をもつてゐることを、読者は予め注意しておかれむことを希ふ。「ふきのたう」を烟草にしたのは鷹筑波集巻二に

たはこにやのみてけふりをふきのたう　国府寺次郎助政　次

といふのがある。之はその烟を呑みて後吹き出したことを示してゐる。

款冬は上の例で見ると烟草の代用品のやうに思はれ易いが、さうでは無く、古くから薬として用ゐられたもので、その烟を吸うて咳嗽の治療に用ゐたのであつた。慶長見聞集巻一に「たはこの烟のむ事」といふ条の中に次の言がある。

見しは今、たはことといふ草近年異国より渡り老若男女此草に火を付烟りをのみ給ひぬ。然は江戸町に道安と云てはやりくすし有けるが夜る昼あかす烟草の烟をすい給ふ。愚老是を見て此たはこ何の薬やらんと問へは道安答て、昔から国にて薬をやひて其烟を筆管を以て呑みたり。我朝の人かしこくて金にて作りきせると名付。序例に云、人有て久嗽をやむ。肺虚して寒熱を生ず。款冬花を以て三両芽をやひて烟の出るをまつて筆管を以て其けふりをすふ。口に満る時んは是をのむ。うむに至るときんばやむ。凡数日の間五七日にしていゆることをなすと記せり。然共此たはこと云草医書にも見えず。薬とも毒とも知かたし。され共典薬衆を始

いづれものみ給ひぬ。当世はやり物なれば我も是も是を用ると返答せり。

とある。即ち、款冬花の烟を薬用にしたことがあつたのである。上にいふ所はその用ゐ方を明かにしてゐるけれども本草序例の訳にすぎない。それの実際のことは翠竹菴道三（天正慶長頃の名医）の宜禁本草を見て知らるゝ。その款冬花の条に

有レ人病レ嗽多日、款冬花三両枚於二無風処一吸レ煙満レ口則嚥レ之数日効。

とあるのは上の序例にいふ所に一致するが、その由来は古いことで、平安朝中期の医心方巻九に治款嗽方として記してある。尤もこれは烟草の様に簡単に吸ふやうな方法では無かつたやうである。さてその薬としての款冬はどういふ風にして用ゐたかといふに和名集并異名製剤記といふもの、款冬花の条に

和名ふきのとう、雪のうちにはなつぼみたるときとつて用ゆる。はなのつぼみあまりにちいさきをとれば薬性みな性よわし。又はなひらきとれば、やくしやうみなうせてよはし。いまだはなのひらかざる前にとつて花をつゝみたる上のかわとはなの中のしんとくきをきつてかげほしにしてきざみもちゆ。

とあるからその採収製造のしかたも略わかる。

この款冬はかやうに以前から薬用としたものだが、烟草が流行するにつれて代用烟草のやうにして用ゐられたものであらう。

かやうにして款冬はふきのたうのことだといふことが明かになつたが、岩本梓石氏

が

咳嗽薬にツハブキを呑むなり。

といはれたのは「ふきのたう」といふのとは違ふ。ツハブキは漢名槖吾で款冬では無い。而してその花の生じ方は全然違ふのでふきのたうのやうなものは生じないし、それが咳嗽の薬だといふことは聞かぬ。これはフキとツハブキとの混同による誤であらう。

さてこの款冬は音読すべきこと露伴氏の言の通りであるが露伴氏は何故に音読すべきかをいはれぬ。これは元来薬品としての名目である。古は漢方を主としたから、その日常用ゐる食品でも薬品とする時には和名を呼ばずして漢名を以てすること、今の医薬に洋名を専ら用ゐるが如きものであつたのである。今日でも薯蕷（山の芋）、防風（浜芹）、車前子（大ばこの種子）、牽牛子（朝顔の種子）、商陸（山ごばう）、括楼（からすうり）、蒲黄（蒲の花）、阿膠（煮皮）の如く音読すると、平素は何でも無いものが薬品として有難いやうに感ずる。それ故に款冬と音読するのは薬用になるものだといふやうな感じが伴ふのである。されば漫然と音読するのでは無いのである。併しながら、別に薬としてでなくても音読したこともある。芭蕉翁俳諧集（元禄二年）の「暁や」の巻の名残裏の付句に

思はぬかたの款《くわん》冬《とう》をつむ　風麦

とある。これには音読の振仮名があつて、しかもさす所はたゞ「ふきのたう」のことである。さればこれらの句は「ふきのたう」といふ語の地位に款冬をあてたので、これを必ず山吹にあてねばならぬといふ意識はその頃の人にはなかつたと思ふ。さやうに考へて見ると、羽笠が「款冬を呑む」と言つた意は決して動かすべからぬものである。

さてかやうになつて来て問題の残るのは「僧ものいはず」といふ語である。露伴氏は

薬を服するに「ものいふ」もの有らんや。果して薬を服するならば「もの言はず」の五字を置くこと愚甚しく陋甚し。

と口を極めて罵倒して居らるゝが、氏は既に之を薬かどうか知らぬが、烟草のやうにのむものとせられた以上、この罵倒は何とかして取消して貰ひたいのであるが、その全集本にもそのまゝであるのは如何かと思ふ。氏はその冬の日抄補正に於いて

款冬をのむの語には全く蕗のことを云へるながら、ものいはずの語には極めて狡獪に家貞山吹の歌の故事を含め、俳諧ぶりを逞しくし居り、荷兮の次句は山吹咲ける水辺の景を附けたるをも黙認し居れるなり。

と言つてゐるが、これが果して俳諧の付け方にありうべきことであらうか。先づ、次の句にかやうに付くるであらうといふことを前以て黙認するといふ付け方があるであ

らうか。付句がさやうに付けた後には黙認するといふことも起り得ることであるが、次の句を予め黙認するなどの事はあらう道理が無い。若しさやうなことを予め企ててゐたのならば、それは俳諧の邪道である。否単に邪道などと云つて済まされる問題では無く、多くの人をたぶらかして邪道に迷はしむる魔道である。凡そ一句の運びといふものは刹那々々に最善を尽しつゝ、前句に対してあしらひ〳〵て進み行くべきものであるが、次の句の事を顧慮する場合は花の前位のものである。しかも、それも花の出現を妨げぬやうにといふ程度に過ぎぬ。それ故にこそ付句が前句に対して真剣の附合をなすのである。次の句をかやうに詠ませようなどといふ、俗にいふ八百長とか馴合ひとかいふやうなことは他の人々はいざ知らず、私が連歌を学びはじめて五十年未だ一度も聞いた事も無い。惟ふにこの一言は魔のさしていはせたことであらう。按ずるに氏の言は古今集の「山吹の花色衣ぬしやたれ問へどこたへず口なしにして」の歌を下に含んでゐると解したのであらう。しかし、款冬を呑むと云つて一旦ふきのたうとしておいて更にそれを山吹の花のつもりにして二様の意味を以て羽笠が詠んだといふのならば羽笠も邪道に堕したといはれねばならぬ。況んやかやうなことは露伴氏自身が評釈冬の日に

張籍が賈島に逢ふの詩の句に僧房逢著す款冬花といふがあり、僧といひ、款冬といへれど此句に関することあらんなど思ふも又非なり。

とまで極言してゐるゝのであるから、上にいふやうに款冬をやまぶきとふきのたうと二様に使ふといふやうな軽業はそれこそ愚も陋も甚しい堕落といはねばなるまい。しかしながら私はこの「憎ものいはず」にも「款冬をのむ」にも敬服してゐるのである。次にその次第を説かう。

今、前の芭蕉の句を見つゝこの付句を見ると興味津々たるものがある。先づ前句の意を受けてここに憎を出して見ると、憎としてはこの際、一言あるべき所だが生憎款冬の烟を呑んで咳の治療をしてゐる最中だからもの言ふことが出来ずだまつて見てゐるといふのであらう。凡そ連歌では苟も一の語を出す時はそれが打消しの形であつても既にそれを使用してゐる以上、その意に存在するとするのである。之は何も連歌に限ることでは無い。日常の生活にもいつもあることである。金が欲しく無いと言に出していふ人は心の底には金が欲しいのである。真実欲しく無い人は金といふ語は意識にも上らない筈である。春雨が降らぬといふことは事実上春雨が降らぬには相違無いが「春雨が降らぬ」といふ人の心には春雨が降ればよいとか降らねばよいとか、降りさうだとか、降りさうも無いとか、その考ふる所はさまぐ〵であらうが、その言を発した人の意識に春雨が既に生じたことを示すのである。「ものいはず」といふのは「もののいふべき」筈であるか、「ものいはう」と思うてゐるか、いづれにしてもものいふ意識が底流として発してゐる物のいひ方である。かやうに考ふるのが「ものいはず」

といふ語の本意である。「款冬をのむ」であるから、ここの「ものいはず」が甚だ力強く印象せらるゝのでは無いか。私が感心するのはこの「ものいはず」を眼目として見てゐるからであるが、これが露伴氏の罵倒の眼目となつてゐるのは意外といふ外は無い。私はこの款冬を音読して医薬と認めて、随つてその僧は咳嗽の治療をする為にその款冬を焼いた烟を呑みつゝあるとする。その時に前句の場合に対して理窟つぽい僧ならば何とか一言せねば気が済まないのであらうが、折節款冬を呑んでゐるので中止も出来ず、又うつかりすれば咳き入りて難儀に及ぶだらうと思ふから一言居士もせむ方無く、眼を白黒にしつゝ黙つて款冬の烟管を口にしつゝゐるといふので僧の顔つきまで眼前にちらつく程に思ふのである。これは果して牽強であらうか、私は俳諧の味ひ方として之は当然であり自然であると信ずる。而して随分面白い句だと思ふ。

更にこの句の構成と前句に対する態度とを顧みると一層深い興味をそゝる。この句は僧と款冬とを結びつけてゐる。之は露伴氏が「非なり」といはれたけれど私は「是なり」と敢へていふ。彼の張籍の詩の句は貞徳が淀川で既に示したところであるが、その句で、僧房でふきのたうを看たのであらうが、羽笠はその僧房の主人とその庭の款冬花とを拉し来つて一曲の無言劇にしたのである。既に貞徳の示して天下周知の詩句である、それをそのまゝ用ゐるこそ芸術上の恥辱であれ、今の如き活用は大なる手腕を有するもので無くては出来ることでない。更に之を前句の花をば桜の徽といひて惜みながら捨てたといふに対して「僧ものいはず」と受けたのは一種の禅問答の如き姿がある。これ所謂拈華微笑の故事を面影にしてゐるのであらう。昔、釈迦は霊鷲山上に在つて華を拈つて衆に示した時衆僧皆了会し得ること無く黙然たる時に唯迦葉のみが、その意を得て破顔微笑した。今、芭蕉は桜花の片を拾ひつゝはや黴になつたとして色即是空と泣きつゝ捨てた。羽笠が僧は之を見て、もの言はむとして言ふ能はず黙然としてたゞ款冬の烟を呑んでゐるのである。これは拈華微笑をば底に持つてゐて表面は頗る俗つぽいことにしてゐる所に妙味がある。かくの如くにして「僧ものいはず」は更に数段の興味を含んでゐるのである。

次にその句をうけて荷兮が

白燕濁らぬ水に羽を洗ひ

と詠んだのは露伴氏の

山吹の下ゆく水云々

の説明に共感を吝まぬ。この句は前句の款冬を山吹の花の意にとつたことは信じなくてはならず、又さうで無くてはこの句と前句とのつながりは無い。しかしながらそのつながりは羽笠がさうするやうに暗示したのでも無く予め黙認したものであるとも思はれぬ。これは当時の俳諧の許し認めた方法によつたものと思ふ。貞徳は御傘の中で款冬《やまぶき》（中略）又蕗《ふき》に款冬《やまぶき》と付てもくるしからず、薬の名に款冬《くわんとう》と言は蕗のとうの事也。薬の名ならばやまぶきに是も付てくるしからず（下略）

と言つてゐる。款冬を前句で薬の名として用ゐたが付句にそれをやまぶきと取りなして付けたのである。このやうな付方は貞門以来行はれて来たことである。この付け方は低級だと評すべきであるが破格でも無いのである。

（校訂者注）

(一)＊雑誌に載つた本稿の一一五頁の左端の空白に
其袋「煤はきて何やらさかす」ノ巻裏第四「麦粉くふには言の葉もなし　月下」といふ書入があるが、これは恐らく二九頁七行の「うつかりすれば咳き入りて難儀に及ぶ」の傍証とするつもりでなされたものであらう。

(二)二四頁に引用してある和名集并異名製剤記には元和九年梅寿刊の木活字版（無訓）があり、また、其に基いて覆刻したものと思はれる寛永頃刊の横本（カタカナ附訓）が普通に行なはれてゐる。引用のひらがな本は恐らく寛文十一年刊本の類であらうが、右のカタカナ本は、それとは稍行文の異なる所が見えるので参考の為に次に掲げる。

款冬花　クワントウクワ　一名ハ橐吾　一名ハ顆涷　一名ハ虎鬚　一名ハ菟奚　一名ハ氏
和名フキノトウ　雪ノ中ニ花ツホミタル時採テ用ユ　花ノツホミ余リニ小サキヲトレハ性弱シ　又華開ヒテトレハ薬性ミナ失テ弱シ　イマタ華ノ開カサル前ニ取テ華ヲ包ミタル上ノ皮ト花ノ中ノ心ト茎葉トヲ去テ陰干シ剉ミ用ユ

長嘯子の挙白集と蕉門の俳諧

七部集の一たる炭俵上に

文もなく口上もなし粽五巴　嵐雪

といふ発句がある。これは嵐雪の家集玄峯集にも載せてあるが、このまゝでは誰にも了会し得られない句である。荘丹の撮解には

粽五把贈るとて　貞徳

ち《チ》かき山ま《ママ》ちかきすまゐ聞き《ヰキ》ながらこと《ラコ》とひもせず春《スハ》は過ぎぬる《ル》

チマキゴハマヰラスルの折句

返し　長嘯子

ち《チ》よふとも《モ》ま《マ》た猶あかて《テ》聞《キ》きたきは《ハ》こ《コ》れや《ヤ》初音や《ヤ》は《ハ》つほとゝきす《ス》

チマキゴハモテハヤスの折句

と注してゐる。これは元来挙白集巻五物名に

延陀丸（貞徳ノ号）もとよりちまき五はまいらするといふことを「ちかきやまゝかはぬすまゐきゝなからことゝひはせす春そすくせる」とありしに、かへしちまき五はもてはやすといふことを

ちよふとも又なをあかてきくへきはこのをとつれやはつほとゝきす

とあるに基づいて、それを誤り伝へたものである。しかし、どちらも折句の沓冠で「粽五把進らする」といふことをかくして贈り、「粽五把もてはやす」といふことをかくして謝したことを示してゐる。即ちこの句は貞徳長嘯の風流な贈答を底に置いて味はなければ謎の如きものになつて何の事やら意味不通のものになつてしまふ。かくの如くにして、この句は挙白集無しには生ずべき因縁の無いものである。ここに嵐雪がこの贈答に興味を感じてゐたことを知ると共に蕉門の人々がそれに共鳴してゐたことを思はしむる。私はこの事を感じてそれからいろ〳〵注意して見ると蕉門の俳諧と挙白集との間に深い関係の存することを見てゐる。

挙白集の著者は上にいふ木下長嘯子である。私は先づその人から説きはじめよう。この人は豊臣秀吉の妻所謂北政所の兄の子で、関ケ原合戦の時大坂方でゐながら裏切りして関東軍をして大勝せしめたので名高い金吾中納言小早川秀秋の兄である。父は木下家定で秀秋は小早川隆景の養子になつたのである。この人は太閤の姻戚である関

係から従四位下侍従若狭守となり、八万一千五百石を食み、小浜城の主となり、後左近衛権少将に任ぜられた。慶長五年関ケ原役の起らむとする前に伏見城を守つてゐたが、弟秀秋が大坂方として伏見城を攻囲する際、嫌疑を避けて兵を撤して京都に去つたが、乱後徳川氏より封を奪はれ、京都に潜み、東山の霊山に住み、長嘯子と号し、後剃髪入道して専ら和歌を嗜みて世を終へた。初は東山の霊山に挙白堂を営んでゐたが、後に西山大原野に遷つて、天哉翁と号した。慶安二年六月に歿した。寿八十一。墓は高台寺にある。長嘯とは声を長くして詩歌を吟嘯することであるが、支那の昔、晋の王柏が、諸葛孔明の人と為りを慕うて自ら長嘯と号したのに倣つて長嘯子と云つたのであらうか。倣古追詠にその略伝がある。漢文であるが、今和げて書下し文として読者の参考に供する。

勝俊は木下肥後守豊臣家定の男、左近衛権少将若州大守なり。爵は四品に叙す。性卓犖不羈にして少より丘壑を愛し嘉遯の志あり、遂に遁れて洛東に幽棲し、東山夢翁と号し、又長嘯子、天哉翁、松洞と称す。後、小塩山に卜築して西山樵夫と曰ふ。詩歌を善くし茶式を利休に学ぶ。嘗て書万巻を蔵す。藤惺窩数数書を翁に借る、事は惺窩集に見えたり。慶安元戊子（二年ノ誤ナラン）六月十五日卒す。挙白集有りて世に行はる。

この人の蔵書の多かつたことはその自著の中にも著しいが、続人物志下のこの人の伝

に

　国初ノ頃、文運未ダ開ケズ、学者書籍ノ乏シキニ苦シム、時ニ多ク書ヲ貯ヘタルニ依リテ惺窩先生モ屢此人（長嘯子）ニ書ヲ借ラレシコト文集等ニ見エタリ。好ンテ和歌ヲ詠シ和文ニ巧ミナリ。

と見ゆる。歌人としても名高く、後水尾上皇の撰せられて東福門院の御屏風の色紙に押させられた集外三十六歌仙の一人として加へられてゐる。

　挙白の語は東坡の詩の「須当ニ挙レ白（大白即ち酒盃）便浮レ君」などによつたものであらうが、長嘯は東山の幽居に挙白堂を営んだ。その因みで挙白集の名が生じたのであらう。集は十巻あり、「慶安庚寅（三年）暮春吉辰」と巻末にあるが刊行書肆の名は見えぬ。門人山本春正の跋があつて翁の歿後に門人公軌《キンノリ》がこれを集めておいたが、公軌も身まかつたから、春正がその志を継いで刊行した由を告げてゐる。巻五までが歌で、巻一に春夏、巻二に秋冬、巻三に恋、巻四に雑歌、巻五に別、旅、哀傷、物名、俳諧、賀の類をあげてある。巻六からは文の部であるが、文章はすべて五十八篇ある。水戸で編纂した古扶桑拾葉集は平安朝時代から徳川初期までの和文を集めたもので三十巻の書である。その巻二十七以下の四巻六冊は、豊臣時代以降の文の集であるが、作者は十四人で、その巻二十九の上中下三冊はすべて長嘯子の文で、その三十六篇、みな挙白集にもある。ここに豊臣時代以後の作者十三人と長嘯子一人とが量に於いて匹敵してゐる。之は長嘯子が業績に於いて群を抜いてゐたことと、世に重んぜられてゐたことを語るものであらう。挙白集に対しては尋旧坊といふ人の難挙白集といふがあり、又それを更に駁した挙白心評一名挙白集難々といふものがある。又歌として外に

若狭少将勝俊集

といふがあり、又海北若沖の請により、下河辺長流が延宝年中に挙白集の中からよき歌を撰した

長嘯歌選一巻

がある。

長嘯子の歌も文も今日の目から見れば、未熟と思はるゝ点はある様に思はるゝが、戦国の混乱を経て、右文の世にやう〳〵ならうとした時世に於いては長嘯子は斯道の重鎮として目せられてゐたらう。その九州道の記の如きは細川幽斎の同名の記よりはすぐれてゐる。しかし私は今、その歌文の批判を目ざしてゐるのでは無い。蕉門の俳諧とこの挙白集の歌文と如何に関係してゐるかを主として見ようとする。先づ彼の嵐雪の句の基礎として践んだ延陀丸（貞徳）との贈答は挙白集の物名部に載せてあるのであるが、それは頓阿の続草庵集の物名に

世中しつかならさりし頃兼好が本より「よねたまへ、せにもほし」といふ事をくつかふりにをきて

よもすゝしねさめのかりほた秋もま袖も枕にへたてなきかせ

かへし　よねはなし、せにすこし

よるもうしねたくわかせこはてはこすなをさりにたにしはしとひませ

に倣つたもので由来は久しいものである。この由来があつて、長嘯子貞徳が之に倣ひ、嵐雪がそれに共鳴したものであらう。

挙白集と蕉門の俳諧との関係は其角の類柑子に最も著しく示されてあるから、先づそれを見よう。その「ちからくさ」といふ条に

故翁のおくのほそ道見侍るに、

尾花沢にて清風を尋ぬ。（中略）

涼しさを我宿にしてねまる也　翁

挙白集ニ、はじめて吾妻にいきける道の記

五日、小田原といふ所の宿に泊る、明れば玉だれの小瓶に酒すこし入れて、粽めくもの御前にとてさしいづ。あるじの男にやあらん、「けふはめでたきせちに候。一盃けしめされ候へかしとあいたちなくいふも顔まぼられぬべし。しど

けなき事うち語りて今しはしねまり申べいを、それがしが旦那のえらまからん」とて立ぬる、かれがふるまひにつけて（下略）

道の記の一躰、民語《ヲコ》漸くかはるなどいへるにつけて、とみに東国のだみたる詞を一句にして風流を発されたるこそよき力艸成べけれ。

とある。これは彼の「ねまる」といふ語はこの挙白集の語を力艸として詠じたのだと其角が信じてゐたことを語るものである。

其角は上文の次に

箱根山にて

山路来て何やらゆかしすみれ艸

同記に匡房のぬし、はこね山薄紫のつぼすみれとよまれしは二入《しほ》みしほといはんれう也とばかり知て侍りしを、すべてこゝもとにある、皆かの色なるはおかし。昔の人はかう万にいたらぬくまなかりしか。是其力艸也、深う思ひとるべき事也。

といふ。之は上述の記のうち箱根山での記事の文章を抄出したもので、上の芭蕉の句の拠る所ここにありと示したのである。之について去来抄にいふ所がある。即ち

山路来て何やらゆかし菫艸　芭蕉

湖春曰菫は山によまず、芭蕉俳諧に巧なりといへども歌学なきの過なり。去来曰、山路にすみれを詠たる証歌多し。湖春は地下の歌道者なり、いかで斯は難じられけん、おぼつかなし。

と云つてゐる。これは去来のいふ通りである。湖春は有名な北村季吟の子であるのに、軽率な事を言つたものだ。匡房の歌といふのは、堀川百首菫菜の題のうちに、

はこね山うす紫のつほすみれふたしほみしほ誰かそめけん

とあるをさすのである。この外にもこの百首の中に山口菫菜をよんだ権僧正永縁の歌がある。其角はまたいふ、

同記に浅くさのくはんをんとて国ゆすりてもてなす仏おはす、口にまかせて

いかなれや野べにかりかふあさくさのくはんをむまのはみのこしつる

土堤の馬くはんを無下に菜摘哉　　晋子

そのころ今の吉原はなくて彼記にもれたり。

とある、これは其角自身の詠が挙白集の上の記の文によつたことを示す。この句は五元集にも見えて、そこには先づ「長嘯の記に」として上の文と歌とを載せ次に

其時をおもひて

土手の馬くはんを無下に菜つみ哉

と記してある。なほその文の末に近く

心とめふみみし人のなき玉やおもへばあかぬしみと成けん

紙《シ》魚《ミ》と成それか灯籠の置字哉　冠　里

とある。冠里は備中松山の藩主安藤長門守信友のことで、俳諧を好んで其角の門人となつた。冠里はその俳号である。その句の前に引いた歌は挙白集巻十の「しみのことば」によつたものである。その文は

頃《コノコロ》文どもさらす中に、しみといふむしのおほかるをはらひすつるもさすがにおぼえて

こゝろとめふみゝし人のなき玉や

おもへばあかぬしみとなりけん

一生文のなかにて世をつくすも、いかなるちぎりにかとあはれなり。来世若仏とやらんいふものになりそこなひたらばをのれも一定このものには成ぬべくこそ。

といふのであるが、蔵書家であつた彼にはふさはしい感想である。冠里の句は単にあの歌によつただけでなく、この文の感想に共鳴して長嘯子を弔ふ心が含まれてゐると思ふ。

類柑子には「力草」の次に「瓜の一花」といふ一章がある。そのいふ所は先づ

河野松波老人宗対州公茶道一物三用の器をもてあそべり。則長嘯翁のめで玉へる記あり。時鳥まだ聞はえする比かの鉢たゝき所望して見んとて芭蕉翁、高山何がし、言水等これかれ訪らひ侍りけるに、云々

とあつて、その時に

瓜の花雫いかなる忘れ艸　芭蕉
花瓜や絃をかしたる琵巴の上　言水
此花に誰あやまつて瓜持参　晋子

の詠があつた由をのせてゐる。この文にいふ所の一物三用の器といふはもと長嘯子の

愛用してゐた鉢たゝきといふ名のもので、それが長嘯子歿後転々して好事家にもてはやされて河野松波といふ茶人に伝はつたものであらう。

その「はちたゝき」といふ記事は挙白集巻十にあるもので、それは芭蕉の俳諧のみならず一般にはちたゝきに関する俳人の趣味の源をなした著しいものである。その文は

いつより有ともしらぬふるきなりひさごの器、持仏の具に得たり。をのづから茶湯の水さしによろし。また花をいけ、くだものをもる、一物三用にたる。ふたのうらにはことやうなる人かたあり。空也の遺弟とかいふなる。よりてこのものをはちたゝきとなつく。いつも冬になればさむき霜夜のあけかた、なにことにかあらん、たかくのゝしりて大路をすぐる。かれが声いとたへがたく、めざめて、不《フ》図《ト》聞つけたるは卯花のかげにかくるゝこゝちす。

はちたゝきあかつきかたの一こゑは
冬の夜さへもなくほとゝきす　天哉

とあるので、これが類柑子に「長嘯翁のめで玉へる記」といふものである。即ちその時芭蕉は高山麋塒（芭蕉門人）池西言水と其角と四人で、その「はちたゝき」の実物拝見に松波老人の許に出かけて行つたものと見ゆる。「はちたゝき」に就いては芭蕉はじめ

多くの人の詠があるが、それらは後に説くこと丶して、その末の歌に関しての芭蕉の発句を先づ見よう。

甲子吟行に美濃から桑名に赴いた時の句に

桑名本当寺にて

冬牡丹千鳥よ雪のほと丶きす

といふのがある。これは桑名の本統寺（本当寺は宛字）に宿つた時の詠である。折節、寒牡丹が庭園に咲いてゐたのであらう、又季節も冬だから、千鳥の音も聞えたであらう。それらに基づいて冬牡丹に千鳥は若し夏であるなら、卯の花にはほと丶ぎすといふ所であらうといふので、一種の洒落のやうなものである。芭蕉がどうしてかやうなことをいうたのかといふに、之にはやはり典拠のやうなものがあつた。それはこの「はちた丶き」の記の末に加へた歌である。長嘯子は夏の暁のほと丶ぎすのうるさいのに飽々してゐたであらう。私は土佐でその経験がある。そこで冬の暁にやかましく声をたて丶まはるのは夏の暁のほと丶ぎすのうるささを思ひ起さしむる。そこでそれは冬の夜までもほと丶ぎすがうるさく鳴くといふ感じだといふのであるが、その「冬の夜」の「ほと丶ぎす」といふことをここに利用したのであらう。若し長嘯子のこの歌が無かつたらこの句は生じないであらう。しかし、この歌を基にしたものとしても芭蕉の句は何の趣味も感ぜられないもので、たゞ長嘯子の歌の詞をうまく利用したといふに止まらう。ここに又この芭蕉の句に基づいて詠した句がある。それは野坡吟草に

湯豆腐や庵は雪夜の郭公

とある句である。之をば吟草には夏の部に入れてあるが、それは編者が郭公の語に引かれてよく考へなかつた所から生じた誤であらう。湯豆腐だけ考へても冬の句であること明かなことであるが、「雪夜の郭公」といふのは芭蕉の「千鳥よ雪のほと、きす」に基づいたもので、千鳥をさしたことは疑ふべくも無い。即ち雪の夜に千鳥を聞きつゝ湯豆腐を賞味してゐるといふのであるが、この方は芭蕉の句より甘味がある。又、芭蕉発句説叢大全の著者素丸が馬光集に

長嘯子の詠を吟しながら
初雪の卯の花垣や鉢叩

と詠じたのも彼の鉢叩の文と歌とに依つたのであることは云ふまでもない。鉢叩については其角の撰した「いつを昔」に

鉢た、き聞にとて翁のやどり申されしに、はちた、きまいらざりければ

箒こせまねてもみせん鉢扣《たゝき》　去来

明けてまいりたれば

長嘯の墓もめくるかはち敲　翁

そのふるき瓢箪みせよ鉢たゝき　去来

世中はこれより寒しはちたゝき　尚白

こと〳〵くね覚はやらし鉢たゝき　其角

とある。之は去来の落柿舎での事である。この時の事は風俗文選に載する去来の「鉢扣辞」によつて見らるる。そのはじめに

師走も二十四日、冬もかぎりなれば鉢たゝき聞むと例の翁のわたりましける。こよひは風はげしく雨そほふりてとみにも来らねば、いかに待侘び給ひなむといぶかりおもひて

箒こせ真似ても見せむ鉢扣　と灰吹の竹うちならしける、其声妙也云々

とある。これは芭蕉が鉢叩に興を催し、それをわざ〳〵聞かむが為に去来の宅に泊りに行つたのに待てども待てども来なかつたので、翁を慰めむとての詠であつたらう。

さてそれを待ちわびつゝ、あつたが終に聞いたので

打とけて寝たらむはかへり聞むも口おしかるべし、明して社との給ひける。横雲

の影よりからびたる声して出来れり。げに老ぼれ足よはきものは友どちにもあゆみおくれてひとり今にやなりぬらんと翁の

長嘯の墓もめぐるか鉢たゝき　と聞え給ひけるは此あかつきの事にてぞ侍りける。

と云つてゐる。鉢叩は空也忌と関係深く古くから行はれたものであり、七十一番職人歌合にもとられてゐるけれども、賤民として遇せられて来て、真面目な和歌に詠ぜられたことはかつて無かつた。それが和歌に詠ぜられたのは蓋し挙白集をはじめとするであらう。それ故に芭蕉がかやうに詠じたのであらう。翁発句説叢大全はこの句の説に於いて

挙白集は長嘯の家集也（中略）其中に鉢たゝきの辞といふ有、是鉢たゝきをもて興せるの最初也。長嘯以前は戦国にしてかゝるものに眼をつける人もなかりし（中略）もとより和歌の秀才名誉天下無双にして文章巧に絶世の博識たりし、（中略）鉢たゝきの姿の淋しくおかしく憐むべき風流あれば身捨べき物ならずとや思はれけん、鉢たゝきの辞を作れり（はちたゝきの文略す）是此世に鉢たゝきをもてはやす権輿《ハジメ》と云べき也。

といひ、更にその句の意を説いて

汝が世にもてはやされ淋しがらるゝ事もまたく長嘯の辞にはじまりてなれば、何

を置ても夜毎には此墓を訪ひめぐれよといさめたる也。(中略) 祖師の空也に継では長嘯の墓を麁末にすなとの義也。

と云つてゐる。その精神は諒とするが、これを教訓の意とするのは強弁であらう。これは鉢叩は長嘯によつて世の風流人にもてはやさるゝことになつたのだから、到る処に墓を弔ひめぐるうちにも長嘯の墓も回つて回向して来たであらう。こんなにおくれて来たのは大かたさうだらうと思ふといひなしたもので、芭蕉自身が鉢たゝきに縁つて長嘯子を想ひ出したからこの句が生じたのであらう。

長嘯の「鉢たゝき」の記にある歌によつて芭蕉は「雪のほとゝきす」の句を詠じたが、それは寧ろ末であつて芭蕉はあの記によつて鉢たゝきをもてはやすべき趣味を得たであらう。俳諧では鉢たゝきを詠ずることは芭蕉以前にも無かつたのであるまい。説叢大全は、この句の説に

其後難波の西鶴が辞、かつしかの素隠士の辞あり。

と云つてゐる。しかし、蕉門に至つて鉢叩の句は俄然多くなつた。

俳諧で鉢たゝきをもてはやして発句や付句に用ゐたことはいふにも及ばぬが、鉢たゝきに興がる事はたゞ句作にあらはれただけで無く、所謂俳文その他にもあらはれてゐる。去来の鉢叩辞のことは既に述べた所である。俳書大系の第一巻の口絵に芭蕉の自画讃と伝ふる所の「鉢たゝきのうた」といふものがある。それは芭蕉の真筆とい

ふけれど、少し疑ふべき点がある。今、念の為にそれを次に写す、

鉢たゝきのうた　　はせを

霜の夕にねをそへてうかれ友鳥行さきは」
たのしき国のつれ〳〵にかほる茶の花目さまし」
夢（其角の唱歌によると「草」の誤）にひとつまいれいさひとつ南無あみた〳〵」
此暁のひところゑにふゆの夜さへもなく」
千とりいさきかむ南無阿弥陀〳〵」

からさけも空也の痩も寒の内

この本文は五行に書いてある。その中の「此暁の云々」は長嘯子の歌をとり、その末の「ほとゝきす」を「千とり」にかへたものである。この文に照して見ても、かの本統寺での「冬牡丹」の句が長嘯子の歌に基づくことは否認できぬであらう。其角にも「鉢たゝきの歌」がある。それは二十四句のもので五元集に載せてあるが、そのはじめに

鉢たゝき〳〵暁かたの一声に
初音きかれてはつかつほ

とある。これ亦長嘯子の歌と文とによつたものである。なほ又其角には「艶詞はちたゝき唱歌」といふものがあつて、随斎諧話及び風俗文選犬註釈に載せてある。それは五章になつてゐるが、その第四章第五章と末に加へた句は次の通りで

霜の夕へに音をそへてうかれ友鳥ゆく先はたのしき国のつれつれにかほる茶の花めさまし草にひとつまいれよいさひとつナムアミタ〳〵」（第四章）

此暁の一声に冬の夜さへもなく時鳥なくほとゝきすいさ聞む（第五章）

聞人そ子規なりはちたゝき

第四章は芭蕉の鉢叩の歌をとり、第五章は長嘯子の歌をとり、終をかへて語を加へたものであり末の句は長嘯子の歌から脱胎した詠である。これらに依つて挙白集と鉢叩との関係頗る深いことを見るべきである。

浪化の句集たる刀奈美山の引は其角の撰であるが、そのうちに落柿舎で其角・嵐雪・桃隣と主人の去来と四人で芭蕉の古を語り合ひ、折節鉢叩が来たので、わざ〳〵それを聞いたことを叙して

たゞ翁一人を眼にし口にし横行の蟹《かに》の迯穴をふんで時のさかなにせんと咄ししこるに、八ツの鐘耳ひそかにして鉢たゝきのしはぶき来る。是を嵐雪が馳走にと十

銭をなげて、千声のひさごをならさしむ。

千鳥なく鴨川こえて鉢たゝき　其角
今少《すこし》年寄見たし鉢たゝき　嵐雪
ひやうたんは手作なるへし鉢たゝき　桃隣
旅人の馳走に嬉しはちたゝき　去来

されば堅固のつとめ哉とその跡をしたふて明れば十四日（霜月）の明ぼのに四子北野へまふで侍り。

といふのである。かくの如くにして鉢叩は芭蕉によつて風雅の友とせられ、芭蕉の歿後は更に芭蕉を偲ぶ資料となり、ます〳〵鉢叩の風詠が盛んになつたであらう。子規の俳句分類に載する鉢叩の句は甚だ多く、凡そ百九十首あるが芭蕉以前の句と思はるゝものは殆ど無い。この事は蕉門と鉢叩との関係を雄弁に物語つてゐるが、それらは皆挙白集の影響によつて起つたことは上に述べた所で明かなことであらう。鉢叩に関しては古今を通じて見ても蕉門の俳諧ほど之を美化したものは無いのであるが、私は鉢叩の瓢の音にのみ気をとられては居られないから話題を変へねばならぬ。

芭蕉は元禄四年四月に京の落柿舎に遊んだ。その時の日記がある。之が名高い嵯峨

日記又は落柿舎日記と唱へらるゝものである。先づ

元禄四辛未卯月十八日、嵯峨に遊びて去来が落柿舎に至る。凡兆ともに来て暮におよびて京に帰る。予は猶しばらくとゞむべきよしにて障子つゞくり、葎引かなぐり舎中の片隅一間なる所伏処とさだむ。

とあつて、落柿舎を立ち去る前日五月四日までの記事がある。その卯月二十二日の記事に

廿二日、朝の間雨降、今日は人もなくさびしきまゝにむだ書して遊ぶ。其詞（略）独すむほどおもしろきはなし。長嘯隠士の曰、客は半日の閑《かん》を得れば、主は半日の閑をうしなふと。素堂此こと葉を常にあはれむ。予も又

うき我をさひしからせよかんこ鳥

とはある寺に独居していひし句也。

とある。この「半日の閑」といふ語は挙白集巻六の首にある山家記《サンカノキ》の文である。（長嘯子の作には山家記といふもの前後二章あり、ここにひくは前のにして東山の家の記である、扶桑拾葉集には東山々家記と題してある。後のは巻六の末にあるもので小塩山の麓に居を営んだ時の記で、扶桑拾葉集には西山々家記と題してある）その記は頗る長いから、節略して今説く所に関係ある部分をのみ抄出する。

下官《ヤツカレ》ひんがし山のふもと、霊山《レウゼン》といふ所に幽居《ユウキヨ》の地をしむることあり。（中略）常に住所は、かはらふけるものふたつ、函丈《カンヂヤウ》二間をは殊にしつらひて、みぎりのか

べに、杜少陵《トセウレウ》が詩、古人の和歌、あはれなるは色紙にかきてをしつ。みづからのつたなきことの葉も、おりにふれたる情すぐさぬはかたはらにかきつく。人みるべきならねば、ことにかたくなゝるもつみゆるしつべし。やがて爰を半日《ハン》とす。客はそのしづかなることをうれば、我はそのしづかなることをうしなふにゝたれど、おもふどちのかたらひはいかでむなしからん。

とある。即ちその瓦葺の家の一間をば半日と名づけて、さやうに名づくる由来を説いたのであるが、芭蕉はその言に共鳴して上の如く嵯峨日記に書いてゐるのである。この「半日の閑」といふことは芭蕉の心友山口素堂の甘心してゐたことはその日記で知らるゝが、芭蕉の京の上御霊社の別当景桃丸興行の歌仙の発句と伝ふる

半日は神を友にやとし忘

といふ句の「半日」は長嘯の上の語に因つたことは明白である。之を釈するに、「主は半日はわれを友としたが半日はその神々を友としたことであらう」といふ人がある。之は「半日の閑」といふ長嘯の語に基づいてゐることを知らぬのでは無からうか。蕪村の句に

半日の閑を榎やせみの声

といふものも長嘯子のいふ「半日の閑」といふことに相違無いのである。これはたゞ半日だけ閑だとか何とかいふので無く、他人の家に客として訪問して話し込むといふ意味を含んでゐるのであつて、その出典は長嘯子の山家記の文にあるのである。蕪村の句では「せみ」が榎にとまつて鳴いてゐるのを「せみ」が榎の許を訪づれて半日の閑を得て話をしてゐるといふのであるし、芭蕉の句では「とし忘れ」を神社で行ふことを神を友として半日の閑をつぶしたといふのである。「半日の閑」といふ一の成熟した語や思想があると考へぬ人々にこの句の真の甘みは味はひ得らるゝ筈はあるまい。

笈日記の瓜畠集に

やまさくら瓦ふくもの先《まづ》ふたつ　翁

といふ句がある。延暦の皇太神宮儀式帳に忌詞を示してゐるうちに「寺乎瓦葺止云」とあり延喜式の斎宮の忌詞の内七言に同じくさう示してあるによると、この「瓦ふくもの」は寺を指してゐるかに見ゆる。しかしながら忌詞に於いては「瓦ふき」といふ一の名詞にしてゐるので「瓦ふくもの」といふのとは趣が違ふ。なほその上に「まづふたつ」と特にいふのはたゞ寺をさしたとは考へられない。之は上にあげた山家記のはじめの方に長嘯子がその幽居を構ふる記事のうちに

常に住所はかはらふけるものふたつ

とあるによつたことは明白であらう。即ち「かはらふけるものふたつ」の間に「まづ」の一語を加へただけである。そのさす所は寺とも当人の家とも見らるゝにしても、この語は山家記によつたものであることは否認することは出来ぬ。「半日の閑」といふことはこの「瓦ふけるもの二つ」の内に於いての事である。芭蕉が之を知らぬ筈はない。句解に「よしのにて」と題を加へてゐるが、瓜畠集には題は無い。蓋し、これは後人のさかしらであらう。又之を長嘯子の旧址を訪うての詠とする説もあるが、芭蕉の頃その旧址がそのまゝ存在したか、どうかわからぬ。蕪村の句に

まつ二ツ瓦ふくもの野分哉

といふのがある。之は芭蕉の「瓦ふくもの先ふたつ」によつて、野分のすさまじい中に瓦葺の屋がどつしりかまへこんでゐることを詠じたものだが、これも挙白集の流れを汲んだものである。

続連珠に

植る事子のことくせよ児桜

といふ芭蕉の句がある。之は意味明かなもので、特に説明するまでも無い様のものだが、芭蕉としては初期の作で、その前後の

我も神のひさうや仰ぐ梅の花　（謡曲、鉢の木）

たかうなや雫もよゝの篠の露　（源氏、横笛巻）

等（他は略す）に照すとやはり何か踏む所があらう。ここに挙白集巻六に「ぬすみて木をうふることば」といふ文がある。その文の中に

いはゆる郭《クハク》橐《タク》駝《ダ》がことばに、木をうふること、子のごとくせよ、捨るがごとくせよと、我此をしへをまもれり。

とあるによつたものであらう。この語は文の中にいふ通り柳宗元の郭橐駝伝に（これは郭といふ背虫の植木屋の伝）にある詞であるけれど、それを芭蕉が直接にとつたのでなく、やはり挙白集からとつたものであらう。即ちこの句は「植る事子のごとくせよ」が挙白集の語そのまゝでそれに「児桜」といふ語を加へたものであるが、児桜の名に因んでこの語を利用したものであらう。さやうに考へて来ると芭蕉は挙白集を十分に熟知してゐたものであらうと見ゆる。

貞享三年の歳旦吟として其角の詠じた

日の春をさすかに鶴の歩ミ哉

を発句として芭蕉、杉風、李下、挙白、蚊足、千里等十七人が一座して百韻を賦した。之が「初懐紙」又は「鶴のあゆみ百韻」と呼ばるゝものである。芭蕉が皆に請はれてそれに註と評とを加へたが、病の為に五十韻まで註して筆を擱いた。之が後世まで珍らしい事として重んぜられてゐる。その二裏の八、九に

あら野の牧の御召撰に　其角
鴟《もず》の一声夕日を月にあらためて　文鱗

といふ附合がある。芭蕉はその註の中で

夕日さびしき鴟の一声と長嘯のよめるに、西行の柴の戸に入日の影をあらためてとよめる月を取あはせて、一句を仕立たる也。長嘯のうたを本歌に用ゆるにはあらず侍れども、俳諧は童子の語をもよろしきは、かり用ひ侍れば、いづれにても当るを幸に句の余情に用る事先矩也。

と説いてゐる。長嘯が歌といふのは秋の歌の中に

のべみれば尾花が末に打なびく夕日もうすしもずの一こゑ

とあるのをさすであらう。註に「夕日さひしき」とあるは記憶の誤であらうが、それはとにかく、俳諧で長嘯の歌文を典拠としても差支無いと容してゐることをここに明白に宣べてゐるのは注意すべきことである。

其角の句に挙白集の影響がある例は二、三あげておいたが、その外にもある。五元集に

芳野山ふみして

明星や桜さためぬ山かつら

といふ句がある。之については其角自ら句兄弟に於いて

先年

明星やさくら定めぬ山かつら

と云し句、当座にはさのみ興感ぜざりしを、芭蕉翁、吉野山にあそべる時、山中の美景にけをされ、古き歌どもの信を感ぜし叙《ツイデ》明星の山かつらに明残るけしき、此句のうらやましく覚えたるよし、文通に申されける。是をみづからの面目にな

しておもふ時は満山の花にかよひぬべき一句の含はたしか也。

と自讃してゐる。又名月の句として

名月や竹を定むるむら雀

といふ句もある。芭蕉にも亦「有磯海」其他に

七夕や秋を定むる夜のはじめ

といふのがある。之は三冊子に

此の句夜のはじめ、はじめの夜、此二に心をとゞめて折〱吟じしらべて、数日の後に夜のはじめとは究り侍る也。

と云つてゐるが、それは意味の差は殆ど無いので、専ら調べの上にあるのであらう。今、問題とする所は其角の「桜さためぬ」「竹を定むる」「秋を定むる」といふその「定むる」といふ語の意味と用法とである。かやうな意味と用法との「定むる」といふ語は特種のもので普通の歌文には見ないものである。潁原退蔵氏は芭蕉の句に対し「秋を定むる」は際どい曲芸に似た表現であるが、それが一句の中心となつてゐることは言ふまでもない。

と云つてゐるが、それは其角の句についても同じことである。即ちこれは、一般的に

いふと、はつきりそれと判定する様にならしむるといふので、一般の歌文には殆ど用ゐず俳諧人の間のみに用ゐられてゐるものの様に考へられてゐる。しかしながら、それは挙白集に既にそれの源を見るのである。その巻四雑歌のうちに

春　月

おほぞらはふけてかすみもはれぬらん
　すがたさだまる朧よの月

といふのがある。この「すがたさだまる」は自他の差はあるが其角・芭蕉の「さだむる」に共通するものである。これは挙白集に直接によつたものとはいはれないが、その基づく所は略この辺にあるであらう。

今まで述べて来たのは俳句の上のみに就いての観察であつたが、俳文の上にも影響する所少くないのである。先づ俳文の集としての大宗たる風俗文選の支考の序文に我が国のすぐれたる文章の書どものことを説いてゐる、その名を次第のまゝにあぐれば

源氏物語、狭衣、うつほ、竹とり、おちくほの草子、清少納言が枕双紙、栄花物語(未見)、伊勢物語、土佐日記、平家物語、方丈記、発心集、四季物語、撰集抄、つれ〳〵草、宗祇の終焉記

を説き、終りに

あるひは長嘯の挙白集もおのれ〳〵が心にあそびてむかしのすがたをつたへずといふ事なし。

と云つてゐるが、多くの古典の末に挙白集を加へてゐる。之は扶桑拾葉集の態度と同じく、この集が重んぜられたことを告ぐるものであると共に蕉門の徒が如何にこの集を取扱つたかを語るものである。

長嘯子は鉢叩に興味を感じた人であるが、その叩くといふなる瓢に深く心を曳かれた人であつた。「はちたゝき」の外に「曳尾」「心戒」の二篇共に瓢の賛ともいふべきものである。その「曳尾」の篇は

我に、ひさごの樽あり、すがたよく亀にゝて、世すてひとの具なれば、荘周がことになずらへて、曳尾の名をとらす。法印玄冶《ヤ》みて、これを愛するいろふかし、則ゆるす云々

といひ、「心戒」の篇は

匏《ヒサコ》の踞《ウツクマ》れるもの有けり。人々見て、むかし有しひじりこそかくはあれとわらひける。やつがれ聞て、さらは己《ヲノレ》ゐぼし親になりなんといひて、則心戒《カイ》といふ名をつけたり。をの〳〵ゐつぼにいるのあまりに、かたはらなる世すて人、こしおれを一首になひ出たり。

夕かほとなりこそさかれ上人は
　仏のたねやまきそんしけん　夢　翁

である。かやうに瓢を愛する情芭蕉と共鳴してゐる。芭蕉の遺物として名高い六物のうちに四山と号する大瓢と、帯はさみの小瓢とがあつた。その大瓢は米入としたもので

もの一つ瓢はかろき我よかな

と詠じたものであつた。これは長嘯子の嗜好と芭蕉の嗜好とがおのづから通ずる所があることを告ぐるものであらうか。風俗文選には去来の鉢扣辞と共に許六の瓢辞がある。かくて又蕉門の徒にひさごの句多く伝へられ、七部集の一として「ひさこ」といふ一書さへあるのである。和漢文操には天（天井氏）韋吹の瓢銘並序といふがある。之は文意共に拙なもので様に依て葫蘆を画くにすぎぬ。大江丸の俳懺悔に

長嘯子の云、はじめて物を誦し、よみかぬるは夏中人の家に入てしばしあれば、そのものかのものとわかるが如しと。

と云つてゐる。之は挙白集巻六なる石枕記《セキシンノ》に源氏物語の話の序に出たことである。曰

はく

源氏物語とて世にもて興ずる、五十四帖の草子とやらん、こゝろみになにごとぞとくりひろげてみしかば、みだれたるいとすぢの口なきやうにて、更によみとかれ侍らぬは、いかにととふ。さかし、たゞなれよ。後々見もてゆかば、さながらまどひははてじ。たとへていはゞ、六月ばかりいとあつき日影をしのぎたらむ人の、うちに入ては、やみのうつゝのさだかならで、ものゝ色ふしあやめもわかれねど、をる事ひさしくなれば、じねんにかの器、此調度と、こまかに見わかるゝがごとし。

と。大江丸また挙白集を帳中秘とせしを見る。也有が鶉衣を見ると、その百虫譜に蝿は欧陽氏に憎まれ、紙魚は長嘯子にあはれまる。

とある。之は欧陽修の憎蒼蝿賦と長嘯子の「しみのことば」(既述)とをさす。又その「弔不幸文贈六林」のうちに

君愛女を失ひて貫之が涙袖を浸し、長嘯のいたみ襟に満つ。

とある。これは愛女を失うたのを慰めむとて貫之と長嘯とに先例を求めたので貫之の悲しみは土佐日記を貫いてゐるし、長嘯子の痛みは挙白集の「きなしころも」「はまのまさこ」にくはしく叙せられてあり、又

むすめの身まかりける又の年の春花をみて

まつかなし花を見月をなかめてもそのおも影はむかひ消つゝ

をはじめとし十二首の和歌がある。かやうなことをあなぐり求むればまだ外にもあらうが、説く所は大体この辺で終ることにする。

要するに説叢大全の著者が

挙白集は長嘯の家集也。四季の和歌を初として一代の名文章あまたあり、俳人常に座右に賞すべき書也。

と云つてゐることを以て結論にかへてもよいと思ふ。長嘯子が貞徳と親しく交つたことは最初に説いた粽の歌でもわかるが、江戸初期の民間の歌文の大家として重んぜられ、本来大名で鷹揚な人であつたが、世に捨てられ隠者として民間に隠れてゐたから一般民衆にも親しみがあり、その歌文も当時としては頗る擢けてゐたからその点でも愛読せられてゐたらう。さうしてその豊臣氏の遺族として徳川幕府の冷刻な処遇にも屈せず、自ら天哉と号してゐたほど楽天的で洒脱な風があつたやうだ。その歌文いづれも今日の眼から見れば欠陥も誤りもあり、その人物も亦小沢蘆庵が罵つたり、伴蒿蹊が疑問にしてゐた点などもあるが、それらは今この問題の範囲の外とする。

（校訂者注）㈠　雑誌に載つた本稿に、増補資料を小型の原稿用紙（嘗て清濁辞典を編すべく誂へし折のもの）の表裏に書きつけたものが挿み込んである。

（表）　水蔦苅　秋之部、

軒たれに一本すゝきうたれけり　守

此句は長嘯の歌を思ひ合ていひ出しける、しら露を誠の玉にぬかんとは思ひもよらぬ糸すゝき哉

（裏）　関清水物語、「か茂なる柊の杜にて」ノ付句

長嘯か榼もつまぬ此月夜　千当

㈡　また雑誌一三四頁の右端の空白に次の書入が見える。

韵塞の毛紈、米巒、程己、許六の四唫の歌仙名残表に「閑さにやつれ果たる挙白集　巒」

分になる、

炭俵下、「天野氏興行」と題する歌仙の付句に

台所けふは綺麗にはき立《タテ》て　野坡

分にならるゝ嫁の仕合　利牛

といふのがある。その利牛の句の「分」の字のよみ方は如何、又その意味は如何といふことに就いて私は従前の諸家の説がいづれも腑に落ちかね、いろ〳〵考へて見てゐる。その次第を述べよう。

先づその基とする井筒屋本にはそのよみ方を示してはゐない。宇田久氏の読例には「分《ワケ》」と旁訓を施してある。この旁訓は誰がつけはじめたものか、七部集の木版本を幾種も見たが未だ発見せぬ。曲斎の七部婆心録には

分けにならるゝ嫁の仕合

と書いてゐるから曲斎は「わけ」とよむべきものとしてゐたことであらう。しかしながら他の多くの人々のは「ワケ」とよむのか、若くは字音を用ゐて「ブン」とよむのか明白にしてゐない。之は人を惑はしむるものである。このよみ方は同時に意味に関係してゐる。それ故、私は先づ意味を問うてそれにつれてよみ方をも考へてみることにする。

曲斎はその「分けにならるゝ嫁の仕合」については次の様に説いてゐる。

前句、けふはきれいと云ふは昨日は台所道具取乱しける体と見立道具分けし様を

付たり。分《わけ》にならるゝ嫁の仕合とは一揉《ひともみ》せし果ならむ。近所より内済して分家《ふんけ》に事治《をさ》まり、道具運びければ、たつ鳥も跡を濁さじと掃立てしを嫁ひいきの人の別れた方が仕合《しあはせ》と咄す様也○（古）別家の台所と云ふは非也。分けにならればしからむ。

とある。ここに「古」とあるのは杜哉の古集弁（猿蓑と炭俵との注）の説をさすのである。古集弁は手許に無いが、之によると古集弁が曲斎より前に「分け」とよみ分家の意としても良いと考へたことを知るのである。棚橋碌翁の俳諧炭俵集注解にはよみ方の指示は無くて

台所に取広けたる諸道具をきのふ分家へ持運ひしにけふは跡美しく掃立しとなり弟の分家へむつかしい姑もともに出たるやうなり。

と注してゐる。秘注俳諧七部集にはこれもよみ方の旁注は無くて

台所を転して別家に成趣を述たり。

と説いてゐる。近来の注では小林一郎の七部集連句評釈には

分《わ》けにならるゝ嫁《よめ》の仕《し》合《あはせ》

とよみ、

前の句を身代を二つに分けて、あと片附けした体に見たのである。姑が邪慳なの

でいつも家の中は揉めてゐたが、親類の人達が中に入つて、いよ〳〵若い夫婦は身代を分けて別に住むことになつたのである。元々姑の方が無理なのを近所の人達も知つてゐる故、若い夫婦の家が綺麗に片附いたのを見て、マア好い事をした、あれで嫁も苦が抜けやうと語りあふさまである。

と説いてゐる。岩本梓石の俳諧七部集新釈には頭注に

　分家すること舅姑別居なり。

と記してあり、露伴の評釈炭俵には

　分《ブン》は分家なり。いよ〳〵若夫婦分家することに定まりて移居の手伝に来りし者の台所にて御仕合なりといふなり。蛭子講とも何とも附けずして一転したるは手際なり。

と説いてある。ここに「分」は音でよむべきを示してゐるのは一の異彩である。しかしながら、分家になるのが嫁の仕合であるといふことは従前の諸説とかはる所は無い。

　上の諸説は皆分家をするといふことにしてゐるが、それが果して当つてゐるかどうかといふことが根本の問題ではあるが、それと同時に「分」の字を「ワケ」とよむべきか「ブン」とよむべきかといふことも決定せられねばなるまい。而してそのよみ方はその意義と相関係してゐるので早急に結着すべき軽い問題では無ささうに見ゆるのである。そこで私は姑くその分家といふ説に基づいてその意味とよみ方の当否を考へ

て見ることにしよう。

分家といふことは家族制度の時代に於いては上は王公貴族から下民に至るまで、相当重大な問題であるから、軽々しくは取扱はれなかつた。それは一面に於いて、資産の分割を伴ふもので、大名や侍にあつて分家するとそれだけ本家の禄高が減少するものであり、百姓町人にあつてもそれだけ本家の資産の減少を来すものであり、資産の無い貧乏人にあつてはただ別居してしまへばすむことであるから、分家などといふ仰々しいことはいはないでもよい筈であらう。それ故分家などを仰々しくいふことはいづれの家にもあるといふ訳のものでは無かつた。しかして、その分家することは侍や大名などでは分知といふのである。之はその知行高を分ち与ふることをいふのである。かやうに分家分治といふことは稀には有つたが、それを「分け」になるとか「分《ブン》」になるとかいふことは無かつたと思ふ。私はその分家分知を「分け」になるといふのか「分《ブン》」になるのかといふことについて、徳川時代の法令や、歴史や、雑書に就いて随分骨を折つて捜り索めたけれども結局徒労であつた。即ち「分家」を「分け」と云つたことも又ただ「分」と云つたことも一の実例を見ないのである。それ故に、私はその「分」と書いてある語でここの場合にあてはまるべき例があるか無いかを種々の方面から探つて見た。

西原柳雨の川柳江戸歌舞伎を見てゐたら、歌舞伎芝居の仕切場に関する句を示して

ゐる中

仕切場へなほると顔がぶんに成り　（安）

といふのがある。これは安永年間の川柳である。仕切場に関しては柳雨は

鼠木戸の側にある札売場にて大勢が綺麗《きらび》やかに詰めて居て脇目には如何にも気楽さうに見ゆれど、昔は三座共に別に定まつた給金とてなく、座元の手代などより勤めたる趣何かで見たれど書名を逸した。

と注してゐるが、それに就いて下に

卯木曰、仕切場の事に就いては江戸趣味第三号に其通りの愚解を述べて置いた。著者書名を逸と云へるは恐くは同誌のことであらう。

と補説がある。さて上の句に就いて柳雨は

只いやに済まし込んで方附けた顔つきになるに成ると云ふことだけであらう。

と説明してゐる。この川柳の「ぶんに成り」は利牛の句の「分にならるゝ」と同じ語では無いのか。同じ語だとすれば、この川柳に基づいてその句のよみ方と意味とが解かるのでは無からうか。若しさうだとすれば、「ぶんにならるゝ」とよむべきことになり、その意味は上にあげた柳雨の説明どもに照して考へて見ると得意なやうな顔つきになるのを「顔がぶんに成り」と云つたものと考へらるゝにより、之を移していふ

と「気楽になる、嫁の仕合せ」といふ様に利牛の句が解せらる丶様になるが果してそれでよいのであらうか。しかし、上の一例だけで之を決定するのは早計と思ふから、なほ他の例を見る。

安永より四十年許前元文四年に興行した「ひらかな盛衰記」（文耕堂の作）の第四に遊女梅が枝の詞として

エヽ、なんぢやの、人の心も知らず面白さうに謡ひくさる。あの歌を聞くに付けても源太様になれそめやかたを立のき、君傾城に成下つても一度も客に帯解かず、一日なりと夫婦にならうと思ひ思はれた女房を振捨て此度の軍に誉をとり、勘当が赦されたいと思召す男の心はぶんな物ぢや。

といふのがある。この「ぶんな物ぢや」はその前後の記事を見るに今いふ「気楽なものぢや」といふ意味に似てゐる。そこでその「ぶんな」を「気楽な」と仮にあてて見て、上の利牛の句の「分にならる丶」を訳して見ると上に云ふ如く略々当る様に見ゆる。若し、それが当つてゐるとすれば「分」はここに「ぶん」と仮名書にしてあるものに該当する様に見ゆる。而してこれは上に挙げた川柳の句とも相通ずる所があり、恐らくはそれが当つてゐるやうに思はる丶。しかしながら、私はなほ他の例を求めてみる。

上に見る「分なもの」といふ例は天満宮菜種御供の二つ目菅秀才的矢を射る所に腰

元の詞として
　常々稽古遊ばす程あつて又分なものなぢやわいなう。
といふのがある。これも意味は上のと略々似たものと思はるゝけれども、「気楽な」と訳しては稍中らない感じがある。今の語に訳しては何と云つたらよいか、一往考へなければなるまい。又福内鬼外の源氏大草紙第二、熊蔵といふ男に助力を請うた二人の男の詞のうちに
　ヤコレ、貴様は何と思はしやる。親分の扱は分な物じや
とある。これも「分な物」といふのであるが、その意味は「気楽な」では通じない。そこで顧みるに「分なものぢや」といふ語の根本は三者共通の意味でなくてはならぬ。さうしてそれが、その前後のことばによつていろ〳〵に訳せられ得るのであらう。ここにこの語の根本の意味を考へねばならぬことになる。
　今までにあげた「分なもの」といふ場合の語は正しく文語にする時は「分なる」であるから、その「分」は「分に」といふ副詞に基づくと考へらるゝ。その「分に」は上にいふ川柳の「ぶんに成り」利牛の句の「分にならるゝ」の「分に」であらう。さうなると「分」は「分家」といふ意味で無いことはその語の性質の上からも考へなければならぬ。
　かくして「分にならるゝ」の「分に」はその副詞としての用例と見なければならぬ

ことになつた。そこで私は更にその副詞としての「分に」の用例をなほ汎く索めて見る。元禄七年に風翁轍士の撰になる俳諧此日集の「卯の花に」の巻の付合に

市立の帯に付たるはした銭　氷花
分ンにして置米搗の膳　介我

といふのがある。これは「分ン」と書いてあるから「ブン」とよますするのであることは論が無い。その意は米搗は労働の烈しいもので腹の減仕事だから御馳走は無くも飯だけでも十分にしておくといふことである様に考へらるゝ。若しさうだとすると「分になるゝ」も満足な境遇にならるゝといふことであると見てよい様である。又自娯文艸巻四の紀路行に

住吉の神前に跪きて
旅といへは分ンになる気や神の花

この「分ンになる」は物が満足してゐる気分になることを指したものであるらしい。又路通の桃舐集に「みじか夜の寝覚に」と題する半歌仙の付句に

分にまはさす伊勢講の銀

といふのがある。この「分」もその伊勢講の銀を他に融通して利子を十分に得る様にすることをいふものであるらしい。又其角の類柑子篇外の「新月の島絵ゆかしき」の巻の付合に

花にこそ士農工商さくや姫　其雫

水から揚る山吹は分　紫紅

といふのがある。この「分」といふ語は恐らくは上にあげて来た「分なもの」「分に」の「分」と同じ語であらうか。さうすると、これも「分な物ぢや」といふべきものを「分」といふだけにしておいたものと思はるゝのである。なほ例は下品なものだけれど川柳にもある。柳樽第十篇(安永頃)に

夜着着ると妾はちえが分に出る

といふがある。これも十分にの意とすると通ずるやうである。又同じく武玉川十四編に「知美之為美」の部に

分といふ字が蓋をしていはで山

といふ句がある。この句は人にもてはやされたものと見えて、十七編の「東岳泰山」の部にも録してある。この「分」も「分なもの」「分になる」などの「分」を体言の扱にしたもので、恐らくは平素「分な」待遇を受けてゐるので、多少不満なことがあつてもそれがその不満を口外せしめぬ、即ちさう我まゝをいはれぬので、何事もいはずしてこらへてゐる、といふことを「いはで山」と掛詞にしたのであらう。武玉川十四編の同じ部に

いはで山いく度袖を顔へ当

といふ句がある。句の意は別だが「いはで山」をばいひたい事をいはで居るといふ意を表はすに用ゐたことは同様である。又同じ部に

分が来て楔に這入るしのぶ山

とあるのも稍似てゐるもので、これはそのいつも「分に」してくれる人が来て物言ひをつけたいと思ふ相手との間に楔の如くになるので、しのびこらへてゐるといふことであらう。「しのぶ山」「いはで山」は新古今集なる頼朝の歌

みちのくのいはでしのぶはえぞ知らぬ
かきつくしてよ壺の石ぶみ

を下にふみてのことであらう。

以上、あげた例の「分」といふ語の意味はその場その場で多少のずれが有つて、すべて一の語で訳し去るのは困難なやうだが、十分とか全いとかいふことが根底に共通してゐるやうだ。さうして、そのよみ方は

分《ブン》（露伴）
ぶんに（川柳）、ぶんな（ひらかな盛衰記）
分ン（俳諧此日集）（自娯文艸）

によつて「ぶん」といふべきもので「わけ」とよむべきものではあるまい。その意味ははつきりいひ得ないが、「分」といふ語が上述のやうになるのはその文字だけには存しないものだから、それには幾らか遷りかはりがあるやうだ。それ故に私はこれら俳諧や浄瑠璃やよりも古い時代の文献をあさつて、その事を考へて見ようとした。それらに就いても多くの例を見ないが、ここに寒川入道筆記に次の話があるのを見た。これは寒川入道といふ人の雑記で慶長十八年の著と見ゆるが、その中の「愚痴文盲口

状之事」と題した一群の記事のうちに

さてあはうはつきぬことじや。有《アル》家の六尺に風呂をたけといひ付たれば風呂はたかれぬと申。なぜにと問へば「それにかみ様の御座有ほどに分は申すまひ」「なぜに、くるしからぬ、申せ」とせつかれたれば、「さらば申さうか、かまがわれまうした」「それがかみ様にかまふか」「中々かまひまうする」「なぜに」「たつに五六寸ほどわれまうした」といふた。

とある。これも尾籠な話だから、ここに掲ぐることは躊躇せらるゝけれど、他にかはる例が無いから敢へて示した。ここにいふ「分は申すまひ」といふのは「委しくは申すまい」といふことに当るのであると思ふ。ここに用ゐられてゐる「分」といふ語が何に基づくか断言は出来ないが、唯今のところ、私はこれより古い例を見出さないから姑くこれを基にして考ふるに、これは「十分」とか「存分」とかの語がその基になつてゐて、それがしば〳〵用ゐられてゐるうちに略せられたものであらうと思ふ。しかしなほ深く考ふるに「思ふ存分にする」などいふのは存分といふことに十分の意が含まれてゐるのだから、結局は「十分」といふことが基であらうと思はるゝ。その「十分」が「分」となつたのがここに見る副詞としての「分」なのであらう。

かやうに考へて来ると「十分」から一転して満足なとか、気楽なとか、結構なとか、申分が無いとかいふやうな意味に拡がつたものが、上にあげた「分《ブン》」といふ語の用例の意味であらう。

斯様に考へて来て、初にあげた炭俵の句を顧みると「わけにならるゝ」といふよみ方も「分家にならるゝ」といふ説明も共に誤つてゐるといふことにならう。炭俵の利牛の句はその嫁は然るべき家に帰《とつ》ぐので仕合がよいといふことであらう。即ち結構な気楽な境界になるといふのであらう。家の内が揉めたの、姑が邪見だのといふごた〳〵した気分はこの句には少しも無いのであらう。さうであるから前句の

台所けふは綺麗にはき立《タテ》て

といふのがしつくりと合ふのであらう。それを分家するについて、立つ鳥跡をにごさずの意だなどとするのは分家と解釈した所から無理にさう説明したのであらう。前句に台所といふから嫁が聯想せられ、綺麗になつてゐる所からその仕合せなよい暮しを聯想したとすれば、承け方も一句立もすなほなものと考へらるゝ。

（校訂者注）

㈠　前田金五郎氏は連歌俳諧研究第二十号なる「俳諧用語考」において、俳書の豊富な引例により叙上の説を批判し、「分《ブン》」には、わけ前・割当・割前・分限の意から転じて、別・特別の意に用ゐられることが多かつたことを指摘し、「分になる」も右の観点から見て「別々に独立する」、即ち・別家する・分家する義と認められ、通説に戻るべきことを説かれた。

従ふべきもののやうに思はれる。詳しくは本の論文を参照せられたい。

(二) 七五頁以下に引いてある寒川入道筆記の中の「分は申すまひ」の「分」は、訣《わけ》の借字であらう。これ亦、前田氏の触れた通りである。

宮の縮

炭俵下の其角孤屋両吟の四句未満の巻に

いさ心跡なき金のつかひ道　其角
宮の縮のあたらしき内　孤屋

といふ句がある。この「宮の縮」について露伴は

宮は高宮の略、高宮は近江国犬上郡なり。縮は縮布にて高宮の縮布は名産なれど、新しき間は見好くてやがて見苦しくなるものなり。云々

とある。このやうな考は誰が言ひはじめたものか、古くからあつて今日では通説とな

つて誰も疑はぬやうである。しかしながら私はこれを肯定しようとして実証を求めたが、一も得られずして反つて、二つの難点に出遭つた。その一は多賀神社又は高宮町を宮と云つた例の無いことである。その二は高宮では縮布を産しないことである。

美濃人俳仙堂碌々の著した炭俵集注解は力作と称すべきものである。それには

宮は江州高宮駅也、高宮縮を織出す産物也。

とある。近江の隣国の美濃の人の言だから信ずべきやうだけれども、多賀神社をも高宮駅をも宮と略称したことを聞かぬ。然るに、すべての注者皆かやうにいふ。高宮駅は中山道の一駅で、その駅の半程の所、多賀大社に参る道の分岐点に石の大きな鳥居があり、名高いのであつて、高宮といふ駅の名も多賀大社に因みのあるのであらうとは思はるゝけれど、この高宮を単に宮と云つたことは証を見ぬ。大なる神社の鎮座する地は皆宮と呼ばるゝかといふに、さう一概にいはれぬ。我々の最もよく知つてゐる「宮」といふ地は東海道の「宮」即ち熱田である。しかしながら熱田に縮布を産するといふことを昔も今も聞かぬ。その他に宮といふ地があるかといふことを大日本地名辞書によつてさがすと次の通りである。（同書の記事を要約して示す、今の市町村の事は略する）

一、美濃国養老郡、多良谷の首里として多良村大字宮がある、此に式内多芸郡大神《ミ》神《ワ》神社あり。

一、下野国河内郡宇都宮。野州の首府にして奥州路の名駅とす。方言には単に宮《ミヤ》

といふ。
一、陸前国刈田郡宮、今宮村と云ふ。刈田大社のあるところなれば宮と呼ばる。
一、丹後国与謝郡上宮津村、大字に宮《ミヤ》と云ふ名のこる、即神戸の廃址なるべし。
とあるが、高宮を宮といふことは見えぬ。かやうな次第で「高宮」を「宮」と略称したといふことは事実の無い空言であらうと想ふ。
次に高宮には織物を産することは著しいけれど縮布を産したといふことは無い。近江国輿地志略土産之部犬上郡の条に
高宮布　高宮の土人真麻《マヲ》を絹織て布とす。細緻絹のごとし。其曝たるを生布といふ。当田の産を生平の第一とす。又一種蚊帳帯布有。又高宮島袴地帷子地等有。
とあり、木曾路名所図会一坤に
高宮の駅のほとりは紅紫などに染わけたるいみじき布嶋を多く織て国々へ出す、その名を高宮嶋といふ。
とあり、その挿図に高宮駅の絵があり、それの説明として
此ほとり、農家に高宮嶋細布（さいみ）多織出すなり、これを高宮布といふ。
と書き加へてあり、その商店の店先の暖簾に「高宮嶋織元」の文字を白ぬきにしてある。大日本地名辞書にも
又中古より近世まで高宮布とて綿布を名産としたり。

とある。そこで寛永十五年に編した毛吹草を見ると、近江の部に「高宮布」とある。西鶴の二代男六「人魂も死る程の中」の文に

田楽屋の甚吉等も昼は袖なし、夜は高宮嶋に着替るもおかし。

とあり、延宝七年九月出版の二葉集には

近江なる高宮嶋の袴きて
万木《ユルキ》の森の鷺か狂言　　保友

といふ付合がある。かやうにしてこれはその方面では著しかつたもので、京都にその店があつた。雍州府志土産門の布の条には

又近江高宮布丹波布等為二下品一京都所々売之

とあるが、それを専門に売る店もあつたらしい。国花万葉記の洛中東西筋大小路の条の三条通の項「凡此通の諸商売には」と注記してある下には「からす丸、高宮嶋」とある。即ち三条通烏丸にその店があつたことを知りうるのである。さうして、之を単に高宮と云うたこともあつた。西鶴織留一の「所は近江蚊屋女才覚」に

其後は江州の布高宮買とりて国々に出見せ、殊更京都四条東の洞院の店には毎年嶋布ばかり千駄づゝ売払ひける。

とあり、松崎尭臣の「窓のすさみ」には

高宮の袴につもじ売りきたるを漆紋をつけて肩衣とし、云々

とある。又それを近江嶋とも云つたらしいことが西鶴織留五「一日暮しの中宿」に

近江嶋の帷子ひとつで済ける。

とあるので知らるゝ。かやうに上方では汎く行はれたが、それを「宮の何」ともいはず、又縮布を産したといふことは全然無い。それ故に私は「宮の縮」といふものは高宮産とは全く別の物として、他に出所を捜らねばならなくなつた。

蕉門古人真蹟には

うすかきに染ても宮のちゝみ哉　嵐竹

といふのを載せてある。之は元禄十一年版行の俳諧猿舞師によると、

為レ可二御撰集中一賀各申合目録之通致二進覧一候。

と前書があつて、嵐竹、山店、史邦の三人が両雅といふ人（恐らくは二人の雅人の義だらう）に贈物をしたその目録の中に加へた句である。さて、その嵐竹の句は

縮一端

うす柿に染ても宮の縮《ちゞみ》かな　嵐竹

とあるのと同じものに相違ない。これは贈物としたので、多少卑下した心地を含めてあるものと見らるゝ。

私が俳諧で見得た「宮の縮」の例は僅かに之に止まるのである。ここに享保十七年に出来た三宅也来の万金産業袋を見ると、その衣服門の夏物類に

宮縮　下野うつの宮よりいづる。糸はにごきなれども、地太きがゆえ、かたひらには重し。しろ、島、色も所にて色々に染出すなり。

とある。而してこの産業袋には同夏物類のうちに「高宮じま」の事も委しく記載してある。それ故に「高宮じま」と「宮の縮」とは全く別のもので、いづれもその産地を名に加へてゐるものである。

なほこの「宮の縮」に関しては著しい事件がある。徳川実紀の有徳院殿御実紀附録に将軍吉宗の質素であつた事を語つて

御衣服は紀伊国におはしましけるほどより万に質素をむねとせられ、華麗の服飾をいとはせ玉ひけるが、大統つがせ玉ひし後は、わきて天下のめあてとなる事なりとてます〳〵質素になし玉へり。（中略）烈暑といへどもみや縮といへるを丁子染とて柿色にそめしをめさせ玉ひ、つねの縮は栄耀のものなりとてめさせ玉はず。

といひ、又

元文のはじめ竹千代君御誕生ありし頃公西城にわたらせ玉ひ、御鍾愛のあまり常

に抱かせ玉ふ事ありしかば、みや縮の御衣はあまり地こはくたよりあしとてはじめて常の縮をめされしとなり。

これによりて八代将軍吉宗がその質素を尚ぶ趣旨により宮の縮を常服としたことがわかる。

万金産業袋は享保年中の著、吉宗も享保時代の人である。元禄の頃に果してそれが産してゐたか。西鶴の一目玉鉾を見ると、

宇津宮　日光山道の御成道有ひだりの方に山城の跡有（中略）東《あづま》に稀なる大所、物の自由も爰也、名物の縮布出る。

とある。即ちその頃にこの宇都宮には名物として縮布を産したことを知るのである。之を宮の縮とか、宮縮とかいふのは他の地の人の称する所に出でたので、その固有の名称では無かつたであらう。

今、ここにその宇都宮の産物たる縮布が元禄の頃既に名物として世に知られてゐたことを知る。この宇都宮は元来一の宮の訛だらうともいはれ、江戸幕府の未だ無かつた頃は関東第一の都会で宮と略称せられたのは自然のことであり、それが因襲となり今日でも地方では宮とのみいふ由である。随つて上にもいふ様に宮の縮又宮縮と一般に称へたのは自然の勢であつたらう。さて、私は今の辞書たる言泉が「宮ばた」といふ語に一条の説明を下したのを見る。曰く

下野国宇都宮より産出する縞木綿織、地質堅牢、染色確実にして昔は盛んに奥羽地方に供給したり。又その一種縮織なるを宮機と呼ぶ。

とある。この宮機のことは未だ調べてゐないが、宮の縮が宇都宮産の縮布だといふ傍証にはなるであらう。

ここに至つて私は孤屋のいふ所はこの宇都宮名物の縮布を指したものであらうと考へねばならなくなつた。惟ふに、之は東国地方の名物で、上方にはあまり知られてゐなかつたものであらうか。之を詠じた人を見ると、嵐竹は江戸浅草の人だといふし、それと共に贈物をした山店も江戸人であり、史邦は尾張犬山の人で京に上り仙洞御所に仕へてゐたが、辞して江戸に下り、ここで歿したといふ。それだから、これは江戸での詠と考へてよからう。孤屋はその生地は知らぬが江戸人で、許六の青根が峯によると越後屋の手代であり、同じく越後屋の手代であつた利牛と共にこの句を載せてある炭俵の編者である。その越後屋はこの両吟の相手たる其角が

越後屋にきぬさく音や衣更

と詠んだ通りの呉服店で、その店の事は西鶴の日本永代蔵にも委しく説いてある。これが明治の三越呉服店の源であることは世間周知の事である。その大呉服店の手代であり、京都へも往復したことのある孤屋（この両吟は孤屋が急に上京することになり、末四句

が出来なかつたことは炭俵に明記してある）が、高宮嶋を宮の縮といふこともなからうし、又二者を混同する様なことは決して無かつたであらう。さうして江戸の店の手代であればこの宮の縮は再々扱つて熟知してゐたことは疑ふべくもあるまい。それ故に、その物の長所と短所とをも熟知してゐたに相違無い。その熟知してゐた所のものがこの句に表現せられたのであらうといふことはこの句をよく味ひ、又それが前句と如何なる関係に立つかといふ点からも感ぜらるゝのである。

この宮の縮は万金産業袋によると糸は柔かい様だが地が太いから夏物地だが帷子には重いものであるといふ。而して白地のまゝでも又好みによつて色々に染めても用ゐたといふ。さて将軍吉宗はそれを柿色に染めて帷子に用ゐたのであつた。ところがその孫を愛して度々抱く様になつてみると地がこはくて恐らくはその赤児の膚に荒くあたるので、不便だと云つて、それを止めて常の縮にしたといふ。そこで嵐竹の句を見ると、これは薄柿色に染めて用ゐるのが普通であり、それが帷子としては尋常なものであつたといふことを知りうるが、将軍吉宗の柿色とあるのもその薄柿であつたらう。さてそれは薄柿に染めて見ると、頗る気の利いたものに見えたのであらう。しかしながら元来が糸の柔く地の太いものでさほど上等の品では無いのだから平素木綿を着てゐた将軍吉宗の帷子にもなつたのであらう。そこで嵐竹のいふ所は「うす柿に染めて」見れば、一廉の帷子とも一往は見えませうが、元来が宮の縮ですから、それ以上の物ではありません。「宮の縮」は「宮の縮だけのものです」といふ意であらう。この嵐竹のいふ所を以て考へて見ても孤屋の句の意味は略〻想像せらるゝであらう。即ち宮の縮は新らしいうちは相当に見え、即ち薄柿にでも染めた時は気の利いた帷子と見え取附きはよいが、それも新しいうちだけのことで、少し古くなると頗るまづくなるといふことであらう。これは恐らく産業袋に糸が柔いと云うた点に主な弱点があつたので、早くくたびれて締りの無い有様になつたものであらう。かくして産業袋と、将軍の帷子の記事と嵐竹の句とを総合して来ると、孤屋の句の精神が殆どあり〳〵と見えるやうである。これは宮の縮といふものの本性をうまく摑んだ句で如何にも大呉服店の老手代のいふ所として肯綮に当つてゐるのでは無いか。

さてかやうにこの句を解してそれを前句に如何様の精神で附けたかと考へて見ると、これは余り経験の無い新米の呉服店の主人か番頭かが宮の縮といふものが古くなるとどうなるかといふことを知らないものだから、その新しい品の取附きの上等に見ゆるものだから相当以上に高い金で仕入れをして、当座は大まうけをした積りでゐたが、結局は大分の損耗になつた。これも、その心がけの有る無しによることだといふやうにとりなしたものであらう。即ちこれは呉服屋の老手代が青臭い丁稚上りの見習の手代に講釈してゐる様な趣があると私には感ぜらるゝ。

昌陸の松

七部集「春の日」発句の部の春のはじめに

昌陸の松とは尽ぬ御代の春　利重

といふ句がある。この句は別にとりたてゝいふ程の句でも無く、又難解の語も無いのであるが、従来の解釈はこの句の真意を了解してはゐないやうだ。それでは、この句の作者にも気の毒であるし、編者がこの句を最初に掲げた精神も、了会せられてゐるとはいはれない。

先づ、従来どの様に考へられてゐたかを見る。岩本梓石の七部集新釈には頭注に

昌陸の松　里村昌陸連歌師にて年々正月十一日松の発句を柳営に奉る　元和時代。

とある。これは昌陸が連歌師だといふことと、年々正月十一日に松の発句を幕府で詠ずるといふこととは誤では無いが、その他は何の事やらわかるまい。元和時代といふは全然出たらめである。之はどうしたのかと見ると、七部集大鏡の説の受売である。それにはこの句に

一書に昌陸は里村氏連歌の花の下にて元和年中の人なり。一書に年々正月十一日

松の発句を献る也。柳営の御連歌於連歌間御興行有る故に代々法眼の位に叙す。

とある。即ち梓石はこれに拠つたものであらう。この大鏡の説は幕府の連歌始の事をいふ所が当つてゐるだけで、他は誤が多い。西馬の標注七部集には頭注

昌陸は里村法眼宝永四、十一月十六日卒、玉松の葉のあり数や御代の春　此句ヲ云カ。

とある。これは何によつていふのか明かでは無いと共に、肯綮に当つてゐるとは思はれぬ。

近頃となつて露伴氏の論がある。それは甚だ長い文である。曰はく

古伝の解に曰く、昌陸は里村昌陸なり、昌陸十六歳にして承応三年父昌程に代りて連歌宗匠代を勤めしほどの英才にして寛文十年家を襲ぎ、同十二年より御会始の宗匠たり、延宝元年法橋に叙せられ、後西院天皇霊元天皇の知を辱くし、又徳川五代将軍の寵を得、大に一時に耀きて宝永四年に六十九歳を以て終りし人なり。松といへるは年の正月柳営連歌に宗匠発句を勤む、句は必ず松を詠む例なり、昌陸徳川幕府宗匠なれば之に因みて松といへるにて松はもとより永栄長寿のめでたきものなる故に尽きぬ御代の春とは作りたるなり、これにて一句の意明かにして疑ふべきところ無しと云へり。如何にも然り。

と、これは露伴のいふ如く、事実を誤なく伝へたるものにて、上にあげた諸説とは雲

泥の差で、昌陸の事、幕府連歌のことこれまたその通りである。しかし、露伴氏はそれには満足せぬ。曰はく、

一応はそれにて隈なく解かれたりと聞ゆ。されど、それのみにては一句あまりに杉箸一本を投出したるが如くにて興も無く味も無く、昌陸が年々に詠みたる連歌の松の発句の定めて古臭きのみにて少しも新しみ無からむと思はるゝものと同じく、人をして心ゆかざらしむるものなり。

といふ。果してこの説の如くば如何にもその通りなりと賛同すべきことであらう。露伴氏又つゞいて曰はく、

但し、此句は本より是の如く拙くとも、甲斐無くとも、それは此句の有てる性なりと云はば、これもそれまでの事なり、是非なきことなり、解の罪にはあらず、詩趣無く歌情無く、もとより俳諧も無く、ただ一世に時めける宗匠の昌陸に諛へるか、四海平かなる御代の幕府を頌せるかの如く聞ゆるのみなるを如何にせん。

とある。私もこの句がすぐれた句だとか詩趣が多いとかは思はぬ。これが幕府を頌してゐることは「御代の春」といふ語だけでももとより明かである。しかし、昌陸に諛つたのだといふことはどこにも見えもせず、又感ぜられぬ。さりながら、全然興も味も無く箸にも棒にもかゝらぬと酷評するのもいかゞであらう。それについては露伴氏がこの句をいかに解してゐるかを顧みる必要がある。氏は上文につゞいて、

且又句づくりも穏安ならず、松とはの「とは」といふ詞も使ざまおもしろからず、とはといふは、すべてや、意外なるやうの感を含めて言ふ時の詞なり。千早ふる神代もきかず龍田川からくれなゐに水くゝるとは、の如し。とはと云ひて、とは聞かずと上へ返りて綴ぢむる意あり。忘れては夢かとぞおもふおもひきや雪蹈分けて君を見むとは、の如し。これも雪ふみわけて君を見るとは思ひきや、と上へ返るなり。とはは元来「と・は」にて、とは又何故にと云ふが如く上に置きて言ふ時は、其前に必何といふこと有るなり。何々とは何々といふが如く、中に置きて言ふときは其前後に必ず之を解くやうなる言あるなり。これらの用ゐざまに照して考ふる時は、此句の松とはつきぬ御代と続けたる用ゐざま、やゝ拗れ居りて、甚だふつゝかなるを感ずべし。反る「とは」にはあらで、云ひ流しの「とは」なれど、西鶴が句に笙吹く人留守とはかをる蓮哉、といふあり。日頃は笙吹く人ありて其の清幽なる響の聞えたるに今日は其人不在なりと知られて、たゞ蓮華の香のみ流るゝといへる意現はれて然のみ非とすべき句にもあらねど、るすとは薫る、其様なることあるべしや、と古俳書の評言に散々に之を謗れるも、とはの一詞の用ゐざま斟酌足らぬよりのことなり。此句の「とは」の用ゐさまに至つては拙なること言ふべからず、昌陸の松といふ樹いづかたにか在りて千代田の城に翠影差し翳せるが如し。小万の柳といふは可なり、まことに其柳あればなり、昌陸の松といひても松は実に在るにあらず、松の句といふまでなり。

といひ、「とは」といふ語に関して長談議をしてゐる。しかしながら、その説必ずしも「とは」の全般を尽してゐるとはいはれぬ。ここに用ゐる如き「とは」は露伴氏の忘れてゐる用ゐ方で、引用の語句を導く「と」に「は」を加へたもので、その「は」は説明の主格を導く用をしてゐるのである。それ故にその「と」と「は」との間に略せられた語があるのである。これらの事は今更論ずるまでも無いが、拙著日本文法学要論二九三頁の前後の説明で大体わかるであらう。即ち「昌陸の松とは」といふのは「昌陸の松といふのは」といふやうな意味であると知つた時に何もあの様に仰々しく論ずるまでも無く、一往の筋は通る筈である。今私のいふのは「とは」の語法だけの事で、句の意をここで決めてしまはうといふので無い。さて、その次の露伴氏の言を聞かう。曰はく

それも昌陸の松の句いとめでたき詠にして一世に喧伝せられ有りしならば猶可なりとすべけれど、昌陸が佳作の松の句といふもの更に聞及ばず、然るに打付けて昌陸の松といへるは、如何に俳諧なりと雖も余りに無法の言葉遣なり。其松に続けて、松とは尽きぬと云ひて何の通ずべきこと有らんや、烏滸とも何とも云様なきこととなるなり。

と。若し、これが無法のものならば、之を最初に掲げたことも無法といはねばならぬ。

昌陸の松の句の世間に賞美喧伝せられたものの無いのは事実であらう。さうだとしても無法の言葉遣といふ程の欠点はあるまい。しかしながら下に露伴氏自身が

> 蓋し此頃芭蕉の新風未だ盛んには行はれず、貞徳の古姿猶世に持囃され居たるなれば、此句貞門の俳諧を以て看るべし。貞門の俳諧は来歴有る語を踏まへて趣を新にするものなり。此句の松とは尽きぬ御代といへるは謡曲の高砂に、高砂と言ふは上代の万葉集の古の義、住吉と申すは今此の御代に住み給ふ延喜の御事、松とは尽きぬ言の葉の栄えは古今相同じと御代を崇むる喩なり、とあるに因めり。高砂は古今集の序に本づきて高砂住吉の相生の松の謂れと其徳とを顕はし御代をことほぐ意を寄せたるめでたき曲なれば、謡初祝言等には必ず用ゐるものにして、当時の人に最も親まれしを、松のことなるを以て其を引出して昌陸と新しみを与へ、松とはと、をかしき詞づかひにてはあれど、世人を頷かしむるところ有り、句ぶりもめでたく、和歌の貫之の序といふところを当時の宗匠昌陸の名を挙げて連歌の方に云囃して一句を作りしものなる故に、巻頭に据ゑたるなり。もとより句はさして妙とも佳とも云ふべき際のものにはあらねど、貞門の風を合点して味ふべきなり。

といはれたが、この解釈が大体当を得てゐると認めてよからう。さうすると、はじめから、かういへばそれで済む筈であるのに、その前に三頁以上に亙つて、批難せられ

たのは何の為であつたのか、この句の解釈の上には殆ど無用の言であることは何としたことであらう。凡そ或る詩文を解するに当面喫緊の事を主とし、それを述べてしまへば、一往能事了せりとすべきであらう。私は今別にこの事を以て難ずるのでは無いが、その「昌陸の松」といふことに関しての意見には異議を申し立てる。氏は曰はく

畢竟ずるに伝来の旧説に、昌陸例年松の発句をものしたりといふ事実ありとするより、此句僅かに通ずるを得ることとなるが、果して真に然ることありしや、疑はゞ疑ふべし。正月柳営の連歌に宗匠発句を勤む、といふは聞えたり。昌陸宗匠たりしといふも聞えたり。されど句は必ず松を詠ず、因りて昌陸の松といへりといふに至りては聞え難きかた無きにあらず。

と。これは氏が幕府の連歌の事に通ぜざりしことを自白してゐるに等しい。氏は又

家綱将軍の頃は太平稍久しくして、天下の事漸く形式のみとならんとするの勢を生じたるの時なれば、連歌の如き特に形式を重んずる道に於ては、年首の連歌、発句は必ず祝意を籠めたる松の詠たるべく、宗匠之をつとむべし、といふ定式ありしかは知らねど、かゝる事、何の時の誰より起りしかを詳しくせず、又何の時の誰によつて破られしかを知ること無し。我は連歌の史を考ふるに懶し。

とある。これは頗る不親切な態度と評せねばならぬ。連歌師に関しての句の解には連歌のことを以てする外に方途は無いものである。今のこの句の如きは徳川氏と連歌と

の関係を見れば何でも無いものなのである。ここに露伴氏が長々と論ぜられたに対しては単純に説き去ることが出来ず、少しく説くことにする。

徳川氏と連歌とは頗る古くから縁故があるらしい。今その詳細を説く余裕をもたぬが、松平村に徳川氏が居着いた事が連歌の縁故に基づくものの様で由来は頗る遠く、而してそれは時宗の遊行上人と関係があつたものと思はれ、柳営の連歌始の式には浅草月輪寺の其阿上人が必ず列席することになつてゐた。さてこの連歌始の式はいつ頃から行はれたのか、起源は明かで無い。徳川実紀慶長十六年正月の条に

廿日江城にて具足の御祝あり、又連歌の筵を開かる。発句は紹之、若緑雲井にたつや庭の松、御句は春の朝戸を明むかふ峰とつけたまひ、つぎつぎ百韻にみちて連衆みな饗せらる。（慶長見聞書）（連歌の筵、三州よりの佳例なり。しかれども、その句のものに見えしはこのときをはじめとす。）

とある。これを以てその由来の遠いことを見るべきであるが、その句の記録せられたのは之より古きものが伝はらぬといふのである。大体この柳営連歌は徳川将軍が主人として時の宗匠を聘して行ふといふ精神で、発句は客に乞ひ、脇は主人が詠ずるといふ連歌の定式により、いつも発句は宗匠、脇は将軍、かくて連衆は連歌師と将軍の家人と打交りて百韻を一日に詠し了るを例としたもので、これは徳川幕府瓦解の時までつゞき、明治維新以後は東京上野の東照宮で毎年正月十一日にそれを継続して行ひ、

時々新聞にも報道せられたのは私の記憶にも存する。されば何の時に「誰によつて破られしか」などいふべき事柄では無いのである。さてその発句は松平氏に因んだのか、又何かの御夢想によつたのか、いつも「松」を詠ずるのを嘉例とし、明治の東照宮奉納の連歌に至るまで之を守つて違ふことは無かつた。さてその宗匠ははじめは必ずしも一定しなかつたが、里村紹巴《ぜうは》が家康に進言したことがあつてから里村家が幕府の連歌師となることになつたやうである。里村家は紹巴の系統と昌休の系統とあつたが、慶長十六年正月に発句を詠んだ紹之は紹巴の子であり、昌陸は昌叱の孫である。さて慶長十六年以後の連歌を徳川実紀によつて見ると、紀事は中絶して、元和六年正月の条に

廿日、具足始御祝あり、又連歌興行例の如し。発句は紹之、世にかさす天つ緑や松の春、御脇句は霞にあまる四方の梅が丶、第三は日野大納言資勝卿長閑にも千鳥百鳥声はして（続元和年録）

とあり、宗匠は紹之であつた。同七年、八年同じく行はれ、八年の発句は紹之が「松の葉や有数にへん代々の春」といふのであつた。それから九年も紹之の発句「陰あふく松高殿や千々の春」将軍の脇「国民の戸も長閑なる時」第三は久我大納言敦通の「久堅の光にもれず雪解て」であつた。その後毎年闕かさず行はれたが紹之の発句は寛永四年までつゞき、寛永五年正月のは昌叱の子昌琢で、六年、七年、同じく昌琢の

発句であるが、寛永八年正月には紹巴の子玄仲が発句に「相生の松てふ松や千代の春」と詠じ、脇は「梅さく庭に鶴羽ふくこゑ」といふ将軍の句、昌琢は第三に「長閑なる池の籬の雪晴て」と詠じた。寛永九年にも玄仲の発句、十年には昌琢の発句、十一年には玄仲の発句、十二年には昌琢の発句、十三年には玄仲の発句を見るが、十四年には昌琢の子昌程が発句を詠じ、玄仲は第三を詠じてゐる。それから十九年正月までは昌程の発句である。寛永二十年正月のは連歌興行のあつたことの記録だけで委しいことは伝はらぬ。次の年（正保元年）のも昌程の発句で慶安四年まで同様につゞく。慶安四年四月二十日に将軍家光が薨じたので、次の将軍家綱の時から、正月二十日の具足祝を改めて正月十一日に行ふことになり、連歌も同日に改められた。即ち承応元年正月十一日に連歌始があつて昌程が「千代の春をあらはす松の若枝哉」といふ発句を詠じた。これより後幕府の亡びて後東照宮でも正月十一日に行つたのである。昌程はそれより、寛文十年正月の連歌始まで発句を詠じてゐるが、その翌十一年からは昌陸が発句を詠じてゐる。

昌陸は昌程の子で、寛文十年に家を継ぎ、同十一年正月十一日の連歌には「松やたゞ御代の盛の春の色」といふ発句を詠じた。その時の脇は「梅に千歳の若枝そふ庭」といふ将軍の句で、第三は玄祥の「玉の戸を磨く光の長閑にて」といふ句である。玄祥は玄仲の子である。寛文十二年正月より元禄八年正月の連歌始まで二十四年、その間に二回（貞享三、元禄二）発句を詠じてゐないだけだ。元禄九年からは昌陸の子昌億が発句を詠じてゐる。之は昌陸が隠居して昌億が家を嗣いだからである。この後の事はいふに及ぶまい。

さてここに「昌陸の松」とあるのは標注七部集にいふやうに特定の句をさしたのではなく、汎く幕府の連歌始の発句をさしたのであるが、ここに「昌陸」の名を出したのは昌陸が宗匠として毎年松の発句を詠じて、それが久しくつゞいて、恒例になつた感じを与へてゐる時で無くてはならぬ。それ故にこの句は元禄八年以前であるべきは勿論だが春の日の出版が貞享三年であるから、勿論その以前であるべきである。貞享三年は寛文十二年から十五年目である。作者利重は尾張の人といふだけで委しい事は知らないが、この句は昌陸が毎年松の発句を詠じて数年を経て人口に膾炙してゐた頃の詠であらうから貞享の初か、天和頃の詠ででもあらうか。さてここに「昌陸の松」といふは毎年正月幕府始に連歌宗匠が詠ずる松の句といふ程の意を含ましめたものであらう。さうで無く昌陸の詠じた有名な松の句といふことにしようとすると露伴の言の如くにとらなくてはならぬやうにならうが、私は上の様に受けとるべきものと思ふ。かくしてその幕府の連歌始の式に松の発句を詠ずるのは幕府が松の千歳の如くに栄ゆることを頌した為であることは幕府の正月の謡曲の謡初に高砂を謡ふ例となつてゐるに同じだとして、高砂の曲の「松とはつきぬ言の葉の栄え」といふ精神で、その松の発句を恒例とする幕府を称へたもので、「御代を崇むる喩なり」とある語をも利用したものと思ふ。

この句は上の如くに幕府の連歌始に因んでその千歳を祝したものであるに相違ない。而して、その意味を以て之を採用し之を巻頭に掲げたものであらう。別にすぐれた句といふでも無いが、全くとるに足らぬといふ程のものでも無い。又之を巻頭にしたのは必ずしも結構なことだとも思はれぬが、編者の心は酌んでやつてもよからうと思ふし、之を烏滸だとか諛へるとかといふのは、蓋し時世を考へぬ為に生じた言であらうか。私はこのやうな平凡な句に多くの言を費すことを屑しとはせぬが、露伴氏の言に対しては止むを得ぬのである。

以上一往稿を了へて後、延宝五年の六百番俳諧発句合を閲してゐると、次の句を見た。

十八番　左　元日　（略ス）

右勝同　　　　伊勢村意朔

かされ此松とはつきぬ御代の春

この句は初五文字だけが違ふだけである。作者利重はこの六百番の句を知つて踏襲したのか、或は暗合か、いづれにしても、前蹤がある訳である。さてこの発句合の判者

釈任口は

右松とは尽ぬ御代の春当代の祝義目出度こそ、かされの言葉計を誂といはんと少
分に候歟

と云つてゐる。即ちこの句は全く謡初の高砂の詞を利用したのである。利重は恐らくはこの意朔の句を基にして更に一歩を進め、連歌始の松の句を利用することにしたのであらう。かやうな過程を経て出来た句だとすると、この次第を呑みこまなくては十分に理会出来る筈が無い。私の説明も不十分であつた。之を加へてはじめて分る。しかし上乗の句で無いことはいふまでも無い。

毛に毛が揃ふ

寛文十二年五月の貝おほひは三十番俳諧合ともいひ、芭蕉の最初の作として名高いものである。之はその郷里伊賀国上野の天満宮に奉納した句合であり、宗房の名で判したものである。同郷の作者三十七名の句合に芭蕉の句は九番右に

きても見よ甚べが羽織花ごろも

二十番右に

女をと鹿や毛に毛かそろふて毛むつかし

の二つある。この頃は芭蕉は未だ談林の習気に染みたること甚だしい時代である。この句合は当時の小歌やはやり詞を取り入れた句どもで、芭蕉の判詞がそれらのものを駆使して文を遣てゐるから、逆にこれによつて当時行はれた小歌や遊里の詞や奴どもの六方詞などを徴しうるといふ興味もあるといひうるものかも知れぬ。今はそれらを論ずるのでは無いので、たゞその「毛に毛かそろふて云々」の解釈が適当に行はれてゐないから、それを正さうとするのである。

この句に関しての芭蕉の判詞は

右の女夫鹿くはしく論をせんも毛むつかしければあぶなきつゝ先あし早に逃のき侍りぬ。

とあるが、これだけでは後の世の我々には肯綮に触れてゐるといふ感じが生ぜぬ。後の人々が之を如何に解し得たのであらうか。服部畊石の新講にこの句をあげて単にたゞ「毛むつかし」といふ詞の興味でがなあらう。

と云つてゐる。之は勿論その通りであらうが、それだけでは評にも釈にもなつてゐない。種彦の書入本には「毛むつかし」の語の例を十訓抄から抄出してあるけれど、「毛に毛がそろふ」については何も見えぬ。

三省堂の芭蕉講座（昭和十八年一月）には萩原蘿月氏の説を引いて論ずる所がある。曰はく

発想に就いては萩原蘿月氏は「淋敷座之慰」「敷物揃くどき木遣」の文句「あまりて足らざる所には敷いたる皮は何々ぞ。毛氈虎の皮豹の皮をはまつさきに毛筋を揃へてしかれたり……」を引いて「女夫鹿の皮毛筋を揃へて敷かれた様が気味わるいといふのであらう」と言つて居られるが、私はこの文句を芭蕉が知つてゐたとしても、それを女夫鹿そのものの上に取成したのではないかと思ふ。敷物が「けむつかし」よりは「毛に毛が揃ふて」より添つてゐる様の方が、頴原氏も言はるゝやうに嫉妬の意を含めて「けむつかしく」感ぜられると思ふからである。

とある。この論者の説は同感出来るけれども、「淋敷座之慰」の上の「敷物揃くどき木遣」の文句によつて芭蕉がこの様に詠じたとは思はれぬ。「淋敷座之慰」は延宝四年に編したものだから、芭蕉は知らぬとはいはれぬが、寛文十二年は延宝元年の前年であるから、芭蕉は他の方面からその謡を聞き知つてゐたとしなければならぬのみならず「毛筋を揃へて」といふのを「毛に毛が揃ふ」とするのは別に工夫を加へたと見

るより外に言ひ様があるまい。私は之は別に出典が無くてはならぬと考へて捜索してゐたが、それが祇園踊口説にある俗謡に基づくものであるといふことを知り得たのである。之を知り得てから、翻つて人々の説を再び顧みると杉浦正一郎氏が既に言及してゐらる丶。しかしながら、それには多少訝しい点があるから私の考を別に加へて説かねばならぬ。

杉浦氏はこの「貝おほひ」の原板本を発見し、又それの覆製本を世に布かれた功労者である。それは終戦後間も無い昭和二十年十二月であつた。それの解説に於いて、氏は

> 毛に毛がそろふて——祇園町踊に「扠も毛に毛が揃たえ」の文句にて終るものある故、この祇園町踊をひけるならむ（南水漫遊拾遺巻四参照）。女夫鹿の交尾のさまを祇園町踊の歌詞にいひかけてかく言へるものか。祇園町踊は「落葉集巻五」に祇園町踊之唱歌を収め其部の終りに「右此踊の初りは京の東祇園辺に去ル法師のあり、其身の以二思量一在二楽心一。初秋に友をかたらひて踊をはじむ。凡元禄十六年迄及二四十七八年一云云」とあり。即ち明暦万治頃よりの流行と思はる。

とあつて、その解釈は妥当と思はれて間然する所が無い様に見ゆる。然るに、その落葉集巻五には上にいふ語句の踊歌は全然見えぬのである。落葉集巻五のはじめには「元禄十六年未之年祇園町踊之唱歌目録」と題して廿七番の目をあげ、本文も亦その

通であり、その末に加へた奥書も杉浦氏の示された通りである。而して南水漫遊拾遺四の巻に「都風流大踊権輿」と題した一条のうちにも「元禄年中京祇園町踊の唱歌番組」と題して同じ曲目を載せてある。それ故に杉浦正一郎氏のいはるゝ、祇園町踊の歌詞といふものが、この二十七番の曲のいづれかにありさうなものであるが、全然無いのである。一体之はどうしたものであるか。私は杉浦氏と別にその歌詞の実在する歌曲を知つてゐる。それを次に説かう。

　上の歌詞のある曲は新板祇園踊口説に載せてあるその五番目の曲「和田酒盛鼻毛抜」であり、その曲の末の文句である。その曲は曾我物語にある和田義盛を主とした九十五騎が山下宿河原の長者の許に立寄に酒盛をした事をとつて、義盛がお虎に鼻毛を延したといふ事を戯れて作つたものでその末の文が、

　　側へ行こ〳〵と延した鼻毛の長さ三十三間鼻毛の数が三万三千三百三十三筋けん〳〵毛抜で抜くども尽せまい。扨ても毛に毛が揃《そろ》たえ。

として終る。之は既に義盛が虎に抱き附くと云つてゐるのだから相当に猥雑な意味のものである。それを芭蕉が利用したことは争はれぬ。

　祇園踊唱歌と祇園踊口説とは別のものである。前者は杉浦氏や南水漫遊にいふ所のもので、高野辰之氏の編した日本歌謡集成巻六に収めてあるものである。後者はその巻七に収めてあるものであり、奥書の年号は欠けて明かで無いが、

□七月吉日　八文字屋八左衛門新板

とある。八文字屋八左衛門の版は万治寛文頃からあるものであるが、之は新板祇園踊口説とあるから、上にある祇園町踊之唱歌よりも新しい板本であらう。而してそのはじめに「三勝半七あかつきの霜」とあり、その詞に「去年霜月七日の霜と消えて」とあるからその曲は元禄八年のものであり、全巻の新板はそれよりも降るであらう。しかし、祇園踊といふものの起つたのは明暦二、三年頃といふことであり、その踊りに謡つたいろ〳〵の音頭即ちその明暦より元禄の比にかけての踊歌を集録したものであらう。さうすれば、芭蕉が青年京にゐた頃それらの踊に参加せぬまでも、それらの踊歌は知つてゐたらう。かくして、この踊歌はその芭蕉在京の頃に行はれてゐたものとして考へうるであらう。

さて上の如き歌謡を知つてそれの詞を利用したものとすると、これは義盛の大磯の虎に鼻毛を伸したといふ俗意を利用したもので、女夫鹿即ち牡鹿が牝鹿に鼻毛を伸してゐるさまのいやらしさを言外にあらはしたもので、そこに「けむつかし」といふ語を以て断じ去つたものと見らるゝものと思ふ。果して私のいふ如くであるならば、之は祇園踊の歌の文句を利用したものといふべきであらう。そこで講座の著者の敷物が「けむつかし」よりは「毛に毛が揃ふて」より添つてゐる様の方が、頴原氏も言はるゝやうに嫉妬の意を含めて「けむつかしく」感ぜられると思ふからである。
といひ、又
例句にも
鹿の音も妻にかいらうの契り哉
とあつて鹿に夫婦の契りの詠みあげ方を強調してゐるのである。芭蕉はここを基盤として一ひねりひねつて句を仕立てたものであらうと思ふと云はれた説がはじめて生きてくるのであらう。

鬼　嶽

曠野七に
琵琶橋眺望
雪残る鬼嶽さむき弥生かな　含呫

といふのがある。この鬼嶽といふ山はどこにあるのかといふのが、今問題とする所である。これに就いてはこれまでの注ではみな美濃にある山だといふのである。岩本梓石の新釈の頭注に「美濃にある山」と記し、露伴の評釈には「琵琶橋は尾張国に在り、鬼嶽は美濃国に在り」とあり、西馬の標注にも「鬼嶽ハ美濃ニアリ」といひ、大鏡にも「鬼嶽は美濃にあり」といひ、殆ど異論が無い、たゞ七部通旨だけは

鬼嶽は橋の北に見ゆる山なるよし

といひ、又

一説に信州の御嶽の事なりといふ、猶考ふべし

と疑ひを存してゐる。しかし、これは何等決定した意見も無いのである。

私はこれほど著しい鬼嶽といふ山は美濃国のどこにあり、琵琶橋からどの方向にあたるのか、又弥生に残雪を見る高山があるとすれば、それは頗る著しい山である筈だが、私はこの句に接するまで一向聞いた事も無かつたのだから遅蒔ながら、それを確めねば恥づべき事だと考へて調査して見たが一向所在が知れぬ。地図でも地誌でも現在の私の手の及ぶ限り、又人にもたよつて調査して見たが、更にわからぬので、二年ばかり、空しく手を束ねて嘆息してゐた。

そのうちに元禄拾遺に

鬼嶽の雪より遅しけさの菊

といふ句のあることを知つた。この句の作者は原板本に無いが、蕉門名家句集の編者が

此句　原板本作者名ヲ欠ク、仮ニ前後ノ関係ヨリ推定シテ荊口ノ句トス

と判してゐるのは随ふべきである。私はこの句を知つてから再び勇気を興して鬼嶽を正しく知らうと努力する気になつた。

そこで考へて見るに、美濃国に名高い山として鬼嶽と名づくる山は現に有るとも昔有つたのだとも誰も云ひうるもので無いとしても一部分にさういふ俗称でも無いのかと美濃国本巣郡席田村在住の老国学者神谷保朗氏に尋ねて見たが、やはりわからなかつた。そこで私はこれらの句の作者と句を詠んだ土地と時期とを先づ調べて見ねばなるまいと考へた。曠野の句の作者は大和国郡山の人だといふことが伝へられてゐるだけで委しい事はわからぬ。その作は藤の実、有磯海、枕屏風、鳥の道、北の筥、暁山集、二番船等にあり、曠野にはこの句と共に六句を伝へてゐる。そこで考ふるに、この人が旅行して、大和国郡山へ還るときか、若くは東海道を下るとて琵琶橋にかゝり、そこで眺望した時は弥生であるから、春は彼岸過ぎで暖かであるべきだが、まだ寒さが残つてゐるので眺めると、鬼嶽の巓は白く雪が残つてゐるといふのであるから、そ

の時は他には雪は見なかつたといふことを考へさする。それ故、その鬼嶽は琵琶橋から見ゆる山々のうちで、そこの残雪が著しく見えたことを語つてゐる。

荊口は美濃国大垣の藩士だといふ。その作は頗る多く伝はつてゐる。一楼賦、孤松、いつを昔、俳諧勧進帳、有磯海、後の旅、芭蕉庵小文庫、韻塞、浮世の北、元禄拾遺、喪の名残、篇突、続有磯海、けふの昔、旅袋、東華集、続別座敷、きれ〴〵、柿表紙、小柑子、渡鳥集、木曾の谷、土大根、国の華等に二句以上九句づゝある。七部集では炭俵、続猿蓑に各三句のせてある。今いふ菊の句は多分大垣での詠であらうが、さうすると、その鬼嶽は大垣の城下からも見えなくてはならぬのであるが、その嶺の雪は菊花の咲くよりも早く見ゆるものであらう。

今私は含咕と荊口との二つの句を総合して考へて見ると、鬼嶽といふ山は尾張名古屋郊外の琵琶橋からも美濃大垣の城下からも見ゆる山であることは明白であり、又その山の雪は大垣で菊花の咲くよりも先に白く見え、琵琶橋では弥生には他の山に雪は無くなつてもその嶺にはなほ白く残つてゐるといふことが明かである。しかし、さういふ山が美濃のどこにある山であるかといふと、これに合格する山は私の知つてゐる範囲では美濃国には無いのである。そこで私の尾濃平野に就いて往復した経験を回想すると、伊吹山は著しいけれど合格せぬ、それより南の養老から多度へかけての山々も不合格である。北の方越前つゞきの山々にもさういふ名も無く、又雪も白山を除いては無く、白山は見えるのかも知れないけれど、私は見たことが無い。そこでこれは東北方面の木曾山脈のうちか恵那岳のうちかと考へ恵那辺の事も穴ぐり索めたけれども合格するものが無いのである。

さうかうしてゐるうちに私は木曾の御嶽といふ説に多少疑を存しながら注意を向け、木曾路名所図会等を精査したけれども、更に手懸が無い。そのうちに木曾街道続膝栗毛を調べてゐると、その五編上、伏見の駅山松屋での事に

　下女茶をもちて来ながら、うた「ぬしの心はおみたけさまよ、むねのこほりがまだとけぬヅナ〳〵ゴイ〳〵」モシ御茶あがりませ

と記してあるのを見て、ここに気づいたことがある。それはここで下女のいうた俚謡の「おみたけさま」は近頃の木曾節でいふ「木曾のおんたけさん」であるであらう。その「おみたけ」が「ミ、ニ相通」の例、たとへば「壬生」がミブからニブとなる如く「おにたけ」といはるゝやうになつたのかも知れぬといふことであつた。

私はこの考を生じてから鬼嶽が木曾の御嶽であるだらうといふ説を信ずべきものとするやうになつた。しかしながら、それは実際の地理に合はない時には空論である。それ故に名古屋人にその実をたゞさねばならぬと考へて昭和二十八年十一月初に名古屋へ講演に行つた際に私の考へてゐることは何も一言もせず、たゞ含咕の句と荊口の句とを呈供して、そこにいふ鬼嶽といふはどこにある何といふ山か教へて戴きたいと

いふだけにして松田好夫君に依頼してかへつて来た。松田君はいづれ証拠を以て返事するといはれ、快くこの問を受け入れられた。

その後松田君から鬼嶽は木曾の御嶽のことである。しかし、まだ証拠がそろはぬから今姑くしてから委しく返事すると在つた。その頃神宮文庫から荒木田久老歌文集並伝記の刊本を恵贈せられたので、それを読んでゐると「後の信濃下向の後」と題する歌の紀行文に接した。そのはじめの方に尾張の佐屋での記事に山田を立ち信濃国に下つた時の記事である。これは久老が文政十三年九月晦に山田を立ち信濃国に下つた時の記事である。

佐屋にいたるに北の方に雪のかゝれる山は信濃の国なるよしいふに、

今よりやつもる日数をけふここに雪みそめつる信濃路の山

とあり、「十月朔日中津河をたちて、落合、馬籠、妻籠をへてみと野といふ所を行はなれ」「須原」をすぎて後の記事に

さやより見えしみたけもやゝ近くなりぬ

天雲のよそにみたけの雪の峰けふそまちかく木曾路越ぬる

とあつて、上の佐屋での詠と照応してゐる。私はこの記事と歌とを読んで、琵琶橋の眺望もその木曾の御嶽より外のものをさしたのではあるまいと思つてゐる。

昭和二十九年二月二十日に松田好夫君から之に関しての詳細な覚書が寄せられ、なほ小倉早苗氏が一月から二月にかけて十数回毎朝徒労をくりかへしつゝ、終に写し得られたといふ枇杷島橋中央から御嶽の白雪を戴いた姿の写真を副へてあつた。私はこの写真によつて、私の予想を確めうるに至り、又久老の見たのもこれであつたと信ずることになつた。

松田君の覚書の要をとつていふと、先づ、

　琵琶橋は枇杷島橋のことでビハは琵琶の文字も用ゐられてゐますが普通「枇杷」と書きます

とある。さてこの橋に就いて尾張名所図会前編巻之二、一ウにあると云ふ次の文を抄して示された。

　枇杷島橋（大橋は枇杷島村と下小田井村の堺にあり、小橋は下小田井村にあり）　国祖源敬公有司に命じて造らしめ給ふ国中第一の大橋にして東西に二橋を架せり（今、中略す）又両橋の間に中島とて南北六町ばかり川中へ壟出づ、此南の方三町程の間は萩叢にして毎年秋の頃は尺地も残さず咲乱れて紅紫の清流に映ぜる尤奇観也、此所に二軒の茶屋ありて往来諸人の飲食に供給す、凡美濃路廻り中山道及び東西諸国への往還にして旅客はもとより西国の諸侯方通行の官道故往来常に縦横し殊に当府の西なる咽喉なれば市に出入の商人をはじめ四方の諸人もみな此橋に輻湊して実に肩摩の賑なりとある。之によつて考ふれば、含岵はその二軒の茶屋のいづれかに休んでゐて鬼嶽の残雪を眺めてこの句を詠じたのであらう。さてそこでの眺望については上文のつゞきとして

又橋上より遠く四方を望めば、信州の御嶽、駒ケ嶽、加州の白山、江州の伊吹山、勢州の多度山、濃州の養老山、金華山、恵那山、三州の猿投山、及び飛越二州の山々まですべて八ケ国の俊秀四望の内に尽き（今、下略）

とある。ここに鬼嶽といふ名が当然有るべき筈と思ふに、その名が見えぬ。而して、それに載する枇杷島橋の図の上に君山の詩（日本詩選にある）と含咕のこの句と鳳台の句とを題してあるといふ。さうすると、「雪残る鬼嶽」は上記枇杷島橋から見ゆるといふ山々のいづれかに当るに相違あるまいと考へねばならぬ。そこで上文の山の名のあげ方を顧みると、これは遠近の順序でもなく方角の次第によつたのでも無いことは著しい。さうすれば、これはその目につくものから、次第にあげて行つたものと思はるゝが、さやうに考へてくると第一にあげた「信州の御嶽」が最初に人の目を惹いたのであらう。そこで松田君は説いて曰く

この橋から見えて弥生になほ雪が残り、又菊より早く雪のおく山で、一番よく姿の見えるのは御嶽山です。他の山々は御嶽の雄姿の前には問題でありません。

と。かくして名古屋の小倉早苗氏は私の為に琵琶島橋からの眺めとしての御嶽の姿を

撮影しようとして昭和二十九年一月に三回、行きながら効を奏せず、二月一日から毎朝出かけ九日目にやう〳〵撮られたといふ写真をよせられた。それは枇杷島橋の中央部から名鉄線鉄橋を隔てて中央部に他の山々を圧して白皚々の雄姿を擢んでてゐるものであつて含咕もこの姿を眺めたのであらうと思はれた。ここに地理学者のいふ所を顧みると、日本地理風俗大系には

御嶽の遠望

伊吹颪の寒い日熱田あたりの海岸に立つて北を望めば、まつ白なその頂は空の中に泛んでみえる。東京で見た富士よりも却て高い感じがする。甲斐の白峯と共に都会から眺め得る美しい山の代表である。

とあつて、以上の見解を裏附くるものがある。かやうに考へてくると、彼の久老が佐屋で、御嶽の雪を九月晦日（陰暦）頃に見たのも信ずべきものであるとすべく、荊口の句もやはり御嶽の雪を見ての詠とすべきであらう。たゞここにまだ少し問題が残るのは御嶽を鬼嶽ともいふのだといふ直接の例証が未だ発見せられないといふ点である。

按ずるに今俗にオンタケと呼ぶのは御嶽の文字によつてさう読むのだと思ふ人もあるかも知れないが、さういふのは早合点であらう。御嶽は元来「ミタケ」と言つたことは木曾路名所図会の仮名附を見ても知らるゝであらうし、又宝暦五年版の木曾路巡覧記の鳥居村の条にも

左御嶽の鳥居有、遥拝所也、向にみたけ山みゆる雪ふかし

とあるので御嶽即ち「ミタケ」とよむのが本名であることが知らるゝ。それ故に久老も「みたけ」と詠じたのであらう。

さて上に引いた木曾街道続膝栗毛の記事を顧みるに、それはその五編上、伏見の駅での事である。貝原益軒の岐蘇路記を見ると

大久手より細久手へ壱里半、大久手の家三十四五軒許、大久手細久手いつれもいやしくあしき小なる町なり、此間に琵琶坂とてあり、此坂の上より艮の方に木曾のみたけみゆる。

とある。大久手、細久手、又伏見はいづれも木曾街道であるが美濃国のうちである。その伏見駅で茶汲女の謡つた俚謡の「おみたけさま」といふのは或はその伏見駅と細久手駅との中間にある御嶽といふ駅の「みたけ」かも知れぬ。それは木曾路巡覧記の「御嶽より細久手迄三里可児郡」の記事に

宿　辰巳の方小山に御嶽の蔵王権現社可児大寺山願興寺とて薬師堂有（下略）

とある蔵王権現のことである。

しかしながらその俚謡に「おみたけさま」といふのは「御嶽」といふ語の上更に「オ」といふ敬語を加へ下に又「さま」といふ敬語を加へたものである。ここに「オミタケサマ」といふ語が成立するのだが、その「オミタケサマ」の「ミ」と「マ」と

がいづれも「ン」となつた為に「オンタケサン」となまり、それが恰も「御（オン）嶽（タケ）山（サン）」といふ名であるかの如く俗了したものであらう。さうしてその「御嶽」の「御」は俗に「オン」とよむが故に「御嶽」を「オンタケ」とよむのだと俗人が思ふやうになつたのでは無いか。その「オンタケサン」と呼ぶ様になつたこと、若くは「オンタケ」と呼ぶ様になつたのは何時頃からか明かには知られないが、さまで古いことでは無からう。元来「御嶽」即ち「ミタケ」といふ語は古く高山を崇敬して言うたことばで今日でも「ミタケ」といふのは諸所にある。さうして多くは神社がそこにある。それ故にその所在の地名を冠して、木曾の御嶽、甲斐の御嶽、などといふ。その「ミタケ」に更に「オ」といふ敬語を冠して「オミタケ」といふことが生じたであらう。その事は燈明（ミアカシ）を「おみあかし」、神酒（ミキ）を「おみき」、御鬮（ミクジ）を「おみくじ」、神輿（ミコシ）を「おみこし」、宮（御屋の義ミヤ）を「おみや」といひ、又御足（ミアシ）を「おあし」など俗語にいふ所と揆を一にする所のものである。かくして一旦「オミタケ」といふ語が生じたが、その後に其の「オミタケ」が「オンタケ」となつたのであらう。しかもその「オミタケ」が他方に「オニタケ」となつたのでなからうか。「おみたけ」が「ミ、ニ相通」の例で「壬生」が「ミブ」から「ニブ」となり、「韮」が「ミラ」から「ニラ」、又「蓑」が「ミノ」から「ニノ」となつた例に照して見るとさういふことが生じなかつたとはいはれない。さうしてその「オニタケ」といふのが元禄頃に尾濃地方に行はれてゐたのでなからうか。木曾の御嶽を「オニタケ」といふのは名古屋城の鬼門だからだといふ説もあるらしいが、それは名古屋人だけの話で一般には通ぜぬことであらう。以上は中間報告の如きものである。之を契機として積極的の解決を大方の識者の教示に仰ぐものである。

（校訂者注）「山田孝雄年譜」附載詠草昭和二十九年に次の記事が見える。

二月二十日　松田好夫氏より、かねて質問しおきし琵琶橋より見ゆる鬼嶽は木曾の御嶽なる由を証せむとて小倉早苗氏が十数回早朝に通ひて終に撮りたりとて、写真贈られたり。之に報いむもがと心がけ居たりしに、五月三十一日暁に得たる歌

雪白き鬼嶽撮るとカメラ持ち八十日通ひし琵琶橋の上

月夜さし

猿蓑五の「市中は」の巻の付合に

こそ〱と草鞋を作る月夜さし　凡兆

といふ句がある。この「月夜さし」といふ語はどういふ意味をあらはすものであるか。露伴は

月夜さしは月夜といふがごとし、別義なし。

と云つてゐる。意味は恐らくはその通りであらう。しかしながら、月夜といふと同じ語ならば何故にわざわざ「月夜さし」といふのか、「さし」といふ語を何故に加へたのか、「月夜」と「月夜さし」といふのと果して同じ語であるか、私はこのまゝでは承服しがたいのである。

この「月夜さし」と用ゐた例は多くは無いが、往々見る。たとへば麻刈集に

春雨や山のうへまで月よさし　岳輅

新深川の夏五歌僊其二の巻の二表に

鷹様の築地はつれの月夜さし　一陽

「浅草ほうご」の正月十日の半歌の第五に

引かふる夜着の中まで月夜さし　　燕　石

延享廿歌仙の第六の巻（平砂独吟）の第五に

諷ひ消しうたひ消されて月夜さし

といふのがある。これらは皆たゞ月夜といふと同じものであらうか。「山の上まで月夜だ」とか、「築地はつれの月夜だ」或は「夜具の中まで月夜だ」とか解釈しても適切だとは思はれぬ。

七部集婆心録は

月夜ざしは月夜終《つきよもすがら》と云ふ程の詞、我国にては月夜させらと云へり。

といふ。婆心録の著者曲斎はその郷曲を詳かにせぬ。江戸人だといふ説があるけれど、ここに「我国にては云々」といふに一致せぬ。樋口功の「芭蕉の連句」といふ書には之に就いて

「さし」は婆心録に月夜終と云ふ程の詞、我国（○曲斎の郷里は嘗て人に聞きしも忘れたり）にては月夜ザセラと云へりとあり。或は聞きサシ、行きサシ、喰ひサシ、飲みサシなどのサシにて「余剰」即ち月夜を利用する如き意味合の語にやとも思はる。なほ考ふべし。

といふ。しかしながら、「聞きサシ」「行きサシ」などの「サシ」は中止する意を示す動詞であつて、その連用形の一の用法であり、随つてそれは上に動詞を受けてゐるものである。ここに「月夜」といふ体言を受け、しかも中止の意も無いものであるから、全然当らぬものである。

湖中の鳶羽集には単に

月のあかりを便りとして草鞋を作り居る平生の事也

と釈してある。これは穏かな解釈ではあるが、「月のあかりを便りとして」ゐるのをなぜ「月夜さし」と云ふのかといふことの説明が無いのは不備であるとせねばならぬ。

小林一郎の七部集連句評釈には

月夜さしとは「月の夜すがら」といふと同じ意である。

とある。これは婆心録によつたものであらうが、どうしてさういふのか説明が無い。

私は上述の諸説には満足の意を表しかぬる。そこで、これには何か別の意味か因縁があるべきものであらうと思ひ、いろ〳〵考へて見た。先づこの句の意は実際に月夜であることを示してゐることは疑ふべからざることである。さういふ風に考へて来ると、その下の「さし」は月の光の「さす」ことをいうたものであらうとは誰人も考へうるであらう。「虎渓の橋」に歌仙俳諧の定俊の発句した巻に

つき磨の上に不思議の光さし　定俊

といふ句がある。これはその前句に

萱が軒端に正真の弥陀　西鶴

とある故に疑ひもなく光のさしたことを詠じたものである。日月の光に「さす」といふことは古からいふ所で七部集でも日光については

曠野二昼はかり日のさす洞の菫哉　舟泉
猿蓑三百舌鳥なくや入日さし込女松原

といひ、月光については

続猿蓑下夜涼やむかひの見世は月がさす　里圃

といふのがある。それ故に「さし」をば光がさす意と解すべきことは自然にさとるゝのである。さうして、この凡兆の句の意もたゞ月夜だといふだけで無く、月光が草鞋をつくる男を照してゐること、即ち月光を浴びつゝその男が草鞋をつくつてゐるさまを髣髴せしむるものがある。即ち湖中の解が当つてゐることを思はしむるものがある。しかしながら、かやうに解釈することを得るものとするには「月夜さし」が「月光が照してゐる」といふ意だといふことを立証する必要がある。

私はここに到りて万葉集に「月夜さし」といふ成語の存することをあげねばならなくなつた。これは巻十の春雑歌の末に譬喩歌と標した一八八九番の歌である。

吾屋前之毛桃之下爾月夜指下心吉菟楯頃者

これは今は「月夜」を「つくよ」とよみ、

わがやどの毛桃の下につくよさし、下心よしうたてこの頃

とよむことになつてゐるが、「月夜」をば契沖なども「ツキヨ」とよんでゐる。それ故に、ここの「月夜指」をば「つきよさし」とよむのが俳諧としては穏当なことであらう。

さて上の万葉集の歌ははやく、古今六帖にも引いてある。その第六帖「もゝ」の部に

我宿のけもゝの下に月よさしした心よしうたてこのころ

としてあげてある。私はこの「月よさし」といふ語が、この凡兆の句にいふ所の出典と思ふ。それについてはこの「月夜さし」が如何なる意味をあらはしてゐるかを見ねばならぬ。

仙覚が万葉集註釈には

ツキヨサシトハミナリテノチヨル〳〵カケヲサセハ、ハルノヨノヤミモハレテ
コ、チヨキニタトフ。

といひ、契沖は

月夜指は唯月影のさすなり。……又桃の末は茂り添ひて暗く、本には月影のさして面白きをは人知れす下うれしさのいやまさるに喩へたり。

と云つてゐる。又季吟の拾穂抄には

月夜さしとはみなりて後夜々影をさせば春のよの闇《ヤミ》晴て心ちよきにたとふ。

とあるが、これは上に「仙曰」と記してゐる通り、仙覚の説によつたことは明白である。

以上によつて考へて見ると、万葉集の歌にいふ所の「月夜さし」は月の明るき夜に月光の照すことを云うたものである。さうして見ると、凡兆の句はまさしくその意味であつて、

月の明るい夜に月光のさす処で、その月の光をたよりとしてこそこそと草鞋を造つてゐる有様

を描き出したものであることはもはや疑ふべくも無い。さうすると、

月夜さしは月夜といふがごとし

月夜終《つきよもすがら》

月夜を利用する如き意味

などいふ説は出たらめであることはいふまでも無い。さうして、その「月夜さし」の語は麻刈集の岳輅の句、新深川の一陽の句、「浅草ほうご」の燕石の句、延享廿歌仙の平砂の句すべてを明白に照明してゐるのである。随つて、これらの人々はいづれも万葉集の原歌の語の意を正しく理解して用ゐたことは認めねばならぬ。かやうにして省みれば、今万葉集の研究が空前に進歩してゐるといふ人もあるが、私には、明治以後の人の方が凡兆等の人々よりも遥かに低能と見ゆるが、是は何としたものであらう。

上の如く一往論定して更に凡兆の句を顧みると、これはたゞ上に述べただけの解釈ですまされぬ趣がある。それは古い諺に

月夜影に足袋をさす

といふのがある。これは月光を利用して夜延《ヨナベ》をするといふことで勤倹なることのたとへにしたものといふ。

さてこの「月夜さし」といふ語は恐らくは万葉集にはじまつたものであらうが、その以後歴代の和歌にも無く、又その他の物語や草子等にも一向に用ゐられた例を知らぬ。さうしてこのやうに俳諧に屢用ゐられたのである。之によつて考ふれば当時の俳人達は万葉集をよく読んでゐて、この点だけに就いていへば歴代の歌人、文学者などよりも万葉集に親しんでゐたことを大呼せねばなるまい。

（校訂者注）前田金五郎氏の示教により、左の二例を追加する。
「陸奥衛」（元禄十年刊）巻四、
相手を呼に鶴の巣籠　湖松
山の寺黒く見えけり月夜さし　桃明
糸瓜がなれば皆とつて行　桃舟
「俳諧雷盆木」（宝永七年刊）、
臼にやはらぐ甲斐の新蕎麦　（団）士
唐丸の塒にごそつく月夜さし　（鬼）睡
浴衣わたして犬の迯吼　（百）合

淡気の雪

炭俵下、芭蕉の「振売の鴈あはれ也ゑひす講」を発句とする巻に
星さへ見えす二十八日　孤屋

ひたるきは殊軍の大事也　芭蕉
淡気《ケ》の雪に雑談もせぬ　野坡
明しらむ籠挑燈を吹消して　孤屋
肩癖にはる湯屋の膏薬　利牛

といふ一連の付合がある。その野坡の句の「淡気の雪」は何とよむべきものであるか、又それは如何なる雪をいふのか、又その句は如何なる意味であるのかといふことを考へてみると、従来の諸家の説明にいろ〳〵疑問が生じてくる。今その事を論じてみる。

先づ「淡気の雪」は何とよむべきであるか、炭俵の原板本には「気」に「ケ」の振仮名があるからこれは動かすことは出来ぬ。小林一郎の七部集連句評釈には「あはけ」と仮名付してある。岩本梓石の俳諧七部集新釈にも「アハケ」と仮名をつけてある。曲斎の七部婆心録にはその説明の所に淡気に「あはけ」と仮名付をしてある。なほ七部集大鏡には仮名をつけた所が無いのに俳諧叢書に収めたものには説明の中に「あはき」と仮名付してあるが、之は原板本には「ケ」とあるから、叢書の編者のさかしらである。

よみ方を示してゐるのは上述の諸書でありその外にはよみ方を示したものを見ぬ。然らば「アハケ」とよむべきであるか。私は「アハケノ雪」といふ語の例が有るかと多くの書を調べて見たが、「沫雪」「沫雪」といふことは少く無いが、「アハケノ雪」といふことは一も傍例を見ず、しかも私の調が進むにつれて疑が深くなるのみである。

さて、そのよみ方は一往さし措いて、それは何を意味するかといふに、七部集連句評釈はその説明の中に「今日は雪降つて云々」といひ、七部集新釈には「雑談」の標注の中に「炉取巻く者雪に一入身に感ずるなり」といひ、俳諧鳶羽集にはその説明の中に「雪風のまきれに乗てかたきの不意を襲ん事をはかり云々」といひ、「淡気の」といふことに対しての説明も無く、たゞ「雪」といふとかはりは無い様である。若し、さうだとすると、わざ〳〵「淡気の雪」というたことは何の必要があつたのか、若し又何の必要も無く「雪」といふだけですむべきものを「淡気の雪」としたのならば詞を遣ふ道を弁へぬもので、芭蕉は恐らくは認容すまいと思ふ。それ故に、これが真に俳諧の道で認めらるゝ句であつたとすれば「淡気の雪」といふのはたゞの「雪」といふ語に代へたので無く、或る意味を含んでゐるものと考へられねばならぬ。

そこで婆心録の説明を見ると、

淡気の雪に雑談もせぬとは淡雪《あはゆき》に甲冑そぼ濡れて寒気はだへに入《し》み、物さへいはで衆軍凍渡《いてわた》りたるを哀れと見たる主将の情を述たり。

といふを見れば「淡雪」のことだと見てゐることは著しい。西馬の標注七部集には本文を

泡気の雪に雑談もせぬ　坡

と更め、標注には

冬の泡しき雪也。

とある。これは本文を「アワケノユキ」とよみ、それを冬の泡雪であると解したのであるが、本文を改むるが如きは不都合だといはねばならぬ。かやうなことになつてゐるから、露伴の如き手のこんだ論が生じたのであらう。曰はく、

淡は薄きなり、沫にあらず、淡気は当に沫気に作るべし。沫の如きの雪といふことなれば、沫気とすべき勿論なれど、万葉集には沫雪とあるにもかゝはらず、淡雪など書ける中世の習に引かれて、淡気とはしたるならん。古今抄、物にふれ消え易く淡々しきは春の姿など云へるは無学の徒を瞞くの妄説にして沫雪薄雪といふ語はあれど、淡雪といふは無し。あわ、あは、仮名違ひ、沫、淡、文字異なり。淡けの雪、当に沫気の雪とすべきのみ。万葉の沫雪のほとろほとろに降りしければ、とある其の沫雪がゝりたる雪が即ち沫気の雪なり。

とある。この淡雪沫雪の論は誠にその通りの事である。かくしてこの説は帰する所西馬の「泡気の雪」としてあるのに一致することである。しかしながら、私はやはりその論を認むることが出来ぬ。

露伴氏は「沫雪薄雪といふ語はあれど淡雪といふは無し」と云つてゐらるゝ。それはまさしくそれに相違ないが、「淡けの雪、当に沫気の雪とすべきのみ」といはれたのは果して当を得たことであらうか。氏は「其の沫雪がゝりたる雪が即ち沫気の雪なり」と断定せられたが、私は「アハケノユキ」又「アハケ」といふ語を調べた際には既に露伴氏の説も見てゐたから同時に注意を怠らなかつたけれど、これ亦一もその例を見なかつた。要するに、淡雪と書くのも正しくは沫雪なのであるが故に露伴氏の言ふ如くならば淡気の雪も沫雪がゝつた雪をさすことであらねばならぬ。而して露伴氏の自信に満ちた言ひ振によれば沫気の雪といふことは万葉集にでもあるかの如くに見ゆるけれども、万葉集以下代々の和歌にも平安朝以後の雅文にも全く無い語であり、又近世の文芸にも所見が無く、ありとすれば、これが唯一のものである。それ故私はそれらの説を支持することが出来ぬのである。

そこで、この一句全体をどう見るかといふことも問題とせねばならなくなつた。注解は

一転して凱陣して炊く兵粮の煮えるを待兼て空腹の寒さをこらへて居るさま、と説いてゐるが、ここに「凱陣して」といふ以上、いくら空腹でも「雑談もせぬ」といふことは気分の上で齟齬してゐる。「雑談もせぬ」は元気沮喪してゐる俤が見ゆるのである。婆心録は上に引いたやうに「淡雪に甲冑そぼ濡れて寒気はだへに入み、物

さへいはで衆軍凍渡りたるを哀れと見たる主将の情を述たり」といひ、七部集連句評釈では更に敷衍して

援軍の来るまで生命にかけて支へる覚悟では居るが、兵糧尽きて士卒皆打悩んでゐる上に今日は雪降つて寒気烈しけれど、薪の用意も乏しければ、士気は一層に沮喪し、互ひに顔を見合せて雑談もせずに居るをいかにも哀れと主将の見渡して心を砕く体である。

とある。これらは「雑談もせぬ」といふことに対してはふさはしい解釈である。しかしながら、これを陣中の事とすれば前句と重なり合ひ、何等の発展が無いことになるでは無いか。鳶羽集は「雑談もせぬ」を別の意にとつて、

ひだるきは殊に大事なりといふこと葉を軍評定の坐上の論と転じたり。一手々々の謀将、主将の許に会合して、主客の謀などといひ合せて後、たま〳〵の出会なれば思ひ〳〵の雑談などすべきに、雪風のまぎれに乗てかたきの不意を襲ん事をはかり、其の席をまかり、おの〳〵持口へ帰りし体籠城の趣なり。

と云つてゐる。これらはなか〳〵委しいやうだけれど、これでは、この句は前句に対しては所謂用付といふやうな形で、意味は全部前句に融け込んでしまひ、何等の展開が無いことになる。かくの如きは連歌俳諧の道では進みが無く、変化が無いものとして上手なものだとは認めぬ。かくの如くであるから、我々はなほ他の解釈が無いかを

顧みる。七部集大鏡は曰はく

一書に二十八日の軍は不二の狩場にして曾我兄弟の俤なりと云々。愚考夜討の解いさゝか覚束なし。二十八日の軍とあるを一向宗の軍と見ての附込なり。次の作者又その心を得て鷺の森の軍とは定たり。本願寺の軍も大坂三河とうごかさず、淡路の風を三句にわたして顕如教如両上人と織田勢との合戦なり。それのみならず、雪をあしらひたるは二十八日の雨を補ひて露霜と雪とにて附はさみたる、誠に恐るべきの手段なり。淡気の雪にあらずむば何所の軍ともうごくべし。蕉門の俳諧は是等を手本にすべくこそ。

と頗る勢のよい説明であるが、どの点が「淡路の風を三句にわたし」たのであるか、少しもわからぬ。一体淡路といふ土地が、このあたりの句のどこに含まれてあるのか、我々には一向解せぬ。或は「淡気の雪にあらずむば何所の軍ともうごくべし」といふ所を見ると、その「淡気」といふ語に淡路といふ意味があるとするのかも知れぬが、若しさうだとすればいよ〳〵邪道に深入りしてゐるといはねばならぬ。

以上の諸説深くなる程邪道にはまり込んで行く。露伴氏は

一句は前句の詞を、籠城せる者の、兵粮も乏しくなりし体と見て、既に飢ゑ、又寒く、沫気の雪に、窘蹙の情加はりて、士卒の雑談もせず、陰惨厳粛の気、眉宇の間に充満ちたる態なり。こを淡路の風と解して一向宗の軍事とするが如きは、

淡の字の下しあるを見ての迷なり、取り難し。星さへ見えずよりの三句皆佳なり、
陋解を敢てして明珠を襤褸に蘊むなかれ。

とある。ここに「淡路の風」といふ陋解を打破したのは賛成である。しかし、大鏡は「淡気の雪」といふ語の解として単に雪の事でも無く、又淡雪の事でも無いと考へた上での事と思はるゝにより、その点からいへば、淡雪又は沫雪がゝりたる雪といふ説と五十歩百歩の論に過ぎぬであらう。而して露伴氏の説とても、婆心録以来の籠城説であるから、連歌俳諧の道から見れば既に論じた如く正しい見解とはいはれぬのである。芭蕉は果してかやうに解してこの句を認め且つ容したであらうか。

ここに私は上の如く籠城といふやうなことをいはない人が無いかと見ると、岩本梓石の新釈はその標注に

（雑談）前句を故老の話と見て炉取巻く者雪に一入身に感ずるなり。

といひ、西馬は既に述べた通り標注に

冬の泡しき雪也

といふに止まる。秘註俳諧七部集には

冬ヲ附タルハ変化ノ大事ナリ、工夫スヘキコトナリ。

と云つてゐる。これらの説は籠城とは見て居ないのである。前句が軍であるから、この句が籠城であるとする説は否定せられねばならぬ筈である。

以上の如くいろ〳〵と方角をかへて視て来たけれど「淡気の雪」といふことが正しく解釈せられぬ以上は、それらの説を全然否認するだけの力はこちらに無い訳である。そこで私はまづ「淡気」を何とよむべきか、又そのよみ方につれて何と解すべきかを調べにかゝつた。この字面はどこまでも原板本に随つて、「淡気」の文字で無くてはならぬ。露件の如く、西馬の如く、「沫気」「泡気」と変更すべきものでは無い。

私は先づ「アハケノユキ」といふ詞若くは「アワケノユキ」といふ詞が無いか、又「アハケ」若くは「アワケ」といふ言ひ方があるのかと、万葉集以下の多くの歌書、又古今の諸書、俳諧、連歌、謡曲、狂言、浄瑠璃其他の俗曲、又室町・江戸両時代の小説、随筆、雑書を多年渉猟してゐるけれども、今に至つても一もその例に出会はぬ。似た様な語として天候では「あまけ」（雨気、源氏物語藤裏葉）「あまけの月」（金蘭集「秋の夜をうち崩したる嘶かな」の巻の付句「車庸」）「ゆきけの空」（後拾遺集）「ゆきけの雲」（金葉集）など雨雪の降るべき兆をいひ、又「湿のふきてのかゆき南気」（芭蕉小文庫夏之部餞別の巻の付句「山店」）は南風の吹き出でたのをいひなどしてゐるけれど「アハケノ雪」といふ様な語は見えぬ。又病気の徴候としての「かざけ」（「風気」俳諧三部、惟中吟付合）「咳気け」（俳諧三部抄中、付合、よし田氏松宅）「血の道気」（投盃、第六付句、江戸八百韻木何付句、幽山）「いつもの持病気」（川角太閤記、巻二）などの例も見ゆるけれど、淡気の雪を「アハケノ雪」と読んではそれの例と見えぬ。

さて「淡気」の字を「アハケ」の外には何と読みうるであらうか。「淡気」の文字を変へぬとすれば音読にして「タンケ」といふより外は無い。而して「タンケ」といへば直ちに病症の痰気を想起する。痰といふ語は本来淡であり、その病症を淡陰と云つたので、後に病垂の字を生じたのである。それらの事は古くは図書寮本類聚名義抄に淡痰の二字を並べ標してあり、医心方に淡飲と標して、その症候治方を説いてあるのでも知らるゝ。即ち病症をさす場合には淡と痰とは相通用するものであることは明かであり、随つて「淡気」「痰気」も亦相通用するものであることは論ずるまでも無いのである。

かやうに考へて淡気即ち痰気であるとすると、その痰気といふ語は俳諧には屢用ゐられてゐる。次にその例をあげよう。油糟の雑の

土の中にもしはふきの音

の付句に

痰《タン》気《ケ》なる人や竈湯へ入ぬらん

とあり、又正章千句独吟第一の三裏に

痰《タン》気《ケ》なれと入《ニ》室《シツ》の師化に撰れて

といふ付句もある。又狂歌にもある。古今夷曲集七に

彦七といふ田夫か留守をうかかひて女のもとへ
忍ひ行けるに其人しはふきけれは女のよめる

彦七か顔をするとも痰気《たんき》故かくれぬせきを今はやめてよ

とあるが、これには「たんき」とよませてある。しかし、意味は同じであらう。又福斎物語に

愚者も賤も金銀はもてり、かねを持ものをへつらへる者は智者といひ、必これを敬ひもちゆるを以てその身おごり薬をこのむ、自病に痰気のつき筋気を煩ふ、身にあまり楽をするもの六十の齢をたもつ人なしと見へたり

とあるが、ここにいふ自病は即ち持病のことで呼吸器の慢性疾患を持つてゐることをさしたものであらう。

この痰気といふ語は日本製のもののやうであるが、実際はさうでは無く、古く白氏文集に見らるゝのである。即ち巻二十四の自歎の詩

豈独年相迫、兼為病所侵、春来痰気動、老来嗽声深、眼暗猶操筆、頭斑未挂簪、因循過日月、真是俗人心、

とあるのである。而してこの詩に云ふ所は持病たる痰気の様子をよく説明してゐるから、今論ずる句の解釈に役立つことが少く無い。即ち「痰気動く」といふことはその

やうな慢性疾患をもつてゐる人は時候のかはり目といふものは、鋭敏に感ずるもので、常人が何とも感じないのに早くもその変化に感応して、それぐ用心をするのである。これはその疾患のある人の誰もが経験する所である。又「老来嗽声深し」でこの持病の痰気が動くと咳嗽すること頻繁になるのである。この二句がこの付句の解釈として利用せらるべきことは下にいふ。

以上いふ如くであるが、その例は皆「痰気」と書いたものだけで、「淡気」とは書いてゐないから、疑ふ人もあらうか、しかし「痰」「淡」相通用することは既にいふ通り著しいことである。俳諧にも痰を「淡」と書いた例はある。当流籠抜の「塩売や」の巻の付句に

吐かくる淡より消し夜半の月　百丸

といふのがある。淡は痰であること勿論である。陸奥衛巻四の芭蕉翁三回追悼独唫（桃隣）の二裏の第九に

人参で淡《たん》の命を拾ひけり

とある。之も淡は痰であることは明白であり、それには「たん」と仮名をつけてある。それ故に淡気は痰気であり、それは「たんけ」とよませたものであらうことは桃隣は

熟知してゐたと考へらるゝのである。

淡気即ち痰気であるとすれば、上にあげた「かざけ」「咳気け」「血の道気」などと同じ性質のいひ方で痰を持病にもつてゐる者にはやくも感ぜしむる雪であるからたゞの雪とは心持がちがふ。もとより之はさういふ持病の無い者には何の感じも与へないであらうが、痰気のある者は敏感なのである。この句は「雑談もせぬ」が中心であり、その原因は淡気を逸早く感ぜしむる降雪であつて、主として寒気の鋭敏に感ぜらるゝことが、原由となつてゐる。それ故に秘注に「冬ヲ附タルハ変化ノ大事ナリ」と云つたのが正しく、西馬が冬の句としたのも当然で、新釈が

炉取巻く者雪に一入身に感ずるなり。

と云つたのは淡気の雪の解が無いといふ欠点は別として首肯せらるゝ説明である。而してこの「淡気の雪に雑談もせぬ」とあるのは上にあげた白氏文集の「痰気動く」「嗽声深し」の二の句を借りて来るとはつきりする。即ち、天候が変り、雪が降り出して痰の持病の人にはそれがひどく身にこたへて来て、咳をすること深くなりさうだ。そこでその持病のある人が、一寸動いても痰が出で咳を催しさうだから、じつとして身じろぎもえせぬといふのが一句の心もちであらう。さうすれば、これは前句が軍場であるのを一転して冬の夜の炉辺での昔話として聴手は一同しんとして、そよりともせぬが、それは痰持の人がその場合の代表者であるかの如く、身じろぎもせず神妙さう

にしてゐるといふことであらう。さうすれば、露伴氏の「星さへ見えずよりの三句皆佳なり」といふことがはじめて出来るのである。

以上の如く解して見ると、ここに別に一の問題が生ずる。それは「淡気」を持病に関するものとすると、打越に「肩癖にはる」とあるのと甚だ近くて、差合ふでは無いかといふことである。これは連歌ではまさしくその通りであり、俳諧でも同様であるかも知れぬ。疾病の類は何句去るといふ規定は何も無いが、私共は慣用上五句位去つた方がよからうと思つてゐる。俳諧は連歌よりは規則が緩やかであるから三句位去るものかと思ふことは御傘にその様子が見ゆる。しかしながら西鶴の大矢数第六十二の表に

痃癖所雲起つては烟ラする　西珍
あらしに騒く西の板つき　一貞
月更て大根おろすけしきあり　幽風
すこし衣にうち疵の血か　西葉

とある如く、二句隔ててある例は少く無い。之によると、貞門では三句としたのを談林は更に緩やかにしたのであらう。言水の編になる延宝六年の江戸新道にも何豆の巻

にも

御《おん》煩《わつらひ》東風心せよ
百敷や古借銭の峰の雪
あほう払の志賀の山越
後疵流れもあへぬ村栬《もみぢ》

とあつてこれも二句去つてゐる。然るに、延宝七年刊の西鶴友雪の両吟一日千句には第二春雪何袋の巻三表に

疱瘡てむなしく成し夕にて　雪
すいてきた物袖の稲妻　鶴
択《ツハリ》食やみ目には見れ共月くらし　雪

と疾病を打越にしてゐる例と見らるゝであらう。又第八何顔の巻の三裏に

薬物無常の風か引程に　雪

しやかうの犬よ六道のつち　鶴
耳たれもなほりてはきく地念仏　雪

とあるのも同様である。又高政の中庸姿の裏に

持病の恋まちん粉にしてのますれど
木賊も鮫もなみだなりけり
あかゞりや真菅の笠に竹の杖

とあるのも同様であらう。かやうな例どもから、さういふことがあまりやかましくいはなくなつたのでもあらうか、芭蕉一座の俳諧にも例がある。園風の「暁や雪をすきぬく藪の月」を発句とする五十韻（金蘭集、一葉集等にある）の二表に

女咳たる竹の戸のうち　土芳
後朝の亥の子の餅を配るとて　芭蕉
脊中は寒く頭うちける　木白

といふ付合がある。木白の句は悪感と頭痛とを示してゐる。土芳の句はたゞ咳をしただけだと云つても咳といへば本質として既に病症の一徴候である。それ故にこの句が痰気淡気同じとして芭蕉がそれを容したとして必ずしも異例といふことが出来ぬ。かやうに打越になつても嫌はないのは文化九年の花供養の

初午や夜の酒もり雪のつむ　安土広島 篤老

を発句とした巻の付合に

かりそめなから三月わつらふ　篤老
はたち迄しらすにをりし姪か顔　路宅
咳をおさへて次の間へ立　綾彦

とあるのを見ても後々までそれがつゞいてゐたことを見るべきである。

以上述べ来た所の結論として私は「淡気」即ち「痰気」であると判断すべきものと信ずる。

鶴脛

奥の細道に載する象潟での芭蕉の詠に

汐越や鶴はきぬれて海涼し

といふ句がある。之をば釈して

汐がさして来て、さら〳〵と汐が越してゐる汐越には鶴が降り立つてゐてその鶴の脛をひた〳〵と汐がぬらしてゐる、誠に涼しげな海の眺であるよ

と述べてゐる説がある。これが果して適してゐるのであらうか。句選年考にはこの句に関して次の如く云つてゐる。

奥羽行に汐越の里なる金氏何某の家に持ち伝へし祖翁の自から書かせ給ふ高詠を敬拝して写す。「象潟の雨や西施かねふの花」夕方雨やみて所の何がし舟にて江の中を案内せらる「夕晴や桜にしつむ波の花」腰長の汐越と云ふ所はいと浅くて鶴下り立ちてあさるを「腰長や鶴脛ぬれて海涼し、武陵芭蕉翁桃青」とありて次に以哉坊か詞書に云、三章ともに唐紙の横物一幅に書き残し給ふ筆のあと鮮にして誠にいますが如しともいはんか、さるを奥の細道には象潟や雨と腰長の五文字

汐越と有りて、中の一章は全体漏れ侍りぬ。此度の行脚に真跡を拝すること常に信仰の本懐浅からねば、猶はた此地に漂泊の好士の乞うて拝せんがために爰に記すものならし

といひ、更に又

菅菰抄に此句翁の自筆、今汐越町庄屋の所に残りて五文字、腰長やとあり、しほこし川の中に腰たけと云ふ浅瀬あり、そこに鶴の下り居たるを見申されての即興と云ひ伝ふ。

といふ。これらに基づいて上の釈も生じたのであらう。

上に見えた真蹟といふものは私は見てゐないから、漫りに之を疑ふのはよく無いかも知れないが、果して実地の鶴の下り立つてゐるのを見ての詠であらうか、鶴脛といふ語は平安朝から盛んに用ゐられた語で、いはば譬喩から生じた一種の語である。それを実際の鶴の長い脛をいふのに用ゐてはならぬといふことは無いが、さやうに譬喩に用ゐ来つて慣用久しい語を実景に用ゐて果して効果を収め得るものであらうか。特に句選年考の著者の考へは我々の腑に落ちぬ点がある。

句選年考は上文につゞいて荘子の

荘子外篇に駢拇第八、彼正正者不レ失二其性命之情一、故合者不レ為レ駢而枝者不レ為レ跂、長者不レ為レ有レ余、短者不レ為レ不レ足、是故鳧脛雖レ短続レ是則憂、鶴脛雖レ長、

断レ之則悲、故性長非レ所レ断、性短非レ所レ続、無所去憂也、意仁義其非人情乎、
彼仁義人何其多憂也

といふ文を引き、次に

按ずるに延宝九年の次韵に「鷺の足雉脛長くつきそへて　芭蕉　此句以二荘子一可レ見矣　其角」と脇あり、此所に遊べりと見ゆ。

と云つてゐる。この説は甚だ妙なもので、荘子の彼の文により「鶴脛」といふを「鷺の足」とし、「鳧脛」といふを「雉脛」として、たゞ語をとりかへただけのもので、これも一種の譬喩で架空の言であり、何も、この汐越の句と関係も無いものである。それをばこの汐越の句と連絡せしむるのも変なことといはねばならぬが、この句あるを以て「此所に遊べりと見ゆ」と云ふのを見ると汐越を詠じたものと考へたらしい。それを以て見ると、この句選年考の著者の常識を疑はざるを得ない。

按ずるに、荘子の彼の駢拇篇の文は古来邦人の間に膾炙してゐたと思はるゝが、これをそのまゝの文句で利用したものの著しいのは壇浦兜軍記の第三の俗にいふ阿古屋の琴責の段の初章である。曰はく

鳧の脛短しと雖も之を続かば憂へなん、鶴の脛長しと雖も之を断たば悲しみなん、民を御する事此理に等し。されば治まる九重に猶も非常を警戒《いましめ》の水上清き堀川御所云々

と。これはかの荘子の文をそのまゝ訳出したのである。この文を見てまさか汐越の土地に因みがあると思ふ人は一人もあるまい。「鶴脛」といふ語を用ゐた俳諧の句は懐子八、付句に

歩わたりする鴨河のすそ
つるはきやもゝ迄まくるかり袴　重頼

といふがあり、「もとの水」に芭蕉の句として

名月や鶴脛高き遠干潟

といふのを載せてゐる。この名月の句は真の芭蕉の作かどうかを疑問とせられてゐるけれど、芭蕉の作で無いにしてもその書の編集(天明七年)よりも前に既に存してゐたものである。又俳懺悔下には

鶴脛かゝげて商ふ叟を見て
中〳〵に死なで此世を麻木うり

といふ詞書があり、蓼太句集三篇には

五月雨や鶴脛ひたす橋柱

といふのがある。これらの鶴脛といふのはいづれも鶴の脛をさしたものでは無く、人の衣の裾を高く褰げて細脛を高くあらはしてゐる姿をさしてあることはいふまでも無い。先づ重頼の句は金葉集巻十の連歌の

宇治へまかりけるみちにて日頃雨のふりければ水の出で丶賀茂川を男のはかまをぬぎて手にさゝげてわたるをみて

かも川をつる脛にても渡るかな　頼綱朝臣

かりはかまをばをしとおもひて　行綱

とあるのに基づいたものである。この連歌の前句は「かも川」の「鴨」と「鶴脛」の「鶴」とを取り合せたのに対して付句が「かり袴」を「雁」に「惜し」を「鴛鴦」にとりなして付合はせたものである。而してその「鴨」と「鶴脛」とを取り合せたのはもとより荘子の駢拇篇によつたことは明かである。しかし、その「つるはぎ」といふのはたゞ鶴の脛が長いといふ意味だけで言うたのでは無く、この頃に「つるはぎ」と

いふ一語が成熟してゐて、川を徒渡りする人の衣を高く掲げて脛を長くあらはしてゐる有様をいふに用ゐたことは明かである。その頃の人々が河を徒渡りする事が屢あり、さやうな姿は誰も知つてゐたであらう。枕草子五十五段「卯月の晦日にはせ寺にまうづとて淀のわたりといふを物せしかば云々」の文の末に

三日といふに帰るに雨のいみじう降りしかば菖蒲かるとて笠のいとちひさきを着て脛いと高き男童などのあるも屏風の絵にいとよく似たり

とある、その「脛いと高き男」といふのが、菖蒲を刈る為に衣を褰げて鶴脛にした男に相違無い。而してこの文によるとさういふ姿の男が当時よく絵に書かれたことが知られるのであるが、今日残つてゐる絵にも往々さやうな姿が見らるゝ。今日残つてゐるもので見ると、年中行事絵巻の関白賀茂詣の絵の半すぎの辺にて賀茂川を馬にて渉る男一人に徒渉りする男二人女一人童二人を描いてあるが、それらはいづれも股まで衣をまくり上げてゐる、之が脛高きもので所謂鶴脛なのであらう。

「つるはぎ」といふ語は右の様に用ゐるのだが、又「つるのはぎ」と云つて同じ意をあらはした例がある。井華集にある几董の句に

やすき瀬や冬川わたる鶴の脛

といふのがある。それの詞書を見ると

島田の千布は駅吏なりければ台輿など下知して厳重に大井河の岸まで送らる。

とあるのを見れば、言の上では「鶴の脛」とあるけれど、実際は鶴その物の脛では無くして、輦台などを舁く夫の鶴脛であることを云つたものであることが明かである。

この鶴脛といふ語は金葉集よりも古い時代から行はれてゐた。宇都保物語にはこの語が屢用ゐられてゐる。先づ吹上の下の巻に、忠こそのまゝ母のおちぶれて乞食のさまにてあらはれたるを叙して

院の御かとのほとりにかしらは雪をいたゝきて、かほはすみよりもくろく、足手は針よりもほそくてつきのぬののわゝけたる、つるはぎにて、あざりのまかづるに手をさゝげて「けふのたすけ給へ」としりにたちてはひゆく

とあるは、乞食の衣の下部の短くて脛が高くあらはれてゐるさまを叙したものであらう。又楼の上の下に兼雅の二郎君が母の許にゐて琵琶を弄することを仲忠が見た際の事を叙して

有し君かいねりのこうちきすきはりうちき給てつるはぎにて、いとちひさくおかしげなるびはをかきいだきてまへにゐ給へば、いとうつくしとおもひ給うて……

とある。これも小童の短き衣を着て脛を高くあらはしてゐた姿を述べたものであらう。又蔵開の中巻にすゞしが殿上に在つて仲忠、藤英、忠純、行雅等と物語してゐる中に

仲忠をほめて云つてゐる話の中に

すべて君はすゞしをぞまどはし給ふ。きんひきたまひてははだかつるはぎにては
しらせ給ひて殿上までわらはせたてまつり給ふ。

とある、これは仲忠の幼時の状を述べたものであらう。又国譲の下の巻に仲頼の北方
に季房が昔の事を語る所に

むかしうぢの院につるはぎはだかにてうへにいつ、かくふみの見ゆるかきりはま
いらで、よるはほたるをあつめてがくもんをし侍しときに心ちつねにおもしろく
たのもしく思ふ事なく侍し。

とある、これは祭の使の巻にある季房が若年の時に敝衣をまとひて学問してゐた時の
有様をよめば殆ど想像しうるのである。

以上宇都保物語にあるもの「つるはぎ」といふのが二つ、「はだかつるはぎ」「つる
はぎはだか」といふのが一つづゝであるがいづれも同じ有様をいふことばであること
はいふまでもあるまい。これは恐らくは「はだかつるはぎ」若くは「つるはぎはだか」
といふことが源であつたであらう。「はだかつるはぎ」に就いて、山岡明阿の説とし
て

裸体鶴脛也、衣をきずはだへあらはしもすそをたかくかゝげてつるの足のながき
がごとくかいあらはしたるさまなり

と二阿抄にあるが、この説明には確実ならぬ点がある。「衣をきずはだへあらはし」と先づいふ時に今いふ素裸のやうに受けとられるが、若しさうならば下半の「つるはぎ」は不要の語である。このやうな説明を見ると寧ろ「つるはぎはだか」の方がわかりよいやうに思はるゝ。即ち、それはつるはぎの如く股の辺までを裸体にした姿をいふものであらう。足に何もはかずに歩くを「はだし」といふ、それは「はだ足」で、足の裸かのをいふのである。それと同じ様に、股の辺までが裸かのをば「はだかつるはぎ」又は「つるはぎはだか」と云つたのでそれは橘守部の俗語考に

鶴脛はすそたかくかゝげたるを云、鶴の足ながくあゆむさまになそらへたるなるべし

といふやうな意味のものであつたらう。しかしながらよく考へて見ると、たゞ鶴脛といふ時は脛が長いといふ意味だけで我々が今「てんつるてん」といふやうに、衣服が短くて脚の高くまでが裸脚として見ゆることを意味するものとは思はれぬから、やはり、はじめは「はだかつるはぎ」若くは「つるはぎはだか」と云つたものであつたと考へらるゝ。即ち脛高く裸で恰も鶴の脛のやうだといふことからこの語が生じ、その語が久しく慣用せられて裸といふことを加へずしてもその意に通用する様になり、金葉集の時代には専ら鶴脛といふだけで十分に意味が通ずる様になつたものであらう。さうして宇都保物語の時代は「つるはぎ」といふだけでも通用することになりつゝあ

つた時期であつたと思はるゝ。金葉集の連歌の作者頼綱朝臣は後拾遺集から歌の見ゆる人であるからその時代は略考へらるゝ。同じく後拾遺集の作者である藤原明衡は大学頭文章博士で、当時の学者である。この人の著した新猿楽記にも鶴脛の語があらはれてゐる。それは当時の猿楽に関しての戯文であるが、その猿楽のあつた翌朝雨降りて見物の人々が家に帰るのにも滑稽な有様であつたことを叙して

其明朝天陰雨降、結レ藁為レ蓑、割レ薦為レ笠、或褰レ袴猨踵、或被レ袍鶴脛、或戴レ畳甃二臥深泥一、或著レ莚落二入堀川一、見レ之嘲咲之人敢不レ可二勝計一者也

とある。その文は今日では明かでない点もあるが、鶴脛の上は「袍を被り」であるのであらう。即ち袴は無く、表衣を頭から被つて脚が高く露はれてゐたことを示したのであらう。

俳諧の外にもこの語を用ゐたものが近世の作にある。先づ著しいのは近江県物語である。その巻三、「ひはぎのうひ山ぶみ」の条に

よくは見えねど、松ともせし旅人のたけ高く見えたるが、ながき刀さして裾をつるはぎにかゝげてのどのどとあゆみてくるさま、よのつねの人とも見えず、たくましげに見ゆ

とある。又狂歌では六樹園家集に

ある人の年賀に申遣しける

蓬萊の山わけ衣すそたかくか丶けてのほれ千代の鶴脛

とある。これら皆同じ語を同じ意に用ゐたものである。

以上を以て見ると、芭蕉がこの意の鶴脛といふ語を知らなかつたとは考へられず、又それを知りつ丶その古来の用例を排斥して鶴の脛の実際をいふのに用ゐたとは考へられぬ。かへつて考へらる丶ことは若し実際に鶴がそこに立つてゐるのを見たものとするならば、逆にそれを「つるはぎ」と云つたので、実際の鶴の立つてゐるのを見てあれこそ本との「つるはぎ」といふものだと洒落れたのだと見ねばなるまい。しかし、そんな駄洒落は蕉風の俳諧に於いて是認することの出来ないものであらう。

どうもかやうに考へてくると、その「汐越といふ所はいと浅くて鶴下り立ちてあさるを」といふ芭蕉の言は甚だ怪むべきものである。鶴脛を河などにいふのは徒渉りするさまにいふので、鶴が下り立つさまをいふ例は古来無いことと思ふ。どうもその芭蕉の真跡といふものは怪むべきものと思はる丶。この句の意は自ら汐越の水浅き処を徒渉りして海水の冷しさを体験したのか、若くは他の人が鶴脛の姿で海水の浅き処を徒渉りしてゐるのを見て冷しさうに思はる丶をいうたかの二者のうちを出でないであらう。鶴が海水の浅い処に立つてゐたのを見てすゞしいといふ感が自然に生ずるなどいふことは有るべきことでは無からう。

この「つるはぎ」といふ語が更に発展して「てんつるてん」といふ語になつたと思はるゝ。今序を以てそれを一言する。

文明年中の著である史記抄を見ると、巻四に

而飢者甘糟糠言ハツヨク寒クカナシイ者ハテンツルハキナルキルモノテマリ大切ナホトニ重宝ト思ソ

とある。之はその着物の丈短いものをいふのであらうが、蓋し「天鶴脛」といふことで、鶴脛の度の強くして極めて脛を高くあらはしたのを形容したものであらう。かくしてその「てんつるはぎ」といふ語が慣用久しき間に「つるはぎ」といふ原義をわすれて「てんつるてん」といふ語を生じたものと思ふ。三馬の浮世風呂巻四上に

てんつるてんの古ゆかたも余程育つたと見えて肩あげをおろした跡が真新しくわかり云々

とあり、一茶の七番日記に

小児の行末を祝して

たのもしやてんつるてんの初袷（文化十七年）

又

金時かてんつるてんの袷かな（文化十一年）

とある。

この「てんつるてん」が着物の丈短いものをいふことから一転して「てつるてん」となり、意義も少しかはつて貧相なことをいふことになつた。東海道名所記一、江戸より大磯のうちに

後には不忠不孝不義の名をとり一跡をほつきあげて素紙子一重帷子一枚てつるてんの独身となる。

と見え、浮世物語（寛文以前の著）一の六、傾城ぐるひ異見の事の末に

瓢太郎聞てかゝる仰ことこそ有がたけれ。今より後は不通とまいるまじとてこと〴〵しく誓文をたてゝ宿老をばかへしつゝその足にて又島原にゆきけるがつゐにはみなたゝきあげてかのてつるてんのすりきりとこそ成にけれ。

とある。これらは「着の身着のまゝ」といふ様の事を云つたものであらう。

（校訂者注）

前田金五郎氏の高教により「てんつるてん」の一用例を追加する。「好色通変歌占」（貞享五年刊）巻下、「是ハほろ〳〵こほるるごとく身体―となる也」

新村　出

南蛮記（抄）

初版序

欧洲文物の東漸は初め葡西両国より入りしものと、後に和蘭より到りしものとの二潮流ありて、その中間に禁教と鎖国との二大打撃ありしがために、南蛮の黒船が載せ来しそれは、大方亡びて而も遺しし痕跡きはめて薄く、そぞろに騒人の情緒を動かし史家探古の念を促がすこと少からず、紅毛の帆船が寄せ来しそれは、いみじき抑圧を忍びつつも遅遅として弘通したれば、その漸進の経過をたどるに文化史上の興味溢るるばかりなり。今本書の収むる所は、すなはちこれらの詩趣史興より発して、主として西学東渡の沿革を叙述し或はその資料を供給せる十数篇を骨子とし、配するに足利時代の南国交通および倭寇の史蹟と近代琉球の文献とに関する蕪文数篇を以てす。従ひて全篇断片ながら西力東進史に日本洋学史に聊か貢献する所あるべく、併せて国民が南方発展の史実を含めりといふも誇称にはあらじ。若し夫れ八幡船の西征し朱印船の南下せしあたり叙事詩の料ありとせば、神国に邪宗を弘めし罪科重く永劫打払はれし南蛮船のあとには戯曲の片影を認むべく、出島と爪哇との間を来往したる紅毛船の白帆には悲しき抒情詩を誦し得べきにあらざるか。著者元より詩想に乏しく篇中これら好箇の詩料をして躍如たらしむる能はずといへども、以て騒客諷吟の取材に備ふるに足るべきふしあるを疑はざるなり。

大正四年七月二十八日

新村　出

再版本に序す

『南蛮記』の初刊は、大正四年の八月のことであつた。それは不惑に達したとはいひながら夢まだ多きわたくしが四十歳の真夏の編輯であつた。書中に収めてある諸篇は、殆ど皆わが三十年代の筆であり、日本一と日本晴を讃美した一篇のごときは、それよりも若い頃に成つたものかと記憶する。今その内容を一閲し、又その旧序文を一読してみると、三十年前の自分がそぞろになつかしくもなり、追うてかへらぬ青春がこひしくなるばかりであるが、それと同時に、よくもこんなに書けたものだと微笑ましくなる所がある。いざいざと再版本の序文を書かうとしても、とてもあゝいふ構文は出来さうにもない。折角大雅堂の人々の格段の好意で、野ざらしの馬骨が拾はれて花やかさうに上梓されるやうになつたにつけて、この伏波将軍、雀躍の情に堪へかねつゝも、南風の詩など謡へさうにもない。そこで想ひ起したのは、近ごろ愛誦した川田順翁の四行詩十二節の御朱印船の一篇であるが、翁は先づ

安南、柬埔寨、暹羅、呂宋、
満剌加、爪哇まで航きかひし
御朱印船の画《ゑ》を見れば
みなみの洋《うみ》の匂ひ立つ。

とある首節から、船上の描写精細を極めたのち、

町人どもと武士も居て
甲板狭く乗りあふれ、
水夫、舵手《かぢとり》、物見には
南蛮人の顔多し。

船乗人の健やかに
日焼けのしたる頬のごと
みどりの高帆ふくらむは
貿易風を孕むらし。

かくも朗らに活きいきと
何方《いづく》を指して航くならん。
日本人の遠船出《とほふなで》、
そぞろに現今《いま》を想はしむ。

と讃し収めた。わたくしは徒らに序文の構想に悩むことなく、単にこの作者の絶唱を高らかに吟じつゝ、わが愁老の情を遣ることにしようと思ふ。唯、この三十年の間において、わたくしにとつて殆ど処女作とも名づくべき此の小著をちらほら愛読して下すつた読者に対しても、向後此の再刊本によつて新に興味をひかれるかも知れない所の読者に対しても、わたくしは気が澄まず又気おくれがするばかりであるが、これはすべて時勢の並々ならぬ大変動と、わが老懶無為に対する悔悟の念とに因るに違ひない。

挿絵も取りかへて見たが、平凡に逸して、意に満たぬものが少くない。校正も耄眼の堪へがたさに、老妻と次男とに委ねざるを得なかつたが、それぞれ疲憊や繁劇の裡によく手伝つてくれたのを感じた。

昭和十八年四月二十六日　　悲母の祥月命日の夕ぐれ小山居に於てしるす

新村　出

南風——極東流竄の詩人カモエンスを憶ふ——

一　黄金が島

東方に金の島、銀の島があるとは古代から遠西人が懐いてゐた妄想である。プリニウスやプトレマイオスに至つては、黄金が島は、或は印度河以東にあるといひ、或は後印度にあるといひ、或はマラッカ半島附近にあるといつた。此御伽話にでもありさうな島は、中世を経て近世の初、所謂発見時代に入つて愈々探検家の慾念を高め、航海者の好奇心を助けた。所へ、マルコ・ポーロの紀行で、日本には宮殿が黄金を以て屋根を葺き、鋪道を畳み、床も窓も金づくめであるといふ話が伝つて居た。此様な話は、異域より帰来した旅行家の常に好んで吹聴する法螺であつて其儘真面目に取上ぐべき筋ではないけれども、又何等の根拠のない作り話として全く排斥すべきものではなからう。宋代に於ける彼我商人の来往、求法僧入宋の頻繁から推して、如是《かゝる》金殿の風聞が既に閩浙《びんせつ》の要津に達して居つて、彼のヹニス商人の息子が杭州なり刺桐《ザイツン》（泉州）なりに於て之を耳にし、帰国後更に之を大袈裟に伝へたものとは見られまいか。其風聞の金殿なるものが「上下四壁内殿皆金色也」とある金色堂などを指すや否や、又金色堂が屋蓋にも貼金を施してあつたといふ古伝と推測とが当つてをるや否やは直に定められる問題ではないが、兎も角あの風聞に元と何等か事実の分子が存したとすれば、先づ何人にも考及ぶべき建物は光堂であらう。室町の頃の金閣銀閣はいふに及ばず、安土時代の公方邸の天井や柱や階段は金を以て包んであつたとは例の南蛮僧の報告にも見え、其邸址から貼金瓦が出たのは近年の事である。桃山御殿の廃墟から往年来屢々貼金屋瓦が発掘されたことは誰も知つてゐる。文献徴すべからずとせば、鋤や鍬を力に気永に機を待てば、鎌倉や藤原の盛時の建築にも金瓦を用ゐた例を発見するのであらうし、従て金殿の風聞も愈々無稽ではなくなり、史興益々加はり来るであらう。茲《ここ》に比較に引くのは、大き過ぎるが、太古希臘の南島クレータが海国として水上権を専にしてゐた時分、島の都クノッソスの内裏に名高い迷宮《ラビリントス》があつて、其奥で希臘の勇士テゾイスが猛牛を退治したといふ武勇譚は、唯の昔話とのみ人口に膾炙して居たが、近年イーヴンス氏の発掘に由て丁度其迷宮に相当すべき構への宮殿が現はれ、又猛牛退治を想像せしめる様な画図類も出て来て、彼の武勇譚は全く無稽な作り話ではなくて、幾分か事実に基いた物語であらうと推察するに至つた。又トロヤ城址の発掘者として有名な故シュリーマンは別にエーギナ湾に瀕するチリンスの宮城を掘起して、古典学者をして、其宏大な城壁や宮中の結構に、宛《あたか》もオヂッソイス物語に見えたアルキヌース王の宮居の面影を懐しめた。デモドコスが弾く琵琶にトロヤ軍記の一曲を聴いて、当年の旗頭であつたオヂッソイスが今は敵を亡ぼし旧里に帰る途すがら、波に漂ひ舟に浮きといふ有様の傷はしさに、潸々《さめざめ》と泣いたといふ百磯城の大宮処は此間ぞと回想する者もある。掘出された古炉は白き腕《たゞむき》の王妃が近う、玉座を占め給へりとある其炉だらうと懐古する空想家もある。斯の如く近来の考古家が鋤の端の掘出物は詩人の想像から作上げた架空談に止まると信ぜられた物語、俚俗の口碑に伝つた根無草から花が咲いたと考へられた昔話をば、段々事実化しようとする。日本にある金殿の話も、考古家の発見に由つて相当の根拠を有つやうにならぬとも限らぬ。コロンブスの探検心を刺戟したトスカネルリの書簡中にも、右の金殿の話が引いてある。されば彼のジェノワ出の探検家が黄金花咲くと思つて日本国を目指して渡海したとは謂れぬまでも、冥々の裡に之を引寄せたのは、或は五月雨に降残したる光堂の金色の余光かも知れぬ。更に別の推定を試みれば、あのヱニスの行商の息子は遠西に伝はつた金島の昔話を日東に結付けて金殿の話を組立てたとも考へられる。

久しく金島《こがねしま》の所在地附近だと仮定された馬来《マレー》半島の一角が、十六世紀の初、一たび仏郎機人《ふらんきじん》の占有に帰したかと思ふと、スマタラ島の南に金島があるといふので幾度か船を出しては、覆没の難に罹つたこともある。或船の報告に由ると、実際其島を発見して黄金を満載して帰航する宝船を見たといふ。南蛮の七福人でも乗つて居さうなことである。所が初夢の類であつたと見えて、金の島は見当らない。段々南へ南へと探してゆく。今度は少し西だ、そら東だといふ中に百年ばかり経つ。遂に黄金が島は日本の東へ移つて来た。斯くて南海東海の智識は増したが、たうとう島は見付からず仕舞ひ、笑話にもなりさうで、又教訓にも引かれさうな話である。然しながら、当代慶長頃の日本の金銀の産出額は夥しいもので、海外への流出も亦驚くべき程であつた。南蛮貿易極盛の一頃、天川船《あまかは》は年々我国より一千万円にも上る黄金を積んでいつたといふ。さればケンペルは形容して、輸出がもう二十五年も続いたら、天川はソロモンの栄華の極み時分にジェルサレムの府庫に充ちた金銀の富と同等に達したであらうと評した位である。西班牙人が日本を銀の島と呼んだことは、フランシスコ・シャギエル上人の書簡にも見えるが、我国を黄金が島と名けたことは聞かぬ。然し、遠西人の昔話の金島は即ち日本だと誇称しても恥かしくない富を有つてゐたのである。

二　仏郎機人の渡来

ライン江底の黄金を求め得たアルベリッヒの如く、葡萄牙人《ポルトガル》は希臘古伝から出た黄金を遂に東海の扶桑に見出した観がある。然し、葡人は此黄金から未だ環を鍛へ終らない間に、愛の教、吉利支丹が東漸した為め、此黄金を手放して権力を失つて仕舞つた。長崎や天草は手に入れそこなつたが、纔《わづか》に亜媽港《あまかは》だけは、ルススの後裔たる葡人が東洋に於ける孤城となつて居る。黄金島に程近いマラッカを領有した後数年、この所謂仏郎機人の船が南海に現はれて、媽港《マカオ》の西南に当る上川島《サンチヤン》を根拠として南蛮貿易の要津広州の府に互市を求めたのは、明武宗正徳十二年、西紀一五一七年の事である。独逸でルーテルが新教開基の年、明では王陽明が寧王の乱を平げた一二年前に当る。葡萄牙の使臣は既に方物を貢して入京を許された所、正徳十四年偶々帝の南狩に遭ひ、翌年帝に従ひて、南京から北京に入り、会同館に置かれ、前途好望であつたのに、間もなく武宗の崩御となつたのが一転機で、使者は獄に下される、修交は絶たれる、爾来凡三十年、広（上川島浪白澪）に、閩（漳州月港泉州）に、浙（寧波舟山）に、屢々互市場を得て、而も続いて根拠地とすることが出来ず、攘夷鎖港の厄に遭つたけれども、撓まず屈せず終に澳《マカ》門《オ》に立脚地を確立するに至つたのである。其間天文十二年（西紀一五四三年明嘉靖二十二年）八月葡国の商船が種子島に来たり、同十八年（一五四九年、嘉靖二十八年）シャギエル上人が日域に渡来して西教弘布の端緒を開いたりして、日東先づ西方の文明の光に浴し始めた。既に扶桑より去つた上人が中華の民を済度しようとして、上川島《サンチヤン》に着いて、瘴癘《しやうれい》の為に命を殞したのは一五五二年（嘉靖三十二年）の事で、亜媽港を葡人が領有したのは、其前後、寧ろ稍後年に属するらしい。尤も葡人が此処に拠り又貿易を始めたのは尚古からう。又占有の由来や手段や年代に就ては、清朝の史籍地誌兵志等にも異説が区々であり、西人の所論も一定せず、且中国の所伝と泰西の考証と齟齬してゐるが、姑《しばら》く諸説を参酌して、嘉靖三十年代、西紀一五五〇年代の初、或は中頃を以て葡人の媽港開市場確立又は其占拠の時期と仮定しておく。即ち倭寇が閩を中心として浙広に亙つて最も猖獗を極めた頃である。其頃江南一帯の沿海は、俗諺に所謂「北虜南倭」の其上に、更に蕃舶との釁《きん》を加へ、海上には仏狼機の響を聞いて、浜辺には日本刀の切味を知る有様であつた。西力東漸の事蹟は八幡船の歴史と相俟つて史興一段と深い。さて此と媽港との関係はどうか。

三　亜媽港とナポリ

亜媽港はナポリの面影があるといふ。成程其形勢或は似た所があるかも知れぬ。然し規模の大小は別として、一たび彼の南伊太利の名港に遊んで、あの長汀曲浦に打出でて見れば、あの山の頂より立登る煙が清明な空に消える、陋巷に入つて肩摩轂撃《けんまこくげき》の間を通れば、南国の風殊に著しくて、物言ひの喧囂《けんがう》や身振りの活潑が耳目を衝く、夕暮山巓より火の燃えるのが見える時分に公園に逍遥すれば、即興詩人か講談師か群衆を引附けて高声に謡ふ、朝凪に大船が碇を下せば、琵琶を弾く男が娘に踊らせながら鄭声に何々節かを合唱して小舟が流してくる、凡て此等土俗の色彩から得た感興を覚束なくも今心裡に再現して、まだ見ぬ澳門《マカオ》の上に投じ、其面影を見出さうと勉めても詮がない。若し詩趣の豊富と史興の横溢とを除けば、此広南の一新港は小ナポリと呼んでも合点される位な似通ふ趣を具へてをる。けれども、澳門の背後には所謂広東が控へてゐて一層南伊の古港に比べらるべき格に位するのを忘れてはならぬ。更に我朦朧たる史眼に映ずる儘に閩の泉州、浙の杭州明州(寧波)をヱネチャやジェノワに対して見たくなるのであるが、兎も角この由緒の深い嶺南の要港たる広府を風土や民俗や人気の側から、交通史や文化史の上から、ナポリに連想するのは不倫であらうか。広府は上古より夙に遠西の商船、海南の蕃舶を以て港を賑はせ、北は中原、南は海洋の物産集散の中心として珍禽異獣の渡来や香木奇花の移植はいふに及ばず、諸蕃の混和、殊俗の交錯より異域の文化の流入に至るまで史上の興味は一通りでない。天竺の教法も波斯大食《ペルシヤタージ》の文明も此津を通り、早い話が、達磨が南天よりの渡来にも義浄が南海の寄帰にも、広州を経たし、大食人の創めた回教の寺院懐聖寺も広府にあれば、入竺求法の高僧が波斯船に便乗して入津した例もあるといふ様に摩訶支那の南門であつた時代がある。澳門に至つては、宛然小広州の観があつて、諸蕃の雑居といひ、欧商の開市といひ、西教の伝来といひ、殊に明末清初にかけて、天正文禄より慶長元和に亙つて、欧洲文華を両国に取次ぐ問屋であつたこと猶唐宋時代の広府の如くであつた。広州城下に泊した海船が倭寇を避けて前明正徳年中に西の方高州府の電白県に遷された後、嘉靖に至つて東に復して一たび香山の浪白滘《ランパカオ》を以て蕃舶の市場に充て、再転して遂に亜媽港がルシタニヤ人の占居となつた始末である。

嶺南の地は荊楚よりも更に南に偏在し、中原には隔り、燕趙とは別域たること独伊の相違に髣髴としてをる。支那の風土文物に南北の別を立てる学者があるけれども、此南越は、梅早く落つるといふ彼の大庾《ゆ》嶺でも踰《こ》えなければ、屈原の郷に進むことも出来ない程の更に遠い南である。ヴイマルの詩人がナポリに旅寝した折の日記に「ナポリの民は楽園に占居するが如く信じて居る、北の国びとどもの上を、さも傷はしう考へ、不断の雪、木造の家、無智は甚しいが、金は沢山 Sempre neve, case di legno, gran ignoranza, ma danari assai. と、斯様に吾等の有様に対して想像して居る」と見えるが如く、南溟に浜する広東の民も北地を此様に憫んでをるだらうか。ゲーテが或日湾頭の丘上に杖を曳いて、俯仰山海の好景に見惚れて居ると、村童が一人何やら叫びながら近寄つて来た、一寸の間身動きもせずに居たかと思ふと、軈《やが》て詩客の背を軽く打つて、右手を延ばして指さしながら斯う云つた、「をぢさん、御免よ、こりやあわしの郷だよ」Signor, perdonate! questa é la mia patria! 之を聞いたゲーテは後に此事を紀行に書いて、「憫むべき北人の我眼には涙が催された」と擱筆した。「ナポリを見てから死ね」Vedi Napoli e poi muori! の諺の如く、市の形勝には流石の大詩人も「言語《カイン》に絶《ヴオルト》す」とて、筆を収めた程で、市民は我を忘れて酔うたやうに、宛も、「何ヱスギオのもう二つや三つ近処に聳えて居たつても構ふもんか」と嘯いてをる。『イフヰゲニー』や『タッソー』の名篇も山水明媚な此辺りで作者の結構に出た所が多いことは、其女友に宛てた玉章の一節でも知られる。斯くの如き勝地と、赤道に二十度も近く、瘴癘の気に富むといふ南越の府とを同視してはならぬが、南土の人が故国に安んじて北人を見ることも、やはり斯様な風がありはせぬか。又古来中国の詞人で嶺南の風光に吟咏した者は、決して少くはあるまい。我が朧ろげな記憶に浮ぶ潮州の謫客の如きは元来彼処に仏骨を誹り、此処に鰐《がく》魚を祭る様な北人の気魄其儘であつて、到底南風の余韻を伝へる文人ではあるまいが、橄欖の影茉莉の香独り烈しいあたりで郷土を歌つた名作は世に聞えぬのか。

四　媽港《マカオ》の詩仙洞――八幡船と詩人

かの所謂小ナポリを飾る為に天は万里の遠西より詩人を下した。葡萄牙の国民詩人ルイス・デ・カモエンス即ち是である。斯人あつて亜媽港は始めて洋船の交易場から不朽の詩境たる地位に上り、耶蘇宗や西洋学の東漸した歴史の上に残るばかりでなく、世界文学史中の一名所となつた。

媽港を北へ支那領（香山城南の前山寨）と連絡させる蓮花茎と云つて広さ僅に五六丈の、支那里で十里程の沙隄がある。中間に関閘を据ゑて華夷の境界とした。此地峡のこちら、沙隄の尽きる辺に蓮花山といふ危険な小山が聳え、其北麓には浪に浮んで来たと伝ふる二三の奇石が横はる。嶺を攀登つて南を遥に眺むれば、海天無際、島嶼青を浮べ、烟霧の中には澳夷の居る白屋数十百間が見える、大慈大悲の三巴寺《サン・パウロ》は、同じ名を負ふ石火矢台の蔭に隠れて分らぬ。西には青洲山といふ幽勝な小島を見下す、桄榔檳榔の中に耶宗の寺楼が屹立し蕃僧が楼榭を構へ、卉果を雑植して澳夷遊眺の地とした。東には九星洲山と云小嶼が浮ぶ。九峰に分れて、巌穴が多く、奇葩異草に富み天塘水と呼ぶ甘泉がある。カプリの奇勝は無いが、澳東の海中、星散碁布する島々に白波の打砕ける絶景は亦此蓮花山上に賞せられる。山下の稍々南に望厦村といふ村落がある。茅屋三々五々、菜園があつて一二の径が之を横切る。村の前にある二つの石が烟月迷離の際に望むと男女が肩を比して立つてゐる様に見える。此石は、今予が多く叙景の材を採つた『澳門《マカオ》紀略』によれば、夷人が夫婦喧嘩の仲直しに参詣するさうで、名を公婆石といふ。緑の小丘、蓊鬱たる樹木、それらの辺にある洞穴の裡に、カモエンスは叙事詩の大作『ルシアダス』の初の六篇を草したと言伝へられる、其詩仙洞は此公婆石の附近であるらしい。居ながらにして名所は委しく知れぬから仕方がない。

カモエンスが既に臥亜《ゴア》より謫せられて西紀一五五六年（嘉靖三十五年）纜を解いて支那に向ひ澳南に来た時、吾々に最も興味の深い話がある。嘉靖の其頃は倭寇が江以南に猖獗を極めた時代で、汪直が右に海倭を導き、左に葡夷と結んで、横行した時分である。先づ浙江の海寇が苦戦の後辛うじて駆逐された結果、閩広に八幡船が北風に乗じて烈しく押寄せる様になつたのは、同三十四年のこと、以来数年間、福興泉漳より、嶺南の沿海潮広の間へかけて、紛々として倭警が聞える有様であつた。是より先、正徳年間中葡船が提督アンドラーデの指揮に由て、初めて上川島《サンチヤン》に来た時にも海寇に対する備を見たといふし、又何時よりの事か、澳門にも備倭行署といふ海防の局が置かれた。明の史にも、仏郎機人が「後又乗倭寇之間、縦横海上、占踞澳門」とあつて、八幡船と葡人及媽港と相渉ることを証する。尤も倭寇の徒が葡人に満剌加《マラッカ》及び閩浙等に於て出遭つたのは一層前の事だといふ説もある。斯る倭寇騒ぎの最中に、カモエンスは嶺南の一島嶼に着いた。聖フランシスコが上川島に其肉体を埋めた（同島に一六三九年葡漢両文にて碑を建つ）後数年にして、発見時代の叙事詩人は浪白滘《ランパカオ》に着いた。

詩人の伝を書いたジュロメニヤ子爵の推察に由ると、一五五七年（嘉靖三十六年）六隻の一船隊が浪白に泊した事実から考へて、詩人も其中に伍して倭寇討伐に加つたらうと云ふ。モンタルト・デ・ジェススの媽港史には、媽港の記録に由りて、此際葡人は海寇を襲撃して大に之を破り、媽港より之を駆逐した、賊の生存者は後に称してイリヤ・デ・ラドロエス（海賊島）と云ふ島に退いたとある。其処で此戦捷の功を以て葡人は同年媽港を得た。即ち皇帝の勅許は、漢文で同港の議事院に刻してあるといふ。勅許の事は疑はしいが、澳門獲得の由来は蓋し事実であらう。兎も角、既に右文左武の閲歴を有する此隻眼詩人が倭寇退治の役に参加したといふのは、吾等にとつて何たる感興の深いことだらう。但し『ルシアダス』の中には、其事を叙してない。

五　カモエンスの生涯

遠くはホメーロスやギルギリウスに蹤を継ぎ、近くはアリオストーの流を汲み、当代のタッソーとも渉り、後代のミルトンに接する叙事詩人カモエンスの閲歴ほど騒人伝中多情多恨で轗軻《かんか》不遇で異彩を放つものは類稀である。其伝奇的な生涯を材料に資つて、既に幾多の詩や小説や戯曲が諸国で作られた。ルードヰッヒ・チークの小説『詩人の死』の如きも其一である。其時代の国民を歌ひ、傍ら東洋諸国殊に支那や日本の事をも諷詠の料に供した此詩人の略歴を今茲に読者に伝へるのも無用ではあるまい。

ルイズ・デ・カモエンス（葡名カモンエシユ）がリサボン或はコインブラで門地卑しからぬ家に生れたのは、丁度印度航海者として隠なきヴスコ・ダ・ガマの死んだ一五二五年頃で、而も此俊傑とは母方の親戚に当る間柄であり、且つ詩人の祖父はガマの最初の東航の時、随つて行つた経歴もある。剰《あまつ》さへ父は臥亜で難破して死んだ船長である。ヴスコ自身は印度に命を終り、其子供達も多く東洋の事に尽瘁したのであるが、其三子某は彼の「東方の使徒《アポストル》」が中華に向ふ頃、此「時代の詩人の王」が南天に住する時、満刺《マラッ》加《カ》に職を奉じて居た。ルシタニヤ人が不抜の元気を以て東方の探検と経略とに従事し、到る所葡寇をしつゝ、支那に達し、根拠の港を得ようとしてゐた最中に育つたルイズは、「千艘や万艘」と福の神の如く東の国から宝物を船載する帆掛船を見掛けたらうし、桃太郎が征伐した鬼が島の様な御伽話を実歴として聞かせられたに違ひない。バルロスの『亜細亜』の如き大著が出る（一五五二年）前に、既に幾多の紀行類が現はれて居たと考へられるから、之を読んでルイズは感奮したこともあらう、憧憬したこともあらう。又一方には、文芸復興期に当つて、叔父が初度の総長になつた革新後のコインブラ大学に入つて、ルイズは夙に学芸を修め、秀才の聞えが高かつた。其間既に金髪の一少女に清い熱い愛を捧げて、詞はペトラルカぶりの、心はプラトーンまがひの情詩の数々を詠んだ。十八歳で業を卒つて首都に帰り、ゆかりを以て宮廷に出入し、詩才を発揮するに至つたが、其の強い我と鋭い舌とはさなきだに嫉まれがちの天才に禍根となつた。禁中の政客詩人才媛と交はつて、宮廷の花と持映されてゐた所に、春の祭に或寺で、ふと見初めたのが縁となつて、宮女カテリナ・デ・アルタイーデに懸想して、其から数多くの恋歌も出来、其為遂に多恨の生涯を送るに至つたのは、在来りの筋である。伝ふる所に由れば、才人は思余りて此の王妃の内侍カテリーナ――歌の中ではナテルシヤといふ――に当てゝ、密かに歌を贈つたのが露はれて、道ならぬ儀とて宮中に出入を差止められたともいふし、或は何か鞘当筋があつたとも云ふ。兎も角カモエンスは既に放たれてテーシユーの江畔に行吟する身と成つたが、自ら抑へて汨《ゐつ》として南土に徂き、阿弗利加《アフリカ》のモーア征伐に加つた。レパントの海戦に負傷して跛となつたり、北阿の海賊に擒《とりこ》となつたりしたセルヴンテスや、アルマダに従軍したローペ・デ・ヱガと同じ運命に遭遇したのである。不幸にも水戦で右眼の明を失ひ、古今の叙事詩人（ホメーロスやミルトンや）の難を半ば身に負うて二年の辛苦を嘗めた後、帰国したことはしたけれど、其武勇を賞せられるでもなく、其文名を伝へられるでもなく、ましてや恋路の関を据ゑられて傷懐遣る方がなかつた。所へ或祭の日に国王の鹵簿《ろぼ》に扈従した主馬の者と自分の仲間とが喧嘩したのを仲裁したのが過ちの素で、隻眼の詩人は捕へられて入牢申渡され、後に赦されて印度へ配流される身の上になつた。

一五五三年春三月二十六日不遇の騒人は瑾を懐き瑜を握り、金砂敷けるテーシューの河口を夕暮れに船出して、彼のスキピオの名句「不報之故土兮、不可以埋我骨」Ingrata patria, non possidebis ossa mea を吟じつゝ、印度に向つた。畢竟其叙事詩中の英雄や小英雄の跡を履んだのである。「世既莫吾知兮、人心不可謂兮、懐情抱質兮、独無匹兮」の感を以て東に下つたカモエンスは、臥亜に着くと直に、隣国との戦役に出征する、年を越えて又亜剌比亜《アラビア》蕃夷の遠征に遣られるといふ様に、銃剣を手にせざるを得なかつた。臥亜総督の饗宴に演ずる喜曲を作つた様な風流韻事もあり、詩人は別に閑日月あつたが、独清独醒であるだけに、持前の鋭鋒を顕はして、植民地に於ける上下風俗の頽廃を諷刺した為に、臥亜から追放されて再び竄流《ざんる》の身となつた。是迄も貧に処し不幸に堪へ悶々の中にも忘れ兼ぬるは故土と佳人とであつたのに、今は更に不在者や死亡者の財産管理人とでもいふ様な役目が宛がはれて、澳門に謫せられ或はマラッカに流離らへ、或はモルッカに漂ひ、寄辺なき身と成果てゝは寧ろ南海の魚腹に葬られて、魂はピレネー山南に帰れよとも思つたらう。

斯くの如き流沈の末、カモエンスは南風に送られて澳門に着いたのである。着く時には干戈を手にして倭寇の討伐に伍したらしいが、一五五八年（嘉靖三七年 永禄元年）より同六〇年迄配所に在つて、大夫でもない刺史でもない卑しい職務を執る暇には、抑心自彊、陶々たる猛夏の熱をよそにして、草木莽々たる処にかの巌穴《グロットー》の幽墨を愛して、茲に不朽の名作を稿した。「海づらよりは少しひきいりて山かげにかたそへて、大きやかなるいはほのたてるをたよりにて」流離の詩人が草した叙事詩と、湖水に浮ぶ明月の影を見て石山の寺で書いたと語り継がるゝ閨秀の物語とは、両極の対比をなすものとはいへ、構成の境に於ては共に一大詩たるの感がある。

此隻眼の新島守は、爪哇《ジャワ》生れの忠僕アントニオに侍かれて、広南の謫所に三年あまりの常夏を送り「浪たゞこゝもとに立くる心地して」夢円かならぬ夜半も多かつたが、讒に遇つて職を罷められて臥亜に召還されることになつた。吾等が遂に日東に迎へる光栄を有することが出来なかつた此騒人は、西航の途、其船が交趾《コーチン》沖、湄公《メコン》河口で難破して、纔に『ルシアダス』の稿本を身に添へて、主従共に助かることを得たのは、不運中の好運であつた。若し真に「明月不帰沈碧海、白雲愁色満蒼梧」の嘆を繰返さねばならなかつたらば、欧南の李白たるものは、矢張タッソーに非んばヱガであつたに違ひなからう。

印度に達して、初めて得たのは愛人ナテルシヤの訃音、受けたのは縲紲《るゐせつ》の辱であつた。幽囚に次ぐに幽囚を以てし、後故国に帰る路すがら阿弗利加の東岸ソフワラで貧窶の裡に数年を過ごし、一五七〇年四月「私《わし》が女子《をなご》よ、南風《みなみかぜ》吹かにや、わしは一生戻れまい、私が女子よ、南風讃《ほ》めよ、わしが土産《みやげ》は金の帯、かはい南風もつと吹け、ほツほ、えい」といふ勇ましい船歌を聞いて、リサボンに帰り、流離十六年の後、初めてテーシュー江畔の金砂を踏んだ。

帰ると都は黒疫《ペスト》の蔓延やら宗門改の厳重やらで、異郷で想つた程の安慰も無かつたらうが、定心広志、『ルシアダス』の公刊に従事し、先づ新王に献り、官府と宗門との免許を両ながら得て、出版したのが、帰国して二年余後のことである。耶蘇会の学林に通ずる陋巷の端に、聖安《サン・アナ》院に接する家居にあつて、殊にやんごとなき辺りの保護を失つて後は、赤貧洗ふが如き有様で、忠僕の黒奴が夜な夜な路頭に袖乞をして主人の為に食料を得たといふ話さへ残つてゐる。

一五八〇年、又もや黒疫の流行つた歳の六月十日、カモエンスは終に命を終つた。棺にも納められず、而も又経帷子をも着せられずに、人知れず葬られたと聞くに至つては、誰か此天才の為に泣かずに居られようぞ。昔から詩人の薄倖は珍らしい話ではない。然し此ルシタニヤの国民詩人ほど悲惨な運命に遭うた例は、実に稀有である。施薬院にあつて臨終の床の辺で今しも聖餐の礼を奉ずる僧に、其手沢の『ルシアダス』を形見に遺した。流竄の挙句に成つた苦心の作を、南海の波間に懐いた最愛の書を、終に手離して逝かねばならなかつた。其国の偉人と其国民の雄図とを歌つて其国其国民に何等報いられることもなくて逝かねばならなかつた。

六 『ルシアダス』と百合若物語

発見時代の葡萄牙は、ガマ、アルメーダ、アルブケルケの三傑を生んだ。同時に幾多の小ガマや、小アルメーダや、小アルブケルケを産した。積年の小発見に継で、阿弗利加の周航、印度沿岸の征服、満剌加の占領といふ偉業を果した。国民感情が勃然として起るのは自然の勢だ。其処で是等の俊傑を頌し、是等の壮図を歌ひ、国民の気魄を表白して、之を後昆に遺し、当代に伝へる為に、ホメーロスやギルギリウスの如き叙事詩人を渇仰せねばならぬ。恰も好し、古典研究の風潮はイベリヤ半島の西にも及んで、希臘羅典の古詩は之を学ぶ者が多く、註疏を作る者も輩出し、十五世紀の末はや葡人の宏業を六脚韻の羅詩に詠じた作家もあつた位である。カモエンスの天才は家系や時勢の刺戟からして、夙に国民叙事詩の製作を我が使命と自覚し、殊にコインブラ大学に在つては鋭意イリアス、オヂッセーア、エーネイス等の研鑽を事とし、先づ羅典史詩を綴つても見、佳人への詩中には自ら「新ギルギリウス」とさへ名乗つた。然し、其詩才は優に国語を以て史詩を作る力のあることを発揮し、国詩をば羅詩と同位に引上げることを得た。俗語を叙事詩に用ゐて、之を靡いたから、天下靡然として之に従ひ、「文起《ス》二八代之衰《ヲ》一」の場合の如く、カモエンスが起つて、始めてルシタニヤの国語を以て書かれた国民詩は百世の師を得、天下の法を作つたわけである。

斯様にして詩壇の期待空しからず、遂に葡国のホメーロス、葡国のギルギリウスは出現した。茲には其叙事詩『ルシアダス』の結構や詩形や着想を詳説する暇はない。只詩体と修辞はギルギリウスに則り、韻律はアリオストーに倣つたこと、独創の構想を以て国土国民を謳ひ、殊に全国民を詩中の勇士としたのは破天荒であること、事実や歴史を細説直写しようと心掛けて、寧ろ人物の理想化や自然の美化を避けようと勉めたこと、然し無論古代の神話中の神々は叙事中に取り納れたことなどを数へ挙げて止まうと思ふ。却て枝葉に渉るけれど、題名及び其名義に関して一言しておきたいことがある。

叙事詩の原名は『オス・ルシアダス』といふ。ルシアダス（男性複数）とは別にルシタノスとも云得べく、ルシタニヤ人、即葡萄牙人を指すのである。古伝中の葡萄牙建国者即ち葡人の高祖をルスス或はリソスといひ、之に因つて国をリサ、リシアと呼んだので、ルシアダスはリシア人又はルススの子孫の義である。古への羅名のルシタニヤから葡人をルシタノスと称したのは、近代の羅典学者の文章に始まり、一四八一年以来行はれてゐたが、十六世紀の叙事詩人どもは寧ろ此学者じみた羅名を避けて、響きの好い雅名のルシアダエ（又リシアダエ）ルシアデス（又リシアデス）といふ形を用ゐてをつた。其をカモエンスが始て語尾を変へてルシアダスと為て俗語に編入したのであるといふ。

所がエルシアダスといふ名が、一五七、八〇年代前後に行はれた御伽話の中に見える。即ちルスス、エリサが首都リスボア（リサボン）を拓き、後にウリスセス（オヂッソイス）が之を建てなほしたといふ建国伝説に基くらしい。ウリッセスが、イベリヤ半島へ渡つて来てリサボンの都を建てたといふ話を当代の荒唐な史伝から材料に採つて、法学者羅学者として聞えたペレイラ・デ・カストロは『リスボアの建立者ウリッセア』といふ叙事詩を書いた。出来たのは一六〇〇年（慶長五年）出版したのは一六三六年（寛永十三年）である。稍おくれて同代の史詩人で『ウリシッポ』といふ叙事詩（一六四〇年寛永十七年）を書いた者もある。此話は勿論無稽に違ないけれども、葡人の雄飛時代には文海に歓迎さるべき好題目であつて、当代あちこちに見当る幾多の叙事詩料の中では先づルシアダスに次いで世間受のするもので、果してカモエンスの反対家はペレイラの『ウリッセア』を推して『ルシアダス』以上の作であると云つた程である。又同じ材料を使つて誦読戯曲に仕組んだ作者もある。フェルレイラ・デ・ヴスコンセルロスの『ウリシッポ』（古く一五八七頃の版あり即天正十五年頃）がそれだ。

されば、十六世紀の遅くも後半期には、国都の建立者たるウリッセスの物語は、人口に膾炙して居たらうし、古典講読の余波で、ホメーロスの原作の筋も当代の人心に触れて広く知れ亙つてゐたらうから、彼是の因縁相輔けて、東洋へ渡つた船頭や商賈達は此物語に非常な興味を感じてゐたらうと思はれる。況んや彼等自身は皆オヂッソイスであり、オヂッソイスの船子どもであつたので、到る処同様の冒険をして、風が変つて御舟の陸地に着くべき様もなく、あやかしが付いて難儀をしたことも多くあり、海神《ポサイドン》が恨をなして、潮を蹶立て悪風を吹きかけ三叉《トリデント》の鋒を振上げて蓦ひ来ると、打物わざにて叶はなかつたことも屢々あつたらう、又港々で白拍子の様に名残を惜んで御逗留を勧めたカリプソーもあつたらうから、オヂッソイスの冒険譚が彼等の口から極東の港に伝はり、更に語り継ぎ、言ひ継がるゝ様になりはしなかつたらうか。若し果して百合若伝説がオヂッソイスの話から出たものとすれば、其伝つた路筋は以上の如くであつたことと考へる。彼の葡萄牙のホメーロスが媽港から更に平戸へでも配流される様な事がなかつたのは、致方がないけれど、仮に想像を逞しうすれば、日本人は媽港か満剌加か、臥亜か、さもなくば「波濤の謫所」でカモエンスに会ふ機会があり得た筈であるから、万一其口から古希臘の百合若の話を聞いたならば、此上もない面白い話である。現に天文十七年（西紀一五四八年）薩南の若者の弥次郎《アンジロー》等が、満剌加でシャギエル上人に出遇つて、遂に此「東方の使徒《アポストル》」の為に東道の主となつた事実があるではないか。況してやカモエンス自身は既に一箇のオヂッソイスである。

予は今余りに外れた横道から本題に復らなければならぬ、史的空想から段々史実の道へ戻つて来ねばならぬ。

七　叙事詩に描かれた支那と日本

『ルシアダス』の大部分が東洋、殊に静閑な天川で成つたことに就ては、有力な考証もある。初編の或節は後年幽囚中又は船路に出来たといふ説も争はれまい。唯、天川の望厦村前の洞は、「禽獣の音なひなく、人跡絶え、樹木欝蒼として昼猶暗陰、此に勝れる寂寞たる幽処焉《いづ》くにか求め得べき」と其小曲《ソンネツト》第百八十一に自ら歌つた通り、作詩に適した静境であつた。「巌の狭間に籠り居て、埋れ果てぬる身にしあれば、涙と悲みとばかりなる瀕死の命をおのがまゝに詫びてまし」と詠じた此洞巌は、昔の仙士が修行の遺蹟か、島夷の設けた神籠石か、唐宋時代の大食人の墳塋かと異説は多いけれど、『ルシアダス』に由て、初めて典雅の境となつたのである。

何はともあれ『ルシアダス』中に我国の様子を如何に叙してあるかを見たいのが人情である。元来この叙事詩は一面に於て葡人の東方経略史、ガマの東征伝であるが、作者は第九段の首に至るまで、偉業宏図と異域の情景とを叙し去り叙し来つた後、初めて一転して万緑叢中紅一点ともいふべき挿話を綴出した。東方の経営既に緒に就いて、蒲人どもが、「各々えいはぬ喜びに胸を漲らせ」そよ吹く東風に帆を挙げて帰西の途中、海路の日和の待合せにか、但しは風の吹廻しでか、到着したのが、蓬莱の島である。愛の女王、ルシア族の氏神、ヱヌスが、勇将傑士の功業に報い、船頭舟子の労苦を慰めようとして、此島を蒼波の上に浮び上らせたのである。詩人は是に至つて、実録の中に虚誕を交へた。新ギルギリウスは以上ホメーロスの筆致を学んで、イリアスに描かれたトロヤ落城の光景にも反照すべき此恋島の巻を添へた。此種の結構は古今の叙事詩人の用ゐた慣用手段であつて、其構想や叙景はチョーサーにも、アリオストーにも、タッソーにもミルトンにも趣が似通ふとて、其等との関係を考証した史家もあるが、カモエンスの女神島の描写には独特の妙味の存することは争はれぬ。而して古来名高いヱヌスが島の巻の末の方（第十歌）に於て、日本や支那の事が而も神女の口に由て歌はれてゐる様に写してあるのである。大名は猿楽や連歌に興を催し、士民は御伽草子に閑を消し、禅僧は似而非詩文を玩弄し、歌人は古今伝授を難有がつた文学の衰世に、宗祇も宗長も守武も宗鑑も既に亡く、時雨降る頃小蓑ほしげなる猿の真似ばかりして、何等創作力がなかつた元亀天正の交に、纔に長頭丸が産声を挙げた頃、欧南のホメーロスが神女の口を借りて、ほんの十数行ながらも、日域の事を叙したのは、日本人にとりては千部万部の史類に載せられたのよりも寧ろ光栄とすべきであらう。

「女神はやをら銀《しろがね》のみ車に召して雪の翼の白鳥に曳かせ、軟風がたゝする青海波の上を蓬萊の島さして向はせらる。白鳩は環を画きながら、紅ゐを帯び給へる女神の周りをまはる。」ローエングリンの序曲《ウーベルチユウル》を聴いてる様な気がして、誦んでゆくと、何だか遠くの水天髣髴の際から船歌が風の工合で聞える。「雪なす白鳥どもは、緑の浜辺にみ車を上岸《おろ》し奉れば、女王は花の汀を踏ませ給ふに裹《かゝ》げたまへる裳裾はゆるやかにみ手より落ちたり。雪の肌半ば露はれ、打笑み給へば薔薇《さうび》匂ふ」といふ段になると青一髪の上に白帆が見える。ヱヌスは此から歓楽の郷を現じ、女護の島を産まうとして、愛童を召寄せると、象牙の弓と黄金の鏃を嵌めた矢を持つてクピドが出て来る。すると勝誇つて故国に帰る葡国の勇士達の船が近寄る、案針が不意に島を見付ける、鎮守の女神が生みませる蓬萊の島である。此から、島の叙景があり、舟子と海女との交歓があつて、勇士達の功は称へられ、労は報いられ、前途の幸福、将来の洪運が予言されるといふ筋で、遂にガマ達は嫦娥ともいふべき神女に導かれて、参差たる路を登つて、高山の巓から、国見をすると、芬気の中に地球が明亮に見えるといふ段になる。神女は戦くヴスコに四方を指さし、其大功を頌し、併せて国人の雄図を讃した後、恒河の注ぐベンガラ湾のあなたを見遣り、葡人将来の鎮東策を講じ、徐に「東のナイル」湄公《メコン》を越えて極東の国々に話頭を転じた。カモエンスが罪なくして流された配所よりの帰路、あはや葡人雄図の頌詩を水泡に帰せんとしたのを、辛くも優しい湄公の浜辺に救ひ得た仕合せを、詩人は神女の予言の唇から漏させて、私かに自分の抱負を示した。神女の話は愈々支那に入る。「彼処には占波《チャンパ》の香れる長汀延び、此処には交趾《コーチン》の耕せる土地小高う、安南の入江より、美なる支那の故土起る、炎天の下より堅凍の地まで、富強の帝国広く横《よこたは》る」と説起して、次に大砲や指南鍼《しん》の発明の古いこと、万里の長城の宏壮なことを挙げて「欧洲の天砲声未だ響かざるに先ち、此土既に其雷轟を敵に注ぎ掛けたり、西土猶磁石の神奇を知らざるに方つて、此土夙に定北の針を有せり、埃及《エジプト》以て稜錐塔《ピラミッド》を誇るに足らず、高山深谷に渉りて長壁万里に蜿蜒たり」と讃した。

斯くの如く吾々は先づ婉麗な歌劇《オペラ》の一幕を見て恍惚となつたかと思ふと、忽ち神代巻の中の一節を画図にして眼前に展開された様な心地がする。ニンフやガマは何媛《ひめ》、何の尊《みこと》と名づけたい感が起つて、建国の雄図が懐ばれる。「敷ます島の八十島は谷蟆《たにぐく》の狭度《さわた》る極み、塩沫《しほのあわ》の留る限り見霽《はる》かします四方《よも》の国は天《あめ》の壁立つ極み、国の退立《そき》つ限り、青海原は棹柁《さをかぢ》干《ほ》さず、舟《ふな》の舳《へ》の至り留る極み、大海に舟満ちつゞけて、遠き国は八十綱《やそづな》打掛けて引寄する」の概を茲に窺れる。偖《さて》神女は支那の浜辺は未来の事とて話を転じ、紫だちたる曙に、輝く海を彩る南の島々の上に移る前に大八島国を歌つた。ガマを魔いて語るには、

島つ国こそ好く見つべけれ、
天地の恵み豊に足らひ
花も果《このみ》も千々に香れる。
見よや日本を、広き地球の
北の面《も》低う国土位《くらゐ》す、
東の境を海原周《めぐ》らし。
偉なる哉ガマ、爾が労の
結果は其土《そこ》に燦然たらむ。
天《あめ》の御法《みのり》に異端の滓渣《けがれ》を
鉱《あらがね》錬るごと除きし棄てば
銀《しろがね》の壙《まぶ》皓々たらむ。

末の三行は、シャギエル上人が法を弘めて耶蘇宗が邦人を教化済度するといふ事に照応する。よしやカモエンスが澳門《マカオ》に入る時、同舟の者と共に倭寇を平げたといふ話が真実でも、それは倭寇、これは又詩人の才筆に日本の名は南鐐の如く其不朽の雄篇中に輝くのである。

澳門の詩仙洞には、カモエンスの半身銅像が立つてゐる。其礎には『ルシアダス』

中の六節が三面に分けて刻してある。洞の辺りには、内外の詞客の製作にかゝる銘を彫附けた石碑があつて、左から三つめのにはタッソーの頌を勒した。ロ－ペ・デ・ヱガの挽歌もあつたが、碑にはなつてゐない。澳門の史興、詩人の追憶は綿々として尽きない。タッソーやヱガの如き詩人と触れ、ヱネチヤの画家と触れた当代の日本人の上を、もう少し書いて見たい心地がする。然し南風は此で小止みとする。

嶺南思出草

ヱネチヤを発つてフィレンツェに向つたのは四月二十九日（明治四十一年）の午後であつた。

其日の朝、サンマルコ寺の仲見世で、例の記念と土産に、ゴンドラ形の枝折や、珊瑚樹や、絵葉書を買はうと、或店頭に立寄つた所が、古風な大形の船が、まだ船卸もせずに海浜に横はつて居る側に、女が火炙に遇つてる景の絵葉書を見付けた。熟視すると、昨日博物館で雛形を見た二十四挺艪の帆船と同じ形で、其蔭には大勢手に手に得物か十字架らしい物を持つて、焚殺される女を見守つて居る所だ。はてなと下の方見ると、『船』、鳳凰座《ラ・フエニチエ》にて、と、赤く刷つてある。店の女に尋ねて今興行中であるといふ。買物もそこそこにし、試に場が取れるか聞かせて見ようと、宿に帰つた。原作は未だ手にしなかつたが、此一月の十日頃、初興行の模様と筋書を其晩に羅馬から報じた長文の電報を翌朝の伯林の新聞で読んで記憶して居るから、是非見物して帰りたいものだと、胸を轟かせて、ホテルの手代に頼むと、お生憎様と膠《にべ》もない挨拶である。第一、世界を此土地に取つてはあり、殊に作者が顔を出すと云ふので、毎晩非常な人気、どうしてジッパングの人などが席を買へるものかと云はぬばかりの始末に、未練は残るが、曲中で当市の象徴になつて居る「全世界号《トーツス・ムンツス》」とバジリオーラとを画いた葉書をせめてもの好記念として、此詩趣に富み史興に豊かな水の都を去ることにした。

葡萄の房を取りそこなつた狐の様に、新曲の味を酸ぱいとは思はなかつたが、まだ行く先々に面白いものが沢山あると自ら慰めて発途すると、程なく汽車はポー川の鉄橋を渡る。川辺の柳が霞んで故郷を思はせる景色である。去年の春渡欧の途、ジェノワからミラノをさして同じ川の上流を横ぎつた時、古風な幼稚な歌を詠んだことを想起す。北嶺の雪を、薄霞を透して鮮かに望みながら、西南の方へ向つて行くと、東海道の春を懐ばしめて、昔四月の休暇に駿河の山麓を通つて郷里に帰つた時分の気分になつて来た。気のせゐか、段々濃くなる空の色や、段々強くなる日の光の刺戟に感じて、若い心が躍りさうになる。いつしか、沿岸の平原を過ぎて、破壁に藤の花まつはる村落に入り、漸く青陵の起伏する間に進む。

古詩人の『伊太利亜紀行』を取出して、ヱネチヤの節を拾読みすると、自分が僅か三日間の滞留ながら其間に起し得た興趣の乏しかつたことや、遭遇し観察した所の平凡であつたことに益々気が付いて来る。古詩人が、滞在半月余の間に、幾度も観劇をして、犀利な品評を下して居る所を読むと、現代の戯曲家の新作を見逃がした不平が心の底の方で動く。段々紙をはぐつて行くと、十月七日の段月明に乗じて、ゴンドラを泛べ、艫に一人、舳に一人、名高い磯節を歌ふ男を連れて、掛合に歌はせて聞いたと云ふ条に至る。一人の謡者《うたひて》の話に由ると、小島の汀に小舟を泊めて、一方で高調に歌ふと、鏡の如き海面に響き亙る、遥か彼方で他の一人がそれを受けて、次の歌を吟ずる、彼一句、此一句、相呼応して、終夜《よもす》がら続ける、二人の間が遠く隔るほど益々好く聞える、中間に居て聴くのは、興が無いのださうである。そこで、彼の二人は、此を実地に試して見せようと、舟を繋いでジュデッカに上り、岸辺で遠く相離れ、詩人に歌つて聴かせる。ゲーテは、と行き、かく行き、両方の端に立つては、遠くから到る吟声に耳を欹《そばだ》てて、涙催すまでに感じたとある。船頭の磯節は、独特のメロヂーで、タッソーや、アリオストーを歌ふのである。リドー辺の蜑《あま》の女達が歌ふのを聞くと、又格別だといふ。海人《あま》は、夫が沖に漁に出て居ると、夕暮浜辺に出て、澄透る声で歌ふ。其中に海上から声が聞えて来て、此から掛合になる所は何とも言はれぬ気持だと、船頭が多感の騒人に語る。白氏の詩を誦するが如き感が湧いて、自分は此の詩趣ある紀行の一節を読みつゝ、恍惚となつて居た。然し、百二十年前の磯節が、今でも水の都に其遺韻を伝ふるか如何かは、知らぬけれど、せめてゴンドラに棹して春宵の一刻を過ごせばよかつたものをと悔む。

かくて、ターナーの画いた朝の色をも其処に賞し得なかつた不満足を以て、所謂「光明の都《チツタ・デ・ルーチエ》」に遠ざかりつゝ、ある自分は、今しもフェルララに着いたのである。其昔の遺蹟は指顧の間にあらうと思はれても、汽車は唯青山の間の小市に沿うて進行するばかりで、何等の眼を惹くものは無い。同じ紀行に由れば、ゲーテは、十月十四日、客船に乗じて発し、行く行く江を溯り、古歌を吟じて北緯四十五度を横ぎり、江岸の風景を賞しつゝ、此古都に着いた後、騎して気忙しなく遺址を見物したとある。不平であり、不幸であつたアリオストー、タッソーに就て記する所は極僅であつた。

此紀行の著者が、嶺北に帰つて完成した戯曲『トルカートー・タッソー』を舞台で観ると、エステ家の別墅で、遊園を飾る大理石柱の下を、館の姫君と上臈エレオノーラとが、軽羅を絡うて、繊手で花環と月桂環を束ねて居る所で序幕が明く。一方の石柱の頂は、ギルギリウスの首、他方のはアリオストーの首で飾つてある。両叙事詩人の白い像が、南方の清明な青空に映じて、典雅な景の中心になつて居ると、嬋妍《せんけん》たる淑女が、各々作り上げた環を詩人の像に冠らせる。すべて長閑な情趣であつて、当時自分は能楽で起る一種の興を、此場で催したのであつた。後になつて、狂乱詩人の本色を現はす場に至ると決してさうではないが、殊に序幕でタッソーの出場のあたりは、斯の如き感興を禁じ得なかつた。やがてアルフォンス公も来合せて、三人で詩人の新作の噂が始まると、最《いち》早く詩客を遠方に認めた姫君は「妾こそタッソーの来るを見申して候、徐かに歩みを運ばせて、或は緩く、或は急に、——あれ又立止りて候」といふ。「潜思詩作に耽る身の夢しばし覚まし候な、唯吟行《さまよ》はせ候へ」と兄君は沮む。レオノーレが「いや、吾等を見留めて、此方へ来り候」と云ふ程に、三人は上手に在つて、彼方より徐ろに近づいて来る詩人を熟視して居る。自分は揚幕から出る「羽衣」の天女を待つ興を以て迎へると、黒衣を纏うた多感の騒人は、新作『聖府解放』（ラ・ジェルサレンメ・リベラータ）の稿本を手にして、下手から登場する。「此書を捧げばやと参りて候が、未だ整はぬふしも御座候程に、おん手に参らするを躊躇《ためら》ひ申候」とつゝましやかな詞があつた後、遂に意を決して奉呈すると、アルフォンス公は之を受納する。謝辞、謙辞、讃辞が双方の間に済んでから、公の眴《めくばせ》に応じて、妹の姫は、ギルギリウスの石像の首から、月桂の環を取つて、之を此新叙事詩人に戴かせようとする。詩人は謙遜して身を後去《しざ》る。傍の上臈は「何とて否み候ぞ、御覧候へ、此の美しき枯れせぬ環を、御身に被《かづ》けられうずる御手をこそ」と言葉を添へると、「なう、待たせ給へや、斯くて後は、いかゞ世を経申すべきやらん、思ひも寄らず候」と承引しない。姫は環を高く捧げながら、「いかに、タッソー、妾によなき喜びを受けさせ給へ」とあると、是に至つて、始めて才人は、「其の美しき重荷をば、御身の貴き玉手より、我が孱弱《かよわ》き首《かうべ》にこそ、いざ膝まづきて受け参らせめ」と、やをら屈むと、姫は環を被ける。月桂環の授受の優容閑雅なのが、尚更能掛りに感じられたのは、気のせゐに違ひない。其後、詩人は事を以て家老と争ひ、暇乞して当家を立出でようとする時、別に臨んで感激の余、思慕の果、やんごとなき姫の前に跪いて、将に玉のおん身をかき抱かんばかりにすると、「其処退き候へ」と狂乱詩人を突退ける辺も、矢張謡曲を思起させた。……

斯くの如き古めかしい空想に耽りながら、昔のアルフォンス公の城下フェルララを、今しも後に残して、タッソーの生涯を追懐した。狂詩人は遂に城下の一院に幽せられたが、其遺蹟はゲーテにも弔はれたこと、其紀行に見える通りだ。尋いで、我が若い想像力は、謡曲趣味から起つた足利時代の連想を桃山時代に向はせて、三百余年前の日本の公達どもを、タッソー幽閉当時のアルフォンス公の館に再現せしめた。

宋元系統の、色彩の淡い、感情の涸れた室町時代の禅宗文明が、其末期に、嶺南諸国の濃厚な、強烈な調子を帯びた吉利支丹文明と接触して、将に何等か為す所あるやうに見えて、而も内外の形勢の為めに果敢なく終つて仕舞つた其径路は、史興を催さしめ、併せて詩趣に富む所である。外教の勢力が全盛であつた安土桃山時代に、我西南諸国に於る新文明の代表者が南欧の大国に使を遣はした時、其等の使節は年歯弱冠に満たざる公達《きんだち》であつて、智識に渇し、感情に豊かに、突如十六世紀末の文芸復興爛熟期の文物に接して、如何に之を見守り、如何にそれから刺戟を受けたかを追想したくなつて、自分は今この旅路に無限の興味を覚え始めた。たしか千五百八十五年、天正十三年の夏鈍満所《ドン・マンチヨ》伊藤義賢を始め、大友有馬大村三侯の年少使節が、伊国都鄙到る処の款待を受けて、フェルララに着いた折は、アルフォンス公は、格段なる待遇を与へて、珍客を城中に留め、其去るに方つては、舟を艤してポーを下つてヱネチヤに送らしめたとある。其頃の城下は、全盛の頃であつて、今吾等が汽車の窓から見た小都会とは、比べものに成らなかつた。この所謂「印度の公達《プリンチピ・インヂアーニ》」を見て、上臈衆は、沙翁の喜曲中に出て来るモロッコやアラゴンの公子に喫驚したポーシャ達とは全く異つた印象を得たであらう。狂乱詩人は、既に幽居中であつて、極東異人の面影をも知るに由なかつた。

更に回想は再びヱネチヤに復る。一行は、旅に病んだ使節の一人中浦を後に托した後、江を下つてキオヂヤを経、異采ある水都の客となつた。マルコ・ポーロ以来音に聞くジパング人を、今始めて目撃して相も変らぬ厚遇である。或時はリドーの城に請じて、月明の夜に其近くの海上に舟遊を催した。ゲーテの遊んだ当年の秋から数へて、正に二百年の昔である。同じメロヂーの磯節は何を題目にして歌つたか。雄飛時代の少年は、興に乗じて故国の小歌を聞かせて、一座と楽を分ちはしなかつたらうか。又或時は、巨費を投じて、チチアンの門に出でた名工チントレットーに托して、使節等の肖像を画かせて、之を評定所の壁に懸けることを決した。此像は、惜い哉近時佚して所在が分らなくなつたが、今も奉行所の大広間に見物人の眼を惹く「極楽」の大図を始め、大作に富む此ヱネチヤ派の老工の同じ手に掛つて、桃山時代の派手な模様が如何なる色彩に画かれたらう。茶筅髷に結んだ矮小なる日本人の姿も、半身ならばヱラスケスが画いた侏儒の様になりは為なかつたらう。兎も角開元天宝時代に入唐した正副使節藤原清河、吉備真備《まきび》の貌《おもかげ》を玄宗皇帝の供奉で画いて、蕃蔵中に納めたと云ふ話よりも、名誉なことと語伝へてよい。

斯くて使節等は、一寺院の外壁に、羅典文を勒した大理石板を紀念に遺して（現存）、この多趣なヱネチヤを去り、尚南欧諸都を巡歴して後、再び八重の潮路を越えて日東に帰つた。帰ると、外教の形勢は一変して居たが、天正の末年聚楽の第で秀吉に謁した時、嶺南の風土文物をいかに詳説したか、秀吉は又之を聞いていかに刺戟されたかは、固より旧文明の伝灯者たる僧侶や公卿の日記などに伝はるべくもない。然し、南国から伝はつた西洋文明の曙光が、初には葡国の薄倖詩人カモエンスの詩篇に表はれ、後には西国の宗教詩宗ローペ・デ・ヱガの作曲に現じ、中頃は水都の大画工チントレットーの美眼に映じた後、当然国家の障壁に遮られて、外の星に光を譲りつゝ、殆どあるかなきかのさまに消えてしまつたのは、悲曲流の末路に類し感興の深い史題である。

縷々として極なき空想の糸も、いつしか断れて、汽車はもうボロニヤに近い。嶺南の春の夕暮は、更に別趣の興を起さうとして居る。

鎖国

唐の物は薬の外は無くとも事欠くまじ。ふみどももこの国に多くひろまりぬれば書きうつしてん。もろこし船のたやすからぬ道に無用の物どものみ取りつみて所せく渡しもてくるいと愚かなり。遠きものを宝とせずとも又得がたき宝を尊まずともと、ふみにも侍るとかや。

兼好法師が斯う書きつけて置いたよしなしごとが、三百年後の徳川時代に半ば実現されたのは、「怪しうこそ物ぐるほしけれ」とも云ふべきであらう。例へば天和三年

(二月二日)に長崎奉行に達し又唐蘭の商人に諭して、羅紗、猩々緋其外毛織の類並に金糸其他衣服に用ふべからざる織物、珍禽奇獣及び薬品にあらざる植物、木材はた器財翫具の類の売買を禁じたのも、貞享二年に唐船舶載の、西洋教学に関係ある書物を焼棄て、長崎に書物改の役人を任じて寛永七年の禁書令の励行を勉めたのも、共に鎖国政策の一端が現はれたものである。尋いで元禄の初期に日本に渡来して在留二年、具さに本邦の事情を見聞し研究して帰つたケンペルは、其名著『日本史』の結末に「日本と外国貿易」の一篇を附して、我国が地勢物産の上から鎖国に適して居たこと、国家の自衛、風教の維持上、鎖港の止むを得ざることを詳論して、此政策を称揚し、ギルギリウスの詩句、

Hic segetes, illic veniunt felicius Uvæ;
India mittit Ebur, molles sua Thura Sabæ.

此有饒禾稼　彼有美葡萄
印度出象牙　沙巴産名香

を引きつゝも、斯島国は必ずしも他邦と有無相通ずるの要なき所以を述べ、「ソクラテスと概ね同じき孔子の学」を奉じて斯民を治むる将軍綱吉を讃美した。この一篇は、

百年の後享和元年に至つて長崎の学者志筑忠雄が訳出して『鎖国論』と題し、評註を加へて以来世に知られて居る。鎖国の利害得失を攻究するのは今本稿の主眼ではないが、当時内外の事情が「国当㆓鎖閉㆒」に適して居たことは争はれない。而も我国が欧洲に於て時勢後れとなつた耶蘇旧教の桎梏を脱し、衰運に瀕する南欧の影響を離れたことは、望外の幸であつた。ローマンス南土の廃頽した旧文明旧思想と絶つて、北の方ゲルマニヤの新興の気に一歩近づいたのは、偶然ながら国民の利益であつたに違ひない。況んや我国が対外関係の煩ひなく、専ら内治に意を委ね、学芸の興隆を力める間に、極めて徐々に極めて少量づつながら、遠西の新智識を輸入することを忘れなかつたことは、近世文明史上最も興味ある点である。されば所謂鎖国によつて日本は、新智識を十分咀嚼消化して精神上の余裕を存することの出来た好都合もあつた。又さらでも増進して底止する所を知らざる国内の奢侈を、あれでも余程控へさせることが出来た。要するに鎖国政策は当時にあつては、止むを得なかつたばかりでなく、利益であつたことは多言を要せぬ。尤も寛永より嘉永に至る二百余年間――西紀十七世紀の中程より十九世紀の中程にわたる――を鎖国期とするが家光の寛永から吉宗の元文頃までの初めの百年間こそ厳密な鎖国期であつて、それ以後の百年間は洋学が開け徐に開国の準備中であつたのである。開国が突如として何等の準備なく起つたのではないと同じ様に、鎖国も亦島原乱の結果俄かに出来たのではなく、天文より寛永に至る海外交通期約百年間の下半期はいはゞ西教迫害の時期であつて、開放しの門戸を少しづつ閉鎖しつゝあつたのである。而して遂に一条の間隙を存して堅く扉を閉鎖した後、用心堅固に此扉を内から押へつけて居た最初の百年間、殊に元禄時代までの約半世紀こそ却て史興が深い様に思ふ。この細き隙から洩れ来る光を成るべく防がうとし、内に残る西国の香の名残りを消さうと勉めた数十年間の圧迫期は、新井白石を過渡期の西洋研究家とし、間もなく青木昆陽より開始する蘭学発達期の稍々開放的なる時期に比して割に面白味がある。然し今は単に文運極盛期なる元禄時代の対外的態度ともいふべき点を中心として、鎖国の厳密であつた期間の世相に対して、聊か文学的側面観を試みるにとゞめる。

シャギエル聖人が本邦の西辺に蒔いた耶蘇旧教の種子は、数十年間に全国の大部分に拡がり、学林では羅甸語が学ばれ、寺院では洋楽が響き、受難劇が演ぜられる、活版や銅版の術も渡れば、絵画も伝はる、宗旨や教訓上の書物も数多翻訳され、天文医療等の学術が伝来する、教徒は欧西の正朔を奉じ、耶宗の法名を附けると云ふ有様で、彼の西土に在つては既に陳腐に属しかゝつて居る文物も、此の日東に於ては新奇を以て迎へられたのであつた。然し是等文物輸入採取の史料は、徳川時代の耶宗禁制の酷烈であつたが為に、記録にも実物にも残つてゐるのは、甚だ僅少であつて、まとまつた一部の記録にては耶宗の悪むべき所以を述べた斥非の書に留まるから、彼方に存する幾多の宣教報告書や布教史などに拠らざるを得ないが、兎に角奥南蛮の文化は国民の或層に浸潤して、国家に対しては危険思想を不知不識の間に助長し、鎖国の因を成すに至つた所もある。一方には、此土より伴天連達が年々書送つた布教報告書は直に印刷に附せられ欧洲諸国の言語に重訳されて流布したから、十三世紀末のマルコ・ポーロの紀行以来欧人の注意を惹いた日本の国情が、耶教弘布の消息に伴うて普く彼に知られる様になつて、邦人が珍重されたのは意外な程であつた。天正年中伊太利亜に渡つた九州の大名の使節は、ヹネチヤ派の巨匠で、かの水都の宮殿に画がいたチントレットーに肖像をかゝれたといふではないか。慶長元和の際の西教徒迫害の結果は、西班牙の文豪ローペ・デ・ヹガをして筆を執つて Triunfo de la fe en el Japon（日本に於ける信仰の凱歌）と題する、敬虔の念に満ち優麗誦すべき史話を草せしめたではないか。伊達家の使臣支倉はヹラスケスが居る頃の西班牙を過ぎて羅馬に使ひし、船長セーリスは、沙翁晩年の頃、英王ジェームス一世の国書を以て渡東し来り家康に謁した。よしんば彼我の接触は畢竟皮相に過ぎざるにもせよ、又東西年代の対照が閑余の徒労に終るにもせよ、情の上よりして、若し当代東漸中の西方文明に執着したらば、鎖国に対しては無限の恨が繋がれるのである。あの上開国を継続することの弊害を極端に考へるよりも、寧ろ鎖国しなかつたらば、新来の西洋文物に接して徳川時代の文化は如何に光彩を放つたらうかと考へて見たくなる。されば踏絵の面のいたいたしい姿を見ても、土に穢れた子安観音の片割れを眺めても、唯耶宗迫害の痛ましさを覚えるのみではない。煤けた洋画の色彩や、擦れた南蛮寺の鐘の銘に、今も諸方に伝はる屏風絵で見る黒船出入りの壮観を想像しつゝ、消えゆく文化の影を見送る心地がする。角屋の地図や清水堂の絵馬を見ずとも、虚構もまじるジャガタラ文に、尽きぬ恨みの哀音がこもる。

寺請証文や起請文に宗門改は厳重であつて、当局者は士民を否応なしに仏教に帰依させて仕舞ふ。国家の前に何の信仰の自由があらうぞ。それでも西辺の孤島や僻村には永く遺教を伝へて、聖像を或は壁に塗籠み、或は観音に托し、お水方には洗礼を司らせて、侏儒の語に信条を寓して、密々に一念を遂げたと聞く。長崎は切支丹寺院学林の最後まで存立した地であつて、当局者の夙に意を注いだ処と見える。先づ徳川氏が帰依する浄土宗の大寺に稲佐の悟真寺がある。異教徒の帰正、釈家の勧化の為に夙に慶長の初年より聖誉上人の布教があつた。遂に幕府の公牒を賜はつて大寺となり、後年阿蘭陀人の遺骸をも其墓地に葬る様になつた。同じく浄土宗に大音寺といふがある。慶長の末年に開山伝誉上人が来て説法教化に勉め、転宗者が甚だ多かつたので、寛永の島原乱の後に、松平伊豆守から賞与を貰ひ、御朱印をも賜はつた。長崎に唐寺又は南京寺と呼んで、唐人が開基の寺院が沢山ある。鎖国中でも支那との関係は格別であつて、亡明の僧俗で一かど傑れた者どもが、本期の初半世に屢渡来したことは、一々列挙するの要もない。禁書を除き、新刊の唐本も続々舶載された。書画其他の芸術も愛翫され、詩文の応酬も我邦の操觚《さうこ》者には悦ばれた。支那は華、西洋は夷と定まつて居たから、唐蘭二国に対する態度や心持は其間自然違ふわけである。鎖国は西洋に対する鎖国であつて、支那文化の保護と西洋文物の圧迫とは反比例したとさへ思はれる。されば崎陽の南京寺の数々は、往時の南蛮寺の偉観を圧するばかりで、既にケンペルも若干を枚挙して居る。福済、弘福、聖福、崇福等皆新渡の黄檗派の禅寺である。

瓊浦《けいほ》に響く鐘の音は、切支丹の遺韻を鎮めはてたと思はれる上に、更に霊験あらたかな諏訪神社は、長崎の鎮守となつて、この神国が切支丹に穢れぬやうにと護ります。代々の神官青木氏の祖は、元和年中この祠を再修して邪宗徒の根絶を図つた有難い人である。長崎に於て古典詠歌の学びが開けたのは、青木氏に負うて居る所少くない。この神社の東に方つて聖堂があり、寺院、神社と相鼎立して、切支丹の危険思想の撲滅を主どる。即ち幕府直轄の長崎奉行が支配する立山の明倫学校である。其起因を尋ねると、寛永鎖国後、十年も経たぬ正保四年に、向井元升といふ儒医が奉行に願出て聖廟と共に創建した立山学校の後である。元升は爾来十二年子弟の薫陶に力めた後、万治元年京都に家を移し、其継続者を欠いて居た。所へ、数年後の寛文三年には堂舎が焼ける、十数年を経て漢学好きの奉行牛込勝登が再建して京都から来た南部草寿といふ儒者を聘して聖堂の主とする、間もなく草寿も越中に招かれて去ると云ふ次第であつた。其処で向井元升の三男の元成が、之に代つて京都から長崎に赴任して来て、立山の祭酒となつた。これは延宝八年の事で、鎖国以後四十年になる。元成は、父も勤めた唐本改の役目を嗣いで、寛永七年の禁書令により新渡の唐本を検査することとなつた。現に貞享二年に禁書の舶載を発見して褒美にあづかつた。爾来この書物改の役は、かの学校の監督と共に向井氏の世襲となつて明治に及んだのである。何時の世にも書物改は、動《やや》もすれば、極端まで及びたがるもので、寛永の禁書目には純然たる宗門の書物の外に、噂とか名目とか唱へて、如何なる唐本でも、耶蘇天主の名称や、西洋人の名字が見えたり、或は幾分か西教の事に関係したりすると、輸入を禁じ、天文地理算数等の著訳書も当期の鎖国厳密な間は矢張排斥されたのである。その癖、本邦には斥耶蘇に関する著述や、島原戦記の類の中に名目や噂が存しても構はなかつた。且つ徂徠が『政談』(四巻)に「吉利支丹宗門ノ書籍ヲ見ル人無キ故ニ其教如何ナルト云ヲ知ル人無シ、儒道仏道神道ニテモ悪ク説タラバ吉利支丹ニ可紛モ計難シ、是ニヨリテ吉利支丹ノ書籍御庫ニ有ルヲモ儒者ドモニ見セ置レテ邪宗ノ吟味サセ度者也」と論じた位で、其時までは一部の御用儒者にも禁書を閲読させなかつたのである。

向井元升の経歴は、当代の通俗教育の泰斗貝原益軒が撰文の墓誌にも見えて居るが、其の最も有名な事蹟は『乾坤弁説』の編纂である。鎖国後程なく寛永二十年に日本の近海に黒船が前後相尋いで二隻あらはれて当局者を驚かせた。一つは筑前沖の大島に漂到した南蛮船で、もう一つは奥州南部の近海に来た和蘭船である。和蘭船までが、切支丹の巻添へに逢つて迷惑した始末は茲《ここ》では別問題とする。黒田家の手で捕へた南蛮船の伴天連どもは、江戸に護送されて糺問されたが、後に非を悔いて改宗し所持の天文書を献上した。欧文で、読める者がないので、当時転宗して我国俗に循つて居た葡萄牙出の忠庵といふ者に和訳させて横文字で書出させた。南蛮通事の西吉兵衛が之を読んで、向井元升が傍から国字で筆録し、各本説に自己の弁説を加へて編した書が、『乾坤弁説』である。原書の名も著者も分らなければ、又原文が何の国語かも知られない。忠庵の訳したのが慶安三年で、元升等の横文字から筆録したのが明暦二年の冬である。随分面倒を掛けて編したもので、其上更に陰陽五行説などで論駁を加へたのも、念の入つた事である。長崎奉行では最初は忠庵の訳書を他見させなかつた程、厳に取締つたが、後には弁説も附いて、少しは流布するに至つた。元来この天動説を奉ずる旧式の天文書を懐いて旧教の坊主が筑前沖にさまよつて来た寛永二十年は、ガリレオが死んで、其代りにニュートンが生れた西紀一六四二年の翌年であつて、コペルニクスが『地動論』の出版中に死んでから百年も経つて居る。欧羅巴で廃れた旧説を今更西洋の新説として排斥せねばならなかつた日本は憐れなものであつた。半世紀前の慶長十一年に林道春が耶蘇会者不干と地の平円を論じたのは、まだ恕されるが、『乾坤弁説』の始末は、今より考へれば滑稽の至である。寛永以来の禁書でも、吉宗が其禁を解いた天文書でも、皆か丶る時代後れの学説が明末清初に訳出されたものに過ぎぬ。

『弁説』の編者は医者として名高く、加州藩から招かれて、松雲公に食物養生の法を説いたこともあつたが、延宝五年に六十九を以て歿した。長男の元端は、医術で京に残つて高貴に出入し、三男の元成（魯町）は父の歿後三年長崎に帰り、聖堂の祭酒と書物改の役とを勤めて子孫代々襲職するやうになつた。恰も此の延宝の末頃は、大阪あたりで西鶴の俳風を罵つて伴天連宗とか阿蘭陀西鶴とか呼び、尋いで『阿蘭陀丸二番船』などといふ俳書も現はれた位で、異端を排するに是等の套語を弄する時勢であつた。元升の次男は蕉門の高足去来であつて、鎮西の俳諧奉行たる名声を博した人である。温厚篤実、能く父兄の名を辱めず、蕉翁の知遇に反かず、文武の間に出入して風雅を楽んだことは細説を要せぬ。妹の千子は京に、弟の魯町卯七は長崎にあつて、共に七部集中に若干の句を残して居る。魂棚の奥に親の顔をなつかしみ、手上に消ゆる蛍に妹をかなしみ、何事ぞと花見る人の長刀を咎めながら、秋風に白木の弓を張るを忘れぬ武士魂より湖水の五月雨、岩ばなの月、嵯峨の柿の木に至るまで去来の俳句を味へば、向井一家の風貌の想見されると同時に、乃父霊蘭翁の人格をも思浮べられる。斯くて吾等の考察は元禄の時代に入る。

元禄と云へば、直に一種の気分が湧いて来る、様々の事が思出される、偉人巨匠の名前が胸裏に蝟集し始める、色々の現象が眼前に浮ぶ様になるが、今更茲で其世相を説くの煩を避けて、将軍綱吉の一代三十年のうち殊に初半世について好学の状を一瞥して置くと、先づ儒者には林信篤の外、更に木下順庵を召出し、神道家には吉川惟足に禄を授け、天文方には保井算哲を任じ、歌文の学には北村季吟父子を挙げる、釈家では湯島霊雲寺の覚彦、増上寺の祐天、護持院の隆光を尊信すると云ふ様な事は、皆天和より貞享を経て元禄の初年にかけてである。諸藩には会津中将、新太郎少将に踵いで西山公や松雲公が出た。藩にも野にも、江戸でも京阪でも、諸般の学芸界に人材の輩出したことは、当代を最とすると云つてよからう。幕府の記録に従へば、綱吉は皇室の尊崇に山陵の修復に賀茂祭の再興に、能く皇道の発揚に勉めたのみならず、生母には孝を尽し、下民には節倹を勧め、窮民の賑恤、生物の哀憐、とにかく一かどの名君たる資格を備へた。『武徳大成記』の修史や『二十一史』の刊行より経義の講説や聖堂の新営に至るまで儒道尊崇の念の厚かつたことは、仏法信仰の心の深いのに勝つた。斯る治世に宗門改や書物改に益々油断のないのは当然である。天和から貞享へかけても此等の禁制が続出したことは茲に一々挙げまい。一二は前に示した通りである。江戸でも長崎でも神儒仏の道が益々栄えて吉利支丹の教は、鬼理至端だの奇栗叱弾だの貴利死貪だのと、在らゆる汚名をつけられて排撃されて仕舞つた。排撃者の中には古くは元和のハビアン、明暦に死んだ鈴木正三、近くは元禄に逝いた浅井了意等の僧侶あがりの文士がある外、寛永より元禄あたりまでに、切支丹の来朝や南蛮寺の興廃や島原の戦乱等の記述者は随分多い。殊に熱心なのは鈴木正三入道であつた。是等の徒は云はば一種の国民道徳の鼓吹者に当る。貞享に転び伴天連の岡本三右衛門が小石川の切支丹屋敷に死んでから、宝永の末、綱吉治世の終りに宣教師シドッチが盲蛇に怖ぢず健気にも大隅の海浜に渡つて来たが、却て天の与へと我国に利用されて、後期洋学開始の運を開かしむるに終つた。

鎖国中とて其頃は年に一度蘭人の江戸参礼があつて、異域の風俗は長崎以外にも見られる機会はあつた。将軍家を始め江戸や京大阪の諸役人への献上物附届けは、遠西南国の土産は勿論、時には望遠鏡、寒暖計、時計、楽器の類もあり、将軍家へ地図類の贈呈も明暦万治寛文の際に都合数度あつた。寛文の三年には『阿蘭陀本草書』一冊を献じ、十二年には世界図を奉つた。新井白石が使つた官庫所蔵の地図は此時献上のものであつたらう。鎖国後四十余年も経た天和二年からは、太平の余沢と将軍の娯楽とに、所謂和蘭貢使の御上覧の際、歌舞音曲を演じさせ、種々の言動を試みさせ、問答に揮毫に年々蘭人を迷惑させて居たが、畜類御憐憫の犬公方様も異人に対する賢察は無かつた。こゝらが愚の頂上で、やがて白石や吉宗や昆陽が出て蘭使も能く利用される様になつたのである。尤も鎖国の前半期に於ても江戸幕府で蘭人の智識を全く善用しないことは無かつたので、前述の寛永末年に南部で捕へられた蘭人のうち、火術師外科医等四人だけは慶安三年まで凡六七年江戸に留置いて幾分其芸能を用ゐた様である。或は慶安初年に参府した蘭使随行の外科医カスパル某と云ふ者が所謂カスパル流の外科を伝へたとの話もあるし、元禄時代にしても、一二この類の事蹟は存する。貞享二年には奥医師瀬尾昌琢が、公命に由て、参礼中の蘭医に就いて外科の術を尋ねた事があり、元禄十五年には、曾て長崎から召出されて幕医となつて居た栗崎道有が、矢張出府中の蘭医に従つて外科の話を聴いた事がある。綱吉の治下にも此位の西学は入つた。

　長崎に於ては南蛮系、紅毛系の医家で、栗崎、杉本、西、楢林、半田、吉田、村山等の旧家があつて、中には通詞の家もあり、鎖国以前からの人もある。寛文の初年杉本忠恵が幕府に召され、尋いで西玄甫が登用される。元禄には四年の六月に栗崎道有が、村山伯経や吉田自庵と共に幕府に召出され、九年には桂川甫筑が侍医に挙用された。甫筑は天明以後の蘭学界に代々其名を顕はした桂川氏の初代であり、道有は呂宋に外科医術を学んだ栗崎道喜の曾孫で、幕医に徴されてから、元禄十四年には命に依つて吉良上野介の刃傷を診察したと伝へられる。是等二人は寛文の初期に生れ、元禄の初期には長崎に於て三十歳近くの壮年であつた。斯くも洋法医術の伝来はあつても、後年来朝したツンベルグの評語を借りて云はば、馬医に及ぶか及ばぬかの幼稚な程度に止まつて居たらうけれども、「薬の外は無くても事欠くまじ」といふ鎖国時代には、頗る貴いものとされたらう。又当流を汲んだ医書の写本刊本で寛文元禄の際に出たのが見受けられる。

崎陽に於て医術と共に西説を受けたのは、洋学発達時代と同様に、矢張り天文学であつた。正保三年に刑死した切支丹宗徒の林吉左衛門は、西洋の天文説を承けて居たらしいが、門人には小林義信、小野昌碩、吉村長蔵等を始め数多あつた。義信は切支丹の連累で囚へられたが、禁錮二十余年の後、免されて、寛文の末来任の奉行牛込勝登が学を好み士を愛するが為め、知られて、鎮署に出入するに至つた。京より下つた南部草寿を奉行に薦めたのも彼である。又南蛮天文学直伝の関荘三郎をも門に入れて牛込氏に介したのも彼であつた。爾来延宝年中を通じて在任した此の名奉行は、貿易の施設にも功績があつたが、興学の上では、聖堂再興、儒者登用の外に、西説の毛嫌をしない程の達識はあつた。後年吉宗に召された西川如見の如き学士を長崎より出したのも偶然ではない。然し貞享に挙用された天文方の算哲は、京都出身の学者で、西説に直接に負うて居る所は無い様である。

鎖国の上半期に西人が日本の事情について著述した書物の中、南蛮切支丹派の編纂物は語学書にせよ布教史にせよ、前代に於る視察や報告を材料にしたのである。寛永のソリエー（仏）でも、万治のバルトーリ（伊）でも、元禄のクラッセ（仏）でも、正徳のシャールボア（仏）でも、基督教史となると、皆前代の事にかゝるのは無論であるが、阿蘭陀系統の著者とても、事柄は新代の事でありながら、観察には特に新しいと云ふ節はなかつた。元禄のケンペル以前には主に報道的であつて研究的ではなかつた。寛永年中に日本に在留し浜田弥兵衛の頃の甲比丹であつたカーロンにせよ、葡国の教父や蘭国の使節の報告を骨子にして遠西の故事で肉を附けた寛文のモンターヌスにせよ、史料は在つても考察は欠けてをる。其他の甲比丹及び随従の医師輩にも少しは学問のある者もあり、調査した結果も残つて居る。延宝の初年に来朝したテン・ラインの茶樹に関する調査は羅甸文で出版された。其末年にはクライエルと云ふ学士が渡来した。又フリースに率ゐられた和蘭の探検船の僚船が寛永二十年に南部領で窘《くる》しめられて以来、享保年代に至るまでの八十年間は、西洋の大船で日本の近海に出没して探究を試みる者もなく、四海浪静かであつたけれども、如何に鎖国の世でも日本の船が風波の為に国圏の外に吹流されて韃靼や千島や勘察加《カムチヤツカ》や北米や又は南洋の島や印度支那などに漂着するのは防ぎ様がない。運好く本邦に送還された舟子どもも、この鎖国の前半期には格段な注意も受けず、粗笨な学術的資料をも供するわけにはいかなかつた。之に反して露西亜の東洋経営と西比利亜《シベリア》探検は寛文より元禄宝永に入つて漸く進んで来た。ペーテル大帝の治世は天和の初より享保の半ばに及び、綱吉の一代より吉宗の半世に亙り、貞享にはイルクーツクが都市と栄え、元禄の中期にはカムチャトカが侵略されると云ふ有様であつた。越前の民が韃靼に漂到して清国から帰つて廿年余の後、和蘭のヰトセンは寛文延宝の際七八年間東北韃靼を探検したが、其結果が出版されたのは、元禄の初期である。瑞典《スウエーデン》人のストラーレンベルグが西比利亜の探究は十有余年に及んだが、其流竄は正に新井白石が伊人を尋問したのと同年である。躬《みづ》から船大工となつて和蘭に造船術を学んだ程の大帝は、日本ではまだ大きい大きいと屋形船の型をさへ更に小さくせよと令した元禄の世に、此海国からカムチャトカに漂流した舟夫どもを、新都彼得堡《ペテルブルグ》に上らせて日本語を教へさせた様な遠略があつた。ペーテル時代と綱吉時代、遠征と鎖国、何と云ふ対照であらうぞ。

「仇し仇浪寄せてはかへる浪」と一蝶の小唄が流行つた時代の初め、年々に寄する紅毛船が元禄三年に限つて珍客を載せて、ジャガタラから長崎に着いた。日本の陸が見えると、祈禱書其他の切支丹書を例の如く銘々船長に預けて古箱に詰込み、船底に匿して仕舞ひ、そしらぬ顔をして長崎に着いた。此船で来た珍客は、独逸生れの学者エンゲルベルト・ケンペルで、徳川時代の日本研究家中名士の随一とも云はれる。好機も好機、元禄の盛世に来合はせたのである。日本には一外科医として甲比丹に従ひ二度将軍に参礼したのであるが、元と欧洲北部の諸大学に学び、専ら理学と本草学とを究め、兼ねて哲学歴史地理にも秀で、語学にも達し音曲にも堪能であつた才人である。瑞典の朝廷から波斯《ペルシャ》に遣はされた使節に随つて、モスコビヤの領土を経て波斯国に入り、我国では芭蕉が行脚して廻つて居る頃、此西域の風土博物を具さに研究し、有益な結果を得た後、海槎に身を托して極東へ志したのが、元禄元年に当る西暦一六八八年の夏であつた。ケンペルは自ら『鎖国論』の末に、「たとひ頭を廻らして往古民生素朴なりしの時を察すとも、或は日本古事跡の記を取て評論すとも、其国の福禄満足なること今の時に若かざる事を悟らん、御するに称望の主を以てし一切異俗通商好通の外に保護鎖閉せり」と当代を讃美して居るが、其元禄四年五年の両春に定例の如く甲比丹に随つて参府した。初回は、芭蕉が湖東の無名庵に大津絵の筆はじめを吟じた春、去来等が『猿蓑』を編する頃、ケンペルの紀行文の挿絵に見える様な行列物々しげに京洛を過ぎて一行は江戸にゆく。二月三十日が謁見の日である。老中の牧野備後や、若年寄の柳沢出羽等も列席の大広間へ、老通詞横山与三右衛門の通弁で甲比丹や学士ケンペルが出る。無論将軍は御簾の中に居る。双方で相当の挨拶が済んでから例の質問が始まる。当代流行の軽口噺にでもありさうな問答もあつて、末には阿蘭陀の医師に不老不死の霊薬が発明されたかの、などと御上意がある。綱吉にしては尤もな問である。真面目くさつて医者は、左様な薬は弊邦などでも永年苦心して居りまするが、シルギウス先生の何々丸と申す薬がと、其名を羅甸語で言上する。覚えにくい名で度々聞きかへす。然らば次の船でジャガタラから取寄せいとの仰せである。次の場は更に面白い。御簾越しながら将軍家は蘭人どもに礼服のカッパを取れ、直立しろ、歩めい、立つて二人で辞儀をして見ろ、躍れい、跳ねい、酔ひどれの真似をせい、日本語でしやべろ、和蘭語で物を言へ、画をかけ、歌をうたへ、上衣をそら着ろ、そら脱げと、全く玩弄物である。将軍の外、大奥の婦人達も隙見して居るのである。何と云ふ奇観であつたらう。甲比丹は会社の利益のため、ケンペルは学術のため、初から名誉を犠牲にして掛つたものである。学士歌舞の図は、其著の挿絵に見える通りである。彼は舞ひながら独逸語で次の歌をうたふ。

1

Ich gedenke meiner Pflicht,
An dem Aeussersten der Erden,
Schoenste, die mir nicht kan werden,
Liebste, die mein Herze bricht
Der ich einen Eid geschworen
Sonder Arg und ohne Scheu
Bei dem Licht, da ich geboren,
Zu verbleiben ewig treu.

2

Ja, was sag ich, Pflicht und Schuld?
Was Versprechen und Beloben?
Deine Schoenheit, die von oben
Dir vergoent der Goetter Huld,
Deine Tugend, die man findet
Nirgend in der ganzen Welt
Ist die Kette, die mich bindet,
Ist der Kerker, der mich haelt.

3

Ach zu meiner harten Zucht
Hab ich armer mich vermessen,
Deiner, Engel! zu vergessen,
Durch so weite wueste Flucht.
Taur und Caucas, Tuerk und Heiden

Noch der Ind-und Gangesfluth
Koennen mich von dir nicht scheiden,
Nicht vermindern meine Gluth.

4

Grosser Kaiser, Himmels Sohn,
Herrscher dieser fernen Landen,
Reich von Gold und stark von Handen,
Ich betheur bei deinem Thron,
Dass ich alle diese Strahlen
Deines Reichthums, deiner Pracht,
Deiner Dames, die sich mahlen,
Nichts vor meinem Engel acht.

5

Weg du Hof der Eitelkeit,
Weg du Land mit so viel Schaetzen.

Zeitlich kan mich nichts ergoetzen,
Als die keusche Lieblichkeit
Meiner edlen Florimenen,
Meiner einzigen Begier,
Die wir uns so herzlich sehnen,
Sie nach mich und sah nach ihr.

これを自ら其徳を頌して「御先祖代々の善心美徳を承継で殊に寛仁に勝れ又よく密かに其国法を守り給ひ孔夫子の学に成長して域内を治め給ふこと国体民生の求む処に応ず」と云つた「チナヨス」（綱吉）の前で吟じたのは随分太平楽なもので、今からは想像がつきかねる程の呑気さである。それが当代の北欧の学者の口から出たのだ。

次の参府は翌元禄五年の春であつた。謁見の日までに将軍が昌平坂の文廟に御参りあつた事、柳沢出羽の邸に御成りあつた事、犬を始め生類憐愍の厳令などを耳にして日記に書留めた。三月六日が所謂入貢の蘭使御覧の日である。年番の通詞は名家の本木庄太夫が随伴して来て任に当る。御前で演ずる痴態狂態は前年よりも更に盛んであつて、男女接吻の真似までして奥女中を笑はせる、愚にもつかぬ質問を連発されて閉口する。ケンペルが紀行の此条を読むと、往古大和で蝦夷や隼人や国栖などの演戯をみそなはした当時を偲ばしめ、太平の象と云はうか、優長の極と云はうか、評し様もない次第である。吾等をして野史氏となつて『三王外記』に附加へさせたなら、憲王の不善に更に「翫蘭人」の一条を数へて置きたい。さてケンペル等は、三四日を隔て、登城して御暇乞をし、条約を読聞かせられた。此際にも特に御覧があつて、色々の翫弄と質問に遭つたが、いくらか真面目な分子が交らないでもなかつた。其一は奥医師どもが、ケンペルに脈を執らせたり、身体医療に関して質問をかけたりして、彼我の問答があつた事である。是等の侍医とは、或は去年六月長崎から召出された栗崎道有等の三人ではなかつたか。兎に角斯る遊戯が嵩じた極、着実な方に向いて来たのかとも思はれる。即ち元禄十一年には青木文蔵が生れ、また同九年には桂川甫筑が侍医となつて、時運一転の機を生じた。又ケンペルが第二に出会つたのは、御酒肴を下された後に、二舗の地図であつた。一は欧洲の地図の写しであつて、国名や地名は記るしてないが、良く出来て居たといふ。他は日本製の世界地図であつて片仮名で記入してあつた。此機会に彼が日本の北辺蝦夷あたりの地理を窺つて参考にすることを得たのはせめてもの慰めであつた。

ケンペルが編纂した一種の異称日本伝の資料及び出版の由来等については茲には略するが、彼が日本より幾多の書物を将来し、又或書物の解題を抄録した事は、ショイヒツェルの緒言の末にも出て居る通りで、将来の書籍は、彼の手録と共に英国のスローン文庫に入つた事は、人の知るが如くである。書目を見ると、無秩序ながら地図道中記等の類より史籍本草書までを主とし、儒仏の書も一二は見える。『訓蒙図彙』八巻とあるのは、寛文版の原書でなくて元禄八年版の増補本であるらしいのは変だ。『大阪物語』や『島原記』などの如き近代物が『伊勢物語』と共に舶載され、『平家物語』『太平記』『徒然草』百人一首などの、粗末な解題が手抄されて居る。殊に興味のあるのは、『本朝桜陰比事』の名が見える事である。ケンペルの渡来は、西鶴の晩年に当る。二度目に参府して其夏に帰航した元禄五年には『胸算用』が出版された。『桜陰比事』は其渡東の途にある元禄二年の刊行である。京都の所司代板倉周防守が退隠して桜の樹陰で著はした政治書だなどと解説したのは、其助手が通詞の話しを聞かじつて居て間違へたのであらう。三浦梅園が、安永七年に長崎に遊び、当代最も名高い通詞の蘭学者なる吉雄耕牛の家で、ケンペルの『日本史』を見た際、『本朝桜陰比事』の訳本がある由を『帰山録』に書いてあるが、是は恐らく誤であらう。――さてケンペルが鎖国の厳密な最中に苦心して、資料を集め、見聞を勉めて、『日本史』を大成したのは、日本の蘭学開始の功績に比して決して劣らぬ事業である。本書の自序を読むと、日々来る出島の役人や通詞を利用し、異国の酒を振舞つたり、天文算道を授けたりする代りに、彼等より種々の智識を得ることに骨折つた事がわかる。役人等の多くは、学識の足らぬ、智見の狭い人間であるから、到底十分な材料は得られない。然し年輩二十四五歳の明敏な一青年があつて、ケンペル渡来以後左右に侍して二回の参府にも従ひ懇篤に彼を助けて、彼に種々の報告や資料を供給したので、余程便宜を得たらしい。此青年が何人であるかは知れないが、相当に和漢の学にも長じ、進んで新学に入るの勇もあつて、ケンペルからは天文物理及び外科を習ひ、又新に覚えた蘭語学は、読み書き共に、他の通詞の及ぶ所ではなかつたと云ふ。斯くの如き熱心と前に述べた様な忍耐とを以て、鎖国時代の日本は研究されたのである。

鎖国の悲哀と滑稽は、其功過の論を外にして考へる余地がある。元禄の盛期に遠西の学者を江戸城の大広間に躍らせたり歌はせたりして帰した哀れと可笑しさとは譬へ様もない話である。将軍の近側にも江戸の市井にも京都にも大阪にも、あれほどの才人傑士が揃つて居て、あれ丈に文華が燦爛として、而も西眼に映ずる所があの位に止まつたのは悲しむべきであるが、それも時勢の罪で仕方がない。十数年の入違ひなくして白石がワーゲマンスの代りにケンペルに会つたなら如何な結果になつたかと想像して見たくなる。少しは大勢を動かし得たかも知れぬ。遠くの仏蘭西でもモンテスキューが L'Esprit des Lois を著はして、ケンペルに拠つて日本の法律を論じ耶教禁制の原由を説いた頃は、本邦では漸く蘭書を読むことが許された暁であつた。時代の相違は是非もない。

沈鐘の伝説

沈鐘の伝説は我国の諸地方に随分多い。墨田川の鐘が淵にも或寺の鐘が沈んでゐるとは、既に『江戸名所図会』にも見え、今も其辺の人で信じてゐる者もある。芭蕉の「月いづこ鐘は沈める海の底」の句で名高い越前の鐘が崎や、幽斎の紀行で夙に知れ渡つた筑前の鐘の岬は、常宮や志賀神社に今も存する実物の名鐘との関係は附けずとも、説話として興味は豊かである。しかし、三井寺や道成寺の鐘から出た様な文学上の逸品は未だ此等の沈鐘伝説から生れぬ様だ。南谿の『西遊記』(続編)などでも人の知る如く、鐘は龍神の愛するもの故に、船に積んで海上をかよふと、必ず沈み、又沈んだ鐘を引上げようとすれば、龍神の怒に触れて大風波が起ると信ぜられて、筑前の鐘の話も其一例となつてゐるが、若し仮に龍神を我国土の神とし、鐘を異域の信仰たる仏教の象徴とし、又国土の海神が鐘の渡来を嫌ふといふ様に解したならば、此等の伝説が幸にして早くハウプトマンの様な作家の手に掛つた場合には一種のアレゴーリッシュの名作と成り得たらうと思ふ。

筑前の鐘の岬は玄海灘に瀕して南韓と相対し、其南方には西方文明輸入の要津たる博多を控へ、一方には又宗像祠《むなかたし》に接してゐる。而して宗像神は天照大神が生みませる三女神である。又少し隔っては志賀の綿津見神社もあって、後の住吉神で矢張り三神を祭る。万葉の古歌に「千早振る金のみさきを過ぎぬとも、吾は忘れず志賀のすめ神」とあるを、後人の附会にもせよ鐘岬と解して置いて、此海中の沈鐘をば宗像志賀の諸神の所為とすることも出来よう。時代を仏教盛時の天平の頃に取るならば、『万葉集』巻十六なる志賀白水郎が沖に出た儘帰らぬ夫を悲む歌なども一種の取材と成り得るであらう。「荒雄らがゆきにし日より志賀の海女の大浦田沼はさぶしからずや」と鋳物師ならぬ船人の妻マグダを点出するも妙であらう。但し沈んだ鐘は、朝鮮人の鋳たものであって、船に載せて運ぶ間に船子と共に沈没することとなるのである。現存する朝鮮の古鐘は近時考古学者の写真を蒐集したものを見ても分る様に、立派な芸術品として称美するに足ることは言ふまでもなからう。

天草の乱があって数年の後、この鐘岬附近の一小島に来た伴天連どもの黒船を見つけて有司に報じたのも宗像の社人であつたといふ。其時捕へられた南蛮人は後に改名して江戸の切支丹屋敷に幽囚された岡本三右衛門といふ名高い伊太利亜人である。これは鐘の沈んだ話とは違ふが、外教の渡来に抗する一種の神力の結果と見て、併せて構想に資したい感がする。又桂川中良の『桂林漫録』を見ると、

孟子はいみじき書なれども、日本の神の御意に合はず、唐土より載来る舶有れば必覆へると云ふ事、古くより云伝へたる所なり、

とあるが、『五雑俎』にも、

　倭奴亦重儒書、云々、凡中国経書、皆以重価購之、独無孟子云、有携其書往者、
　舟輙覆溺、此亦一奇事也、

と見え、神意の畏るべきことを言伝へてある。孟子の危険思想を含む為め、古へ清原家では御前講義で或章句を除いたことのあるは、京都帝国大学所蔵の清家本慶長版『孟子』の書入にも見えるから、如斯き海上の遭難あるは当然かも知れぬ。国神が嫌ふ鐘が、渡来する途中で船から落ちて沈むのと同じわけと認められる。

　時代後れにブレケッケケックスと谷蝦蟆《ぐく》の声を擬ねた所で手柄にもならぬと云はばそれ迄であるが、秀郷とやらんが龍宮より鐘を取つて来たやうに、此の沈鐘の古伝説を文献中より拾ひ来つたならば、観じ様に由つては、内外思潮の衝突する時勢のアレゴリーとも成り得ることは疑あるまい。

橿の葉

昔より今に渡りくる黒船縁がつくれば鱶の餌となるさんたまりや（松の葉）

「日見の峠一の瀬と云所を過るほど、都《すべ》てえしれぬ香鼻に入て胸心わろく、とへば是なん長崎のにほひと申」と延宝の『長崎土産』に見えるその異臭は、鎖国時代の日本人の鼻をいかほど強く刺戟したらうか。崎陽の俳人向井去来の花薄の句碑が建つ彼峠を越えて港に近づくと、百尺竿に翻る紅白旗に、先づ和蘭館はあすこぞと心ときめき、新しい西学の智識を追求する若い人たちは多年夢みた扇形の出島が眼の前に展開されてどんな心地になつたらうか。巣林子の形容を茲《ここ》に移せば「唐土《から》阿蘭陀の代物を朝な夕なに引受て千艘出れば入船も日に千貫目万貫目小判走れば銀が飛ぶ金色世界も斯やらん」といふ港の繁盛に引寄せられる商賈は云ふに及ばず、新渡の唐本蘭書に胸躍らす学芸の士より遠国の珍禽異獣に悦喜する児童に至るまで此浦から受けた感化の莫大であつて、近世の日本文化史上光輝ある功績を遺したことは茲に説くまでも無い。「聞てよき物——石火矢の音」と『長崎土産』にもあるが如く、其音に蘭船の入港を喜ぶ市民、「はやき物——阿蘭陀の帰帆」とある様に異人に別を惜む丸山の遊女、孺子天鵞絨の手ざはり、カステラの味、チンタ酒の香り、聖堂に乾隆帝の額を掲ぐれば、蘭館に北方《オランダ》流派の海洋画を看る。帆柱を猿の如くさわたる黒奴、街頭に軽侮の的たる間《あひ》の子、屋後に泥芥をあさる豚の鳴声、紅毛の留守を守るさびしき女の愛づるカナリヤ、通詞の家に弄ぶオルゴルの音止みて、外からチャルメラの響耳をつく。……

危険思想と宗門改めは、書物改めと共に此浦に厳しく、吉利支丹寺の鐘の音既に絶えて明倫堂に咿唔《いご》の声高らかに、諏訪神社の花盛りは春毎に人の賑を増す時勢であつたから、異風殊俗の尚更際立つて土地の色合《ロオカル・カラア》益々鮮かに成来り、いはゆる長崎のにほひ鎖国の民の鼻をつくばかりであつたのは当然である。然るに此のにほひを文学の上に伝へたのは、地誌紀行記録の類をはじめ暦数食貨等の志類を除くと極めて少ない。当代民心の趨向致し方がないとは云へ、文芸の士のふがひなさ、徒に此エキゾチックな好題目を逸し去つたのは惜むべきことと思ふ。屛風絵に残る南蛮船紅毛船着津の景に長崎のにほひを偲び得るが如く、近世の詩歌俳句の中より若干の例を見出すことも敢て難事ではない。然し他の学芸の徒が成遂げた業に比べれば、文芸上の作品の寥々たるは固より争はれぬ。試に思出づる儘に其著しい二三を挙げれば、此土に遊んで帰つた後、昆陽は蘭学の基を開き、鳩渓は奇器を工夫し、子平は北辺の国防を論じ、江漢は洋画の流派を弘め、皆紅毛人の啓発を受けた。崎陽の象胥《しやうしよ》家から出た者では、支那小説流布の端を開いた岡島冠山、天文学に文法学に造詣最も深かつた中野柳圃を数へ挙げよう。之に反して此土地に来往し或は客遊した文学者、若くは此港から他方に移つた文学者で世に顕はれたものは甚だ少い。而して其顕はれた少数文士のうち長崎のにほひを留めた佳作を遺したものは更に少い。

これらの文人のうちで、和蘭芝居の梗概を書留めた南畝や、唐人芝居を見物して長歌を詠んだ榁園の如きは異数とすべきであらうが、瓊浦《けいほ》に流寓した貞徳が「獅子野牛さてもかいたる油画に」の附句を遺したのや、貞享年中行脚して客遊した三千風《みちかぜ》が崎陽の風光を叙して「是に対すべきは和朝の富士山の外はあらじとおぼふ……所詮長崎を見ずして京物語はすまじかりける」とて菊の日に「西都に菊あつてチンタの玉江《たまえ》寿けり」の句を吐いたのも、ともに茲に挙げて置くの価があらう。貞門の俳人より談林一派乃至所謂阿蘭陀西鶴の輩に至るまで外来的の事物を挟むことが多くあつても、特筆する程の句もない。『乾坤弁説』の編者の子として父元升の学問の一面たる暦学に身を立てたこともある向井去来は長崎より出でて蕉門に名を成し蕉風を郷土に弘めたが、元と貞門の好奇談林の奔放とは違ふから、支考と共に丸山の賦を作り、「いなづまやどの傾城とかり枕」の一句を添へた丈で、あたら崎陽特殊の風物も吟咏のたねとはならなかつた。況んや去来の性格では斯様な方向に進み得なかつた。蕉門で同郷の魯町卯七の輩以下の句に至つては七部集以外にあつては姑《しばら》く博捜の士に俟たう。
去来の時代より正に百余年の間、長崎が迎へた著名の洋人には、其初め元禄に独逸のケンペル、中頃安永に瑞典のツンベルグ、文化に魯国のクルゼンステルン（独人）があつたが、文政の中程に至つてシーボルトの来崎を見んとするに先つて、前後して二人の詩人が瓊浦に遊寓して能く斯土の特色を諷詠の料に供したのは多とすべきである。一は山陽の『西遊稿』（文政元年）、他は星巌の『西征集』（文政七年）である。前者の「長崎謡十解」、後者の「瓊浦雑詠三十首」、共に諷誦すべく、頼氏の校書袖笑に代つて清客江辛夷を憶ふの七絶は梁氏の女校書袖笑に贈るの一首と合せて朗吟すべきものであらう。彼が「阻郎船故故逢」の結は『松の葉』の長崎節に、

こがれ〳〵て唐土舟《もろこしぶね》の袖に湊のよる〳〵はそりや逢ふよる〳〵は袖に湊のよるばかりそりやあふ

の遺韻を偲ばしめる。吾等が少年の頃愛誦した山陽の中秋の詩の「瓦光明滅海山影、旗色依稀呉越舟、長鋏短衣成久客、蛮煙蜑雨又中秋」は『西征集』の「十五夜泛舟於瓊浦賞月」の詩に比べると明地《あきらか》に長崎のにほひはするが、而も後者の「載将水府珠千斛、買断揚州月二分」の佳句も気に入つた。星巌の「鄭成功詩七絶句」は外史氏の「仏郎王歌一篇」と対して詠史であるが、吾等は蛮医に遭つてナポレオンのモスカウ敗績の戦況を聴いた事柄そのことを面白く感ぜずには居られない。

頼襄の「荷蘭船行」の長詩は、正に中島広足の長歌、「詠紅毛船入貢歌一首」（并に短歌）に匹敵する。中島橿園はもと熊本の藩士であつたが、致仕の後は専ら長崎に来往

して国学を講じ歌道を教へ、語学及考証上の著述、歌文の製作、数多の書物となつて残つて居るが、歌人としてよりは語学者として顕はれ、語学者としても寧ろ補訂を事とした。『玉霰窓の小篠』、『詞八衢《ことばのやちまた》補遺』、『増補雅言集覧』等能く綿密に宣長、春庭、雅望等先進諸家の所説を補訂して後人を益すること多かつた。斯くて鎮西国学者の泰斗となつたが、身崎陽に在つて蘭学の影響を受けず、固有の国語学の祖述者であつたのは称揚すべきか惜歎すべきか。兎も角も空しく豊後臼杵の神主の子にして少にして京畿に遊学した鶴峯戊申をして名を成さしめた。鶴峯氏が暦数に秀でた頭脳を有つて居た丈、蘭学に入り蘭文典をも解して遂に日本文典に応用して『語学新書』（天保二年刻）の名著を残すに至つたのであらうが、然し此著が幕末語学界に流星の如く一閃過したと云ふのみで、如何ばかり日蘭両国語の本質を明らめて居た上の著作であるかは問ふまでもない。ホフマンも身蘭国に居ながらにして、時後れて『日本文典』を編したが、あれだけの出来栄を海西翁の新書に見られるか、又此新書が橿園翁の功績ほども後昆を益したか、自分は寧ろ之を疑ふ。然し論は畢竟蘭学に通ずべくして通じなかつた広足の天分や年齢は別問題として、戊申ほどの智識にては後代の国文典に寄与する所幾何も無かつたらうと云ふに落ちる。

　山陽の詩才と広足の歌才とを比較するの要は無いが、『西遊稿』と『橿園長歌集』とに見える同じ題目の長詩を対照して優劣を論ずるは、要するに漢詩国歌の得失を論ずることになり、併せて当代漢国両学家の西洋事物に対する感興及び態度にも説及ぶ様になると思ふ。此最後の意味に於て、神主の家に生れた海西翁が蘭文典を学んだのを多とし、長崎に住して蘭学に通暁する機を捉へなかつた橿園翁を議すべきであらうが、此点から云ふと伊勢の足代弘訓翁の如きは、時勢や土地や交友やも然らしめたに相違ないが、経世の志もあり対外の念もあつたので、国学者中出色であつた。是も一つは中斎や拙堂の感化にも由つたことと想像される。嘉永年中黒沢翁満が『異人恐怖伝』と題して志筑忠雄（中野柳圃）の検夫爾《ケンペル》の『日本誌』（『鎖国論』享和二年）を刻したことや安政年中横山由清が『魯敏遜《ロビンソン》漂行紀略』を訳出したことは、国学者の事業としては寧ろ奇しいが、これも時世である。されば独り中島広足を議すべきではないが、維新の際に後れを取り、明治の二十有余年間サトウ、アストン、チャンバレンの三家をして功を成さしめた責任は、幕末の国学者にも既に相当の責任が帰しはしまいか。

再び橿園翁が好機を逸したことを述べて見たい。山陽は文政元年即ち西紀一八一八年、嘗てモスカウの役に従軍した軍医からナポレオンの話を聞いて長詩を詠じた。十年の後（文政十一年）広足は、その「樺島浪風記」にも書いた通り、長崎から船を発して郷里熊本に向ふ際に暴風雨に遭つて難破したが、其際シーボルトが国禁を犯して欧西へ持去らうとした日本地図類を載せた阿蘭陀船も亦同じ天災にかかつた。其事は前記の浪風記にも「蒙古が船を吹やぶりしむかしの神風」の仕業とし、内外学者の疑獄一件を略叙してあるが、有名な事件であるから多くの人の知悉する所である。シーボルトは初渡の際に在つては、文政六年より此冤獄に至るまで前後数年長崎に在つて幾多の交友門人を得て、我国の地理歴史博物を研鑽して博く材料を求め、同時に医薬動植の学を伝へて居たのであつた。其研究の結果の一端は早くも欧洲の学界に報告され、現に遭厄の翌年一八二九年六月附長崎発の「日本人種起源論」の如きは、巴里の亜細亜協会で披露されて、クラプロートの批評を受けたこともある。而して「樺島浪風記」に神風を頌した国学者は幾多の蘭学者とは違つて此著名な東洋学者に接する機会を捉へなかつたらしい。「詩を作り異を記して故郷に伝へん」とした外史氏の心掛と意気とは此歌人には見ることが出来なかつた。因みに附加へて置くのは山陽にも矢張り同様の遭難があつたので、船で瓊港より万里泊舟天草洋を過ぎて熊本に向ふ頃、大風浪に遇つて殆ど覆没する所であつたので、島原に上陸して漁戸に宿し、五言の長詩を賦して其模様を誌した。此詩は櫃翁の和文よりも簡勁で印象が強い。「詠紅毛船入貢歌」と「荷蘭船行」とを比べるに、五七の単調と序詞の冗漫は長歌の特質であるから止むを得ないとして、両方に取得がある。然し「高御座天の日嗣と天皇の神のみことのきこしをす」と出始めるのは、荘重の得はあつても古雅に過ぎて冗長の嫌あるを免れぬ。中程に至つて、初めて「水鳥のうかべるごとくたくぶすま白き帆かげの浪間よりあらはれぬるを」と蘭船を点出したのは、単直に「崎陽西南天水交、忽見空際点秋毫」と説起したのよりも印象不鮮明である。「望楼号砲一怒嘷、二十五堡弓脱弢」は「をちこちに火矢の音どよめ」よりも余りに弱すぎる。然し末尾に憂国家一流の口吻で慨歎したのは「いやましに栄ゆるさと浦安の国ぶりしるく春花のにほふ大御代こゝろなきえみしがとももあふがざらめや」の悠々迫らざるに及ばない。而して橿園の長歌の叙事の方が細密であることは確かだ。諏訪神社の大宮司であつて中島翁と交りのあつた青木永章にも「詠蛮船入貢歌」といふ長篇の歌があるが、前記の長歌よりも優つて居るやうに思ふ。反歌には永章の「あたならば我とりてむといさみたつ新防人はをたちとるらし」に対して、広足の「外国のたえぬ貢にあめのした万のたからみちたらひけり」とある。

『橿園長歌集』には尚「唐船をよめるうた」がある。「わがほれる墨も硯もかみ筆もさはにぞあるらし、いざ子どもはや引いれよそのからふねを」と結ぶ。其外「詠食火鳥歌」に珍禽をうたひ、「観虎作歌」に韓国の虎ちふ神を詠じた。「観清人戯場作歌」に三国志中の一曲の演戯を叙したのは、南畝の随筆に見えたる蘭唐の曲の梗概と共に珍重すべきものである。短歌にも同様な題目を詠んだものが無いではあるまいが、『橿園集』中には茲に挙ぐるに足るべき作を見ない。『瓊浦集』には崎人某の正月元日紅毛館にて詠じた「えみしらも小簾たてそへ吾くにのよろづよいはふ春はきにけり」及び同某の蘭船をよんだ「つたひのぼる三の柱のふなこどもなれし手わざはあやふげもなし」を始め数首の歌を挙げ得るに止まる。

別に文政六年九月橿園三十二歳のをり通辞猪股久蔭から頼まれて急に訳したといふ「阿蘭陀国風詩二篇」がある。之に由て翁と蘭人との関係は一段密になるわけであるが、訳詩あまりに自由で、和臭を帯び過ぎ、エキゾチックな香りが全く失せてしまつたのは遺憾である。斯様な材料を更に多く集め今一きは調べてみたらば、広足と蘭学との間柄が段々好く知れて来るであらう。然し『不知火考』で蘭人の説を承けてポスポリユス(燐火)エレキテル(電気)を引証し、或は蘭人西洋にて火星船中に飛入し物語、或は物の理を窮むる紅毛人すら造物者の所為といふことを仮定する所以を述べたのでも、翁が西学と全く無交渉でないことは分る。上村観光氏所蔵の、広足より伴信友に与へた二通の書状に由ても此辺の消息は分る。然し翁の対外感興は至つて浅かつたらしく、又態度も研究的とは云へない。右二通の全文は他日別に掲載するとして、今必要ある部を摘むと、一通は某年十一月二十五日附で、

長崎も当年は何もめづらしき事も無御座候唐夏船も不来いとさびしく冬船相待居候時節に御座候海外も静なるやうすに御座候

とある。海外の静穏とは鴉片の乱後の小康をいひ、弘化年中にかゝるか。他の一通も年は書いてない、七月十四日である。

(フランス) 異国評判通相違無御座候しかし御武備におそれ早々帰り候はここちよ

く覚候

とあるは弘化三年六月長崎に入港した三隻の仏船を指したので、其評判が『中外経緯伝』の著者の処へも聞えて居たものと見える。同じ書状中次の一節が一番面白く、長崎の匂ひを放つ。

（昨年）本国船（紅毛）の大将遊女の為に髭剃無相違候副将よりよほどやかましくいはれ候由是より長崎にて女にのろき者を髭剃と申候扨髭剃の夜の一曲（数曲ナルベシ）甚妙なりし由のぞき見いたし候ものの噺此比承申候

但し右括弧中の文句も原註の儘である。橿園の翁も粋人だつたと見える。

長崎の鳥は時知らぬとりで真夜中にうたうて〳〵君を戻す（松の葉）

南嶋を思ひて——伊波文学士の『古琉球』に及ぶ——

今春琉球に関する一二の古本を読んでから南島を思ふ情が切になり来たつた矢先に、伊波君の『古琉球』と題する南国の色彩豊かな著述が、而も其国の人の手に由つて贈られたのは異常に嬉しかつた。

森島中良の『琉球談』中に見える年中行事（むしろ歳時記）を読んだのは未だ寒い頃であつたかと思ふ。

○二月十二日、家々にて浚井《ゐどかへ》し女子は井の水を汲んで顔を洗ふ、如此すれば疾病を免る、となり、此月や土筆萌出、海棠・春菊・百合の花満開し蟋蟀鳴く。

○三月上巳の節句とて往来し、艾糕《くさもち》を作て餉る、石竹・薔薇《ろうさばら》・罌粟倶に花咲く、紫蘇生じ、麦秋《みの》り虹始て見ゆ。

○四月させる事なし、鉄線開き笋出、蜩鳴き、蚯蚓出、螻蟈《けら》鳴き、芭蕉実を結ぶ、国人是を甘露と名づく。

此本の挿画にも見るやうに、髪の頂に簪を長く突出して島の女子が南音ゆるく蛇皮線を弾いてる側に熟しきつたバナナを食ひながら、芭蕉葉の扇を使つて懶気に聴惚れてゐる若者を想像すると、徂徠が『琉球聘使記』に挙げたいとやなぎの唱歌が聞える。こんな島へも昔閩《ビン》から支那の冊使を載せて来る船が通つたのみならず、十八九世紀の替り目からは西洋の探検船が渡つて珍しい島物語を絶域に伝へることになつた。琉球語を初めて学問的に研究して世に著はしたバジル・ホール・チャンバレン Basil Hall Chamberlain 氏の祖父に当る Captain Basil Hall の率ゐた英吉利船が、帰航の途に聖ヘレナ島に立寄つて船長の口から流竄中の那翁に沖縄島の話を伝へた事は、近時邦人の間にも普く知られる様になつたと思ふが、同じ航海で那覇港に来た英船アルセスト Alceste 号に就いての話は聞えぬらしい。

ライラ Lyra 号の艦長ホールの『航海記』（一八一七年、文化十四年倫敦版）には大尉クリッフォード Clifford の編纂した琉球語彙が附録されて居るが如く、アルセスト号乗組の軍医マクレオッド Mac-Leod の『航海記』（同年同地版）にはフィッシャー Fisher と呼ぶ人の蒐集した琉球語彙が添うてゐる。序に語彙の事を云へば、右諸船よりも二十年ばかり前にブロートン Captain Broughton の率ゐて我国の近海に来た英船の『北太平洋探検記』（一八〇四年、文化元年倫敦版）にも、附録として矢張り琉球語彙が載つてゐる。後に至つて探検時代から布教時代に進んでベッテルハイム Bettelheim やギュッツラフ Gützlaff 等の宣教師連の手を着けた琉球語学のことは姑く措き、以上三人の船乗共が集めた語彙は今日から見れば不完全で研究の資料にもならぬが、就中ブロートンのは僅々二十一語を録するに止まり、フィッシャーのは百八語を算するが、クリッフォードの分は一千の語辞と百十六の文章と琉球日本蝦夷三語対照表との三部より成立つ比較的詳密なものである。——然し今自分の伝へたいと思ふのは実は、既に無用に属した是等語彙の事ではないので、上に述べた英船の一なるアルセスト号の諸員が琉球で受けた印象ともいふべき一節であつたのである。

天保三年杏花園の蔵版で出た『琉球雑話』の一節を見ると、

諳厄利亜《アンギリア》の人の紀行の書を見るに千八百十六年（文化十三丙子年にあたる）九月琉球国にいたりし条に（中略）また云、アルセスト（船の名なり）の舶吏の長の婦おほく陸にありしに、此島の官人等のめぐみをうけしに、ある日貴人来りて、おほいなる家をよくかざり、諸器《もろ〳〵うつは》を設いれおくべしといへり。ある日また貴人舶中へ来りし時、かの婦人に対し、はなはだ丁寧なるやうにて、扇をあたへしが、その後たつとき一女、好事にて諳厄利亜の婦を見んとて、かの婦ひとりをりし処へきたり、かの婦を四方より穴のあくほど見たりしが、かの扇をもちゐたりしゆゑか、いかにも妬情《ねたみごころ》をふくみし眼の色にて、やゝひさしく見てぞかへりけり。（さきに扇をあたへし貴人は国王にてのちにきたりし貴女は王の妃なるべし）われ開帆の期すでにさだまりて九月二十六日琉球人祭服して寺におもむき犠牲を神に供し諳厄利亜人を加護し、つゝがなく本国へかへらしめんことをいのれり。すでにひらけしほかのくにの、いつはりてなすところの別離の情よりは、よく心にてつしてかなしかりき。此質朴の善心よりいづる所なればなり。祈をはりて別をなさんとて、わが舶にきそひ来りぬ。無情のボナハルテ（悪王の名）なりとも、いかでかこれにかんぜざらんや、わが舶すでにさりし後も、ひさしく船中より手をあげて其情をしらしめり。われすでに南方へむかひおもむきしに順風にてたゞちに此島はみえずなりにけり。しかれども此土俗の深切と情の厚きは、わが諸人の心にふかくかんじ恩としたふとむなり、云々。

航海記や漂流記を読む興趣は格別であるが、此一節の訳文は、殊更それが文政天保の交の訳文だけに、一段の面白味を添へて、敢て新奇ではないが幽婉な此挿話を読んで、情趣溢るゝ南島の空を偲ぶこと更に切であつた。

斯書の再版本（栃内氏旧蔵本）を海軍省の一室で読んだのは、今年三月の末であつたが、其の一三四―一三五頁に於て前記和訳文の原文は見られる。附録に同舟のジラード Gillard と呼ぶ者の別れ Farewell と題する四句二十五節の長詩一篇がある。今首尾の一二節を引かう。首の一節はかうだ。

The sails are set, —the anchor's weigh'd;
　Their seaward course the ships pursue;
And, friendly signs at parting made,
　We bid the land a last adieu!

最後の二節は次のやうである。

No more;—for now the freshing breeze
　Impels us swiftly o'er the deep:

Your verdant shore no longer please,
　And faint appear your mountains steep.
Their summits now are clothed in gray,
　And scarce the eye their place can tell;
Once more *Dear Island, Fare thee Well!*

斯くの如くにして南島に対する詩味が自分の心から去りやらぬうちに伊波氏の『古琉球』が我手に届いた。附録を除いて正に四百頁に近い冊子に、研究に資する所甚だ多く一読して趣味最も饒かなる琉球文献学上の論著二十五篇を収めたもので、主として一たび東都又は郷土の雑誌や新聞紙の上に表はれたものを輯めたものである。行文いづれもリリカルな調をそなへ、毫も枯淡の嫌なきは此種の著述に於て多とせねばならぬ。主張あり問題の提供ある所もあるが、要するに南島の神話伝説を探り、童謡俚諺を尋ね、或は古音旧辞を究め、歌詞楽舞を伝へて、古史研究に文献学に少からぬ寄与をされた功は特筆せねばなるまいと思ふ。

巻頭の「琉球人の祖先に就いて」の一篇は既に単行本『琉球人種論』で世の知る所であらうが、今幾多の趣味深き文章中より自分の感興に触れた二三のものを挙げると、仮名書きの金石文にあらはれた八幡船史料や同じ書体で記された所謂琉球最後の碑文にあらはれたる内裏言葉は（一は既に早くおなじ人によつて紹介されたものではあるが）古雅掬するに足る。『おもろざうし』は夙に著者の先輩田島利三郎が伝へて東都の雑誌上に其一部を披露し又其多数は東京文科大学の国語研究室の一隅に十年余りこのかた所蔵されて居たが、其詩味史興共に之を闡明する学者も無かつたところ、本篇の中で伊波君が着々研鑽に従はれて居るのを見るに愉快に堪へない。本土との交通史料として引かれた『おもろ』の一節に、

楠の木はこので
大和船こので
やまと旅のぼて
山城《やしろ》たび登て
瓦買ひにのぼて
てもつ買ひにのぼて

とあるが如きは、古詩を読むやうな感を起させる。「可憐なる八重山乙女」が白明井《すさかがは》のほとりで歌ふ絶唱、宮古島の名もない詩人が八重山をとめを歌うた長い鄙歌、共に

之を誦すれば、愈々南島の空がなつかしくなる。八重山島の「鷲の鳥の歌」の雄渾なる風姿は南国の高調ともいふべきか。

大あこうの根さしに
なりあこうの本《もと》ばいに
一の枝ふみのぼり
七《なな》の枝ふみのぼり
一びらい巣ばかけ
七びらい巣ばかけ
一びらい卵《こ》が産《な》し
七びらいこがなし

と二十二句から成る頌歌である。

八重山宮古の島々は独り歌謡のきはだつて居るばかりでなく、極南界にあつて其言語音韻も純古にして北の島嶼とは趣を異にする。康熙末年の『中山伝信録』の類亦三十六島の方言差別をまゝ記入してはあるが、断片的に過ぎぬ。十九世紀の初頭アーデルング等の『言語集《ミトリダーテス》』（第一巻第四巻）にも八重山及太平山（宮古）二島の方言について一言するは、欧西探検家及地理学者等の所説に基いたものらしいが、極めて曖昧なるを免れぬ。最近代我国に於て一二内外の学徒の先島方言の古音を保存することを述べたのも極めて断片的に止まつた。伊波君の琉球語の掛結を論じ、波行古音Pたるの考へに一歩を進めたのも、主として極南諸島の言語調査の結果から来て居る。

二島の土人が沖縄本島の国頭地方の住民と共に花をパナ、葉をパー、羽をパニ、帆をプーと発音すること、此等の或地方にては大をウプ（本島ではウフ、国語のオホ）といひ、吸ふをスプユンといふことが、波行古音考に有力なる証拠を供したのみならず、二島の中にもPばかりが行はれずに、既にFをも或場合には発音してゐること、又首里大島の如く本土の文化に接して開けた地方にては、FとHとが、並び行はれること等は、言語変遷史上の一縮図として極めて面白い事実である。PからFへ、FからHへと国語が此二千年間に進んだものが、現在南島に縮写されて居ることは、伊波君の記述によつても益々明かになり来つた。著者は更に進んで『中山伝信録』に収めてある琉球の単語を捉へて、其波行音の文字にHFP三音があらはされて居ることを述べて、沖縄に於ける波行音変遷の過程の一端を示された。尤も右の琉球語彙は冊封副使の徐葆光が康熙五十八九年（享保四、五年）即西暦一七一九、二〇年在琉中に自ら蒐集したものではなく、康熙二年（寛文三年）即一六六三年に渡航した冊使張学礼の『雑記』中に収めた単語を基礎としたことは、『伝信録』巻六琉球語の緒言に書いてある通りである。

之より先き明の万暦三十年（慶長七年）即一六〇二年の冊使夏子陽の『使録』（刻本）には、琉語が載つてあつた。更に遡つて嘉靖十三年（天文三年）即一五三四年の使節陳侃の記には巻末に夷語夷字を附録したとあるからは、琉球語彙が集められたに違ひないが、徐氏の時代所伝の鈔本には闕けてしまひ、我邦に伝はつて、白石の『南島志』の資料にも成つた『使琉球録』は矢張これを欠いて居たことと思ふ。明朝の陳夏両使の蒐集も徐使の訂正して載せた清朝の張使の蒐集も共に訛謬甚しきものであつて、正確な材料とは云はれぬけれど、琉語の古史料の乏しきをりから、十分なる注意を以て之を利用するは適当と思ふ。写音した蒐集者が閩人であるか北人であるかに由つて其琉語の読方も大に異るわけであるが、語頭音《アンラウト》たる唇音の場合には割に都合よく其音価を定め得る。伊波君が之を波行音変遷史料に応用されたのは結構である。唯陳夏二使の分があつたら一層P音資料に力を添へたらうと思ふばかりである。然るに明の周鐘等が編した『音韻字海』に附録する「夷語音釈」といふものがある。原書は明版もあり、音釈以下は『異称日本伝』にも収められてある。「夷語音釈」の次に「夷字音釈」があつて、後者の末には劉孔当といふ名で昔年閩に遊んで琉球の通事に就いて知つたと附記してある。福州の南台に琉球館があつて此処に通事が常置してもあつたことは言ふまでもない。「夷語音釈」の方には琉球とは断つてないが、収めてある言語から推定して矢張琉球語たることは疑ない。時代は不明であるが、多分万暦の初年度よりは下るまいと思ふ。『伝信録』に見えた陳侃の記の附録夷語夷字とあるは、或はこの『音韻字海』の附録の「夷語夷字」であつて、劉孔当は閩の通事に就いて此の音釈を施し若くは訂したと云ふ様に見られまいか。或は又劉孔当などの編したものを陳侃の『使録』に添へたものか。但し「夷字」は既に伴信友が『仮字本末』(上巻の末)に於て述べたとほり、元の陶宗儀の『書史会要』(巻八外域)に所載の文字について訂正を加へたものらしい事は推定し得る。松下見林は上の所謂夷語を単に日本語として、薛氏の『日本寄語』等所録の邦語と、異同表裏は別として、同様に取扱つたが、これは疑問であらう。両方の関係は今は深く論ぜぬが、二者は材料として之を区別して置きたいと思ふ。さて今「夷語音釈」を、よしや嘉靖の初にまで引上げずとも、万暦の初、即ち十六世紀の末期のものとして考へると、之を琉語史料として見る上に於て、興味ある事柄が見出されるのである。

附記。クラプロートは一八一〇年(文化七年)『亜細亜文学歴史言語録事』Archiv für Asiatische Literatur, Geschichte und Sprachkunde 巻一に於て夷語音釈を示せり。其由少アーデルングの増補本『言語集《ミトリダーテス》』(四巻)に見ゆ。

今数語の例を挙げると、「夷語音釈」に波世(星)、拋拿(鼻)、品其(鬚)とあるを、『伝信録』には夫矢(星)、豁納(鼻)、非几(鬚)とあるが、前者の波、拋、品みなPであるのに、後者の夫、非はFで、豁はHであるのに先づ注意される。其他両者共にF

たるが多く、稀にPたるも存するが、面白く思ふのは、前者に花を法拿としてあるを後者に豁那とするが如きを始とし、春の八を一は法として他は哈としたり、八月の八を一は法として他は瞎とした様な類のFHの対照が認められる。福州方言に於ても法の字はF、他の字はHの頭音を有することは勿論だ。

斯くの如く嘉靖又は万暦の初年と康熙の初年との間、殆ど百年乃至百五十年のうちにも髣髴として如此の音韻変化の迹がたどられる。されば追々地方的及び時代的の差別が明かに成来つて琉球語の研究が経緯されるに至ると、我本土の国語の源流を究める上に大なる裨益をなすことは疑ない。言語以外の方面に於ても普く文献の蒐集攻究を力められると同時に、国語学の上にも益々新資料を供給されることを自分は著者に熱望して止まないのである。

此著述は那覇の沖縄公論社の印刷及発行にかゝり、印刷紙質装幀の体裁は立派なものとは云へず、活字の墨付が悪くて読みにくい点もあるが、自分は、却つて斯る質朴なる外見に一種の感興を禁じ得なかつた。タイトルページの横文の如きも、後年になつたら琉球木活字版とでも名けて却つて珍重がる人がないではなからう。とにかく南島から贈られた此新著に対し、あらゆる点に於て少からぬ注意と興味とを起したと云ふことを以て、この蕪稿を終る。

日本一と日本晴

いつの時代にも一種の流行語といふものがあつて其時代の反映を成して居る。吾等が幼き耳に慈母から聞いたお伽話の中にある日本一の黍団子や日本一の花咲爺などといふ場合に使はれた日本一の語も、其起源を探つて見るとやはり一時代の流行語として広く用ゐられた語で、確かに其時代の国民精神を表現してをるのである。尤も日本一などといふ褒め詞はいかなる時代にでも誰れでも自らこしらへて使ひ得られる詞には相違ないけれども、それが一時代に非常に流行して居るのを見て、吾々は其当時の国民の思潮がいかばかり高まり、上下の元気がいかばかり壮んであつたらうと想像されるのである。日本一といふ形容語は足利時代より徳川時代の初期へかけてのはやりことばと自分は認めるが、其以前にも用ゐられなかつたのではない。優にやさしき平安朝の宮廷裡の婦人でさへきかぬ気のものであると、「すべて人には一に思はれずばさらに何にかせん、二三にては死ぬともあらじ、一にてをあらん」などといふ位の見識があつたのだから、日本一といふほどの考へがないわけはあるまい。『浜松中納言物語』、『大鏡』などにはもはや日本一、日本第一といふ賞美語がいづれも二ケ処ほど見える。又下つて鎌倉時代になると、『平治物語』や『平家物語』の如き軍記物には日本一の不覚人とか、日本一の剛の者とかいふ文句があり、当時代の初期の文書にも日本第一の天狗などと出てくるので、段々広く用ゐられて来たやうである。然し、足利時代になると、この俗語は益々頻繁に用ゐられ、又其意味も頗る拡張されてをるのである。『曾我物語』（四）には「日本一のふかく人」といふ句で出てをるが、『義経記』になると、一、二、五、六、等の巻々に都合数ケ処に見えてをり、例へば、静御前を讃美して「舞にをいては日本一にて候」といひ、「日本一といふ宣旨を給りけると承候し」といひ、又常磐御前の容色の美しきは「日本一の美人也」などと称へるやうに最上級の讃美語としてあちこちに使はれてをる。謡曲などに、「日本一の御機嫌にて候ふ」（小袖曾我）、「それこそ日本一の事にて候ふ賜はり候へ」（鉢木）、「日本一烏帽子が似合ひ申して候ふ」（烏帽子折）などの使ひざまになるといかにこの語が流行したかがわかり、従つて意味が大分拡がつて来たことが知れる。丁度同じ頃であらう、御伽噺に黍団子をほめても日本一といひ、花咲爺をほめても日本一といひ、むやみにこの語を使つてをる。謡曲で用ゐてある以上は、狂言の上にあるのは当然の話で、「日本一の下手」といひ、「日本一の大ふ」などと見える。要するに足利時代は国民の元気の大に勃興した時代である。韓国や支那の沿岸を荒しまはつて、所謂倭寇を試みた時代である。高麗及び朝鮮との交際や明との交通も盛んであつた時代である。末期になると、西洋や南洋との交通も開けたし、対外精神の発展は遂に征韓の挙を起さしめるやうになつたのである。かくの如く外に向つて大いに膨脹し侵略し飛躍せんとするの元気を持つて居た当時の我国民は内に在つては常に覇者たらんとする気概を有し、清女のいはゆる「一に思はれずば、更に何にかせん」の意気を持ち、日本一、天下一、三国一たらんずる心掛があつたものと思はれる。徳川時代の初期凡数十年といふものは時代思潮の上からいへば、やはり戦国時代思潮の継続である。『日本近世史』の著者は近世を元和二年以後としたと思つてゐるが、或意味からいふと、更に繰下げて天草乱後、徳川氏が鎖国政策を執るに至つた寛永十六年あたりまでを前代と一つらに見てしまつて差支へあるまいと思ふ。徳川時代は鎖国時代、封建割拠時代である。国民精神の萎靡時代である。立派な覇者が唯一人江戸に構へて御座つた時代である。この征夷大将軍が即ち天下一であり、日本一であつたのである。当代の民衆は将軍の威光を謳歌しつゝ「日光を見ないうちに結構といふな」といつた。日本一の代りに寧ろ日光一といふ語でも出来さうなものであつたと思ふ。さて徳川氏の初期に日本一の語が流行つたことは、葡萄牙人のかいた日本文典の中に、形容詞の最上級として此語を天下一といふ語と共に挙げて「彼奴は日本一大《だい》けなげ者ぢや」「天下一の学者である」などの例を示してをるのでも知れよう。当時流行の俳諧でも、月花を賞めるには猶往々この語を用ゐ、「唐までも日本一の月夜かな」(重頼)、「名木の花ぞ日本一の谷」(常春)、甚しきに至つては、談林の句に、「色好みあつぱれそなたは日本一」(松意)などとやつてをる。かの『醒睡笑』にも、やれ「日本一の鈍なる弟子」とか、「われは日本一の事をたくみ出いたは」とか、「紙は日本一の播磨杉原」とか見えるので、一般の事が推される。

さて足利時代には、独り日本一のみならず、すべて「何々一」といふことがはやつたもので、坂東一、西国一、中国一、西塔一、門前一、尚進んでは天下一、三国一等の語がある。天下第一の称は既に漢籍にも見えてをるのであるが、我が足利時代中葉の抄本にも見え、以後の軍記及俗文学には非常に多く使はれてをる称号である。この称は大抵芸術界の優勝者、即ちチャンピヨンといふやうな意味で、一種の尊称である。即ち天下一号といつて、『信長記』にも「天下一号を取者何れの道にても大切なる事なり」とて、一芸一道のチャンピヨンに向つて与へた美称である。即ち「天下一の太鼓打」、「太鼓の天下一」(甲陽軍鑑)、「天下一の芸者」(信長記)などとて、戦国以来天下に覇たらんとするもの輩出したによつて出て来た流行語である。所が随分濫用されはじめたものと見えて、『信長記』に「天下一は唯一人有てこそ一号にて有べけれ二人有る事は猥《みだり》なるに」とある。徳川氏以後に至つても其遺風があつて、弓術の優勝者が天下一の名を博したことは、『大日本史料』慶長十一年及十二年の条に見える。承応三年甲午に女院御所より天下一美号不苦とあり云々(境鑑)などとあつて、壺焼塩にまで用ゐられ、能役者、目医者、まじなひも、この号を賦与せられ(醒睡笑)、看板、暖簾、商品等にまでこの号を記した（信長記、見聞集、色音論、奈良名所記等）。従つて俳諧にこの名の甚だ多く見え、月花を愛づるにも、やたらに天下一天下一といつたものである。かくの如く流行した結果、あまり濫用し過ぎたので、遂に天和二年に器物に天下一の字を記すことを禁ぜられた。一体時代からいへば天下一の将軍の下に、むやみに天下一などと称するのは不都合の至りなのであらう。天和二年といへば元禄の少し前で、はや大分徳川時代の風潮がかつて来た。これで全くすたれたのではないが、戦国時代に流行しはじめた語が太平の時代に衰へるのも、言語の運命上然るべき話だ。

天下一に次いでは、三国一といふ語が、やはり同時代に流行つたものである。これも、始めは広く用ゐられた称美語であるが、月雪花を愛で、美人をほめたりする外、最も多くは嫁入や聟取の場合の祝辞に用ゐられた。狂言に花子の姿の美なるを称へて「天竺震旦我朝三国一ぢやよの」といひ、秀句好きなるを「唐土天竺我朝三国に隠れがおりない」と形容したり、「老僧のはたらき三国一」（醒睡笑）などといつたりする。後世は嫁入聟取か、さもなくば甘酒屋の看板に名残を留めてあつて、現今も、天下一、日本一などの美称と共に国産物などには記してあるのを折々見うけるが、まづこゝらが結末であらう。三国といへば、昔は日本、支那、印度（朝鮮は一国とは已に見做されなかつた）であつたものが、今は露仏独とか日英米とかいふ工合に変つたのだから、右のやうな始末になるも、あたりまへの話である。

日本一を始め、右の語はみな足利時代（戦国時代から徳川時代の初期までをこめて）の流行語であつたが、時勢の変遷と共に段々すたれてしまつた。まあ之からは世界一といふ語か、さもなくば、「日本で第一」といふ意味でなく、「日本が第一」といふ意味で、日本一といふ語をはやらせねばなるまいか。

因みに述べておきたいのは、日本晴といふ語がやはり足利時代の語らしいので、当時海上生活に慣れて、気宇雄大であつた国民の思想界より生れたものであらう。この語は僧文之の『南浦文集』下（慶長十四年）と、松江重頼の『犬子集』巻一（寛永十年）とで見た外、其以前の書物には未だみかけぬが、どうも鎖国民の生んだものでなくして、海国民の作つたものらしく考へられるのである。稍々後れては友雪の編した『両吟一日千句』（延宝七年）に西鶴の「山科も日本晴となりにけり」といふ句が見えて居る。「待てば海路の日和あり」の諺と共に、海上生活から出来た語であらう。日露戦争によりて吾々は東郷日和、大山時雨、小村日和などの語を明治当代の天象語彙の中に見出すの光栄を有するが、其等の語よりも日本晴の語の方が、どんなによいか知れない。

八幡船時代の俗謡

近年我国の詩界に古い俗謡ぶりの調が導き入れられた事は何人も知る所であらう。是れ一には故栗田、大和田両氏の古謡の結集歌謡の類聚に次いで、『松の落葉』の如き名著が翻刻され、又其等俗曲の評釈も現はれたが為で、近頃は同じ機運に伴うて更に大永年中の『閑吟集』や寛文頃の刻本『当世小唄揃』（「芸文」大正元年八月号所載）などの遺篇も世に出て普く読書界に愛誦さるゝに至つた。茲に明の末に候継国といふ者が著はした『全浙兵制』の附録として『日本風土記』の中に、凡そ戦国時代より桃山時代に及ぶ頃の俗謡が十二首載つて居るのは、極めて珍とすべきであるが、延宝の昔明版の同書が長崎に伝はつて以来、伝写抄録引証する者は随分あつたにも拘はらず、特に其俚謡に就て注意する人は少かつた様に見える。既に聞えてゐる名品例へば隆達や『松の葉』などの小唄に対して遜色のない作といふ程でないが、又棄て難い節もあるので、本誌の一隅を借りて、此こぼれ松葉ともいふべき十二首中より、誦するに足るべき数首を拾上げて示さうと思ふ。本書に関する考証は茲に略するが、その成立を見るに、日本の風土を記す外、文字言語和歌の一斑を挙げ、明に遊んだ邦人の拙い詩賦を載せ、其次に山歌と題して俚謡を掲げた次第である。山歌とは琵琶行の末の方に豈に山歌と村笛と無からんやともあるが如く、鄙歌の意であらう。歌は皆万葉仮名風に字音のみで書いてあり、浙江辺の発音で読ませてある。釈音と標して語句の解釈を施し、切意と題して全体の大意を訳してある。元来此『風土記』は何人の編纂か分らぬけれど、海寇時代の末期に方つて、前々から日本の事物に注意し来つた余り、幾分かは前出の書に採り、多くは当代の倭人の口から聞いて筆録したもので、山歌の一篇は壮快なる八幡船《バハン》、殺伐なる海賊船が浙江の沿海に残した美しい遺影とも見られる。

十二の山歌中、戦国時代の面影があつて、集中の絶唱とも云ふべきは、夫帰妻接の一首であらう。

いとしの殿や、おいとしの殿や、とまれ弓肩よ、箭筒は戴かうに。

夫の帰り遅しと待侘ぶる武士の妻が、之を迎ふる情趣溢るゝばかりである。とまれ弓肩よの一句が殊に躍動する感がある。月夜私情には、

十五夜の月は宵々曇れ、暁さえよ、殿御もどそよの。

と云ふのがあるが、次なる少女別郎の

十七八と寝て離るゝは、たゞ萍の水ばなれよの。

と同趣である。青春嘆世の一首は青年時代の謳歌である。

十七八は二度そろか枯木に花が咲き候かよの。

最後の女嘆配遅は緑葉嘆を謡つたもので、其調が奇古である。

　暇をくれもせで、川舟よの、綱うちかけて、いつまで。

雑唱小曲中の一つには、隆達の小唄の中に見えて居るものがある。

　峯の松山さゝら浪は越ゆとも、御身と我等は千代を経るまで。

隆達節として伝はる歌とは聊か文句の末々が違ふ。それには、

　末の松山さゞなみは越すとも、御身と我とは千代を経るまで。

と成つて居る。以下の六首に至つては、価値も下り、又文字の錯誤もあるらしく、読み難い所もある。別に憶中華調と題して直訳風に而も片言交りで、我西国訛を加へて作つた拙劣な散文詩様なものがある。西湖の好景を「西池、好か景」といひ、日本中に無しとの意を「無うおんじやろ、日本中」といつたのは、滑稽であるが、言語の上から見ると面白い。

　伝ふべきものは此丈に過ぎないが、吾等は歌の分量や価値から特に之を挙げる次第ではなく、又諸々の結集に洩れたから之を補ふと云ふよりも、寧ろ其伝来の点から見て興味が深い為である。是等の隆達時代の小唄は海寇に伴うて浙江辺の住民に伝はつたといふ事は日本の歌謡史上に特筆すべき所である。抑も八幡船時代は国民の雄飛時代であつて、上は蒙古撃退の壮挙を承け、下は明韓経略の計画に接する。東風に乗じて浙江を侵し南下して両広を襲うた八幡船は朱印船時代の角倉船や末吉船の水先案内であつた。然し頭に立派な統率者が無かつたから、万骨徒に枯れて、功名を成した一

将もなく、可惜叙事詩の好題目を逸し去つた。桃太郎の鬼ケ島征伐も七福神の宝船も此時代の風潮に乗じて産れた説話だといふが、是等の御伽噺が八幡船が遺した文学的産物であるとすれば、甚だ情ない次第である。徳川時代の漂流譚から『ロビンソン物語』が出なかつた様に、当代にも八幡船を歌つたカモエンスも現はれなかつた。明治の聖世は終に是等の海賊を題材に使ふバイロンの出る機会をも失つて仕舞つたのである。海賊船と云ふ好題材に隆達節を配した所で、「雄飛する日本人《フリーゲンデ・ヤパーナー》」などといふ名曲が直に出来るわけではないが、上に掲げた小唄は八幡船といふ背景を得て読誦して益々興を催すのである。対馬海峡の功名は千古に朽ちまいが、我国の水師提督は幸にもハミルトン夫人との間に艶聞を流す者もない代りに、不幸にも詩人スヰンバーンを生んで海洋詩の絶唱を聞かせてくれる者もない。八幡船も小唄も昔の夢である。

活字印刷術の伝来

元長崎の通詞であつた本木昌造が苦心経営の末西洋の活字製造の技を伝習して、明治以来漸次印刷術の発達するに至つた由来は文化史上に特筆すべき重要な事柄であるが、前には蘭人の所説に聞き、後には米人の技術に得たのであつて、殊に後者から受けた智識が明治以降の活版術の淵源となつたのである。維新後間もなく長崎で活字の製造に従事した昌造は其成績が良くないので、当時上海で米国の宣教師が経営して居た印刷所の美華書院（American Presbyterian Mission の印行所か）に人を派して其術を伝習しようと試みたが、其処では秘して示さなかつた。当時薩摩の儒者重野厚之丞（安繹）も亦上海より活字を取寄せて印刷を試みたが、矢張り不成績に終り、機械及び活字を空しく庫中に納めた儘であると聞いて、昌造は之を購入したが、同じく不結果であつた。遂に米国の宣教師フルベッキ（G.F.Verbeck）の紹介によつて美華書院活版技師ガンブル（Gamble）が満期上海から帰米せんとするのを擁して、崎陽に滞留させて、自分が嘗て従事した長崎製鉄所に附属して活版伝習所を置き、活字鋳造の術を教習させたのが、我国新代活版術の基となつたのである。ヘボン（J.C.Hepburn）の『和英辞書』の如きも一八六七年（慶応三年）の初版、一八七二年（明治五年）の再版等も上海の American Presbyterian Mission Press であつたのであるが、我国の印刷術及び印刷物が斯様に慶応明治の交に於て新教の宣教師に負ふ所のあるのは、其昔文禄慶長の際に在つて旧教の耶蘇会徒が天草長崎等に於て印行所を設けて出版に従事したのを想起せしめる。

　幕末江戸の洋書調所（嚮に蕃書調所と称し、後文久三年九月開成所と改む）に於て活字方などと云ふ職があつて、木製活字を以て文久二年所謂官板の新聞紙を発行した事もあつたが、其外西洋活字を以て文典の如き語学書類を翻刻したのは、昌平校に於ける官板事業に拮抗するには足らないけれども、開国初期の新経営として注目すべきである。（其他在来の活版又は整版を以て外国書を翻刻した事は本考の範囲外に渉るから細叙せぬ。）稍々上つて、万延元年大鳥圭介が刊行した『築城典型』の活版に関して其直話といふを読むに「全ク亜鉛ヤ何カノ材料ノ調ベヲシテ、サウシテ日本デ考ヘテヤツタノハ私ガ始ダト思ツテ居ル」とあるから、創意に富む先覚者は夙に活字製造の工夫をこらして居ることが分る。更に遡つて本木昌造は、前記の事業に先だつて、早く嘉永四五年頃或は蘭書に拠り或は蘭人に質し、洋製に倣《い》し流し込鉛活字を造つて、自著の和蘭通弁の事を書いた一書を印刷して、和蘭に送つて称讃を博したと云ふ。当時新学芸の勃興につれて理化学の智識も漸く進み、斯くの如き発明の機運が到来したものであるが、要するに直接又は間接に西洋に負うて居ることは争はれない。又既に世に顕著なる此等二三の事蹟以外に尚ほ多少斯術を遠西より伝習した徒があると想像される。例へば技術にはわたらないが、近藤正斎も『右文故事』（余録巻二活字）中に嘗て荷蘭《オランダ》人の鉛活字を得た事を一言してゐるから、嘉永六年米艦渡来に先だつ殆ど五十年前、かゝる文明の利器を手にして其術を考へた者が存したといふ事が知られる。活版術の事は寛政年中帰朝の光太夫を始め欧米より送還された漂流民の談話の中にも見え、又幕末の翻訳書にも散見してゐる。

近藤正斎と共に名高い御書物奉行の一人であつた青木文蔵は『昆陽漫録』に於て西洋印書と題して「阿蘭陀本草等をみるに甚だ精妙にして万国に勝れり、西洋の印書は螺糸転と云ふ器を用ふること遠西奇器図説に載せたり」と云ひ、左記の文を引用し、同書の著者訳者等に就いて略説し「誠に経国に志ある者講究すべき書なり」と結んだ。其引文は、

西洋印書又用螺糸転、故其書濃淡浅深、曲尽欵尽之致、

とある。案ずるに『遠西奇器図説』は『四庫全書』（子部九譜録類）にも収め、又正斎の『好書故事』（巻七十五禁書）にも解説が出てゐるが、明の天啓年中（西紀一六二〇年代、我が元和寛永の際に当る）西儒鄧玉函の口授にかゝり、明の王徴の訳述に成る絵入の書物であつて、口授者鄧氏は Joannes Terrens といひ、印刷術発明の国といはるゝ独逸の人で、又湯若望 Adam Schaal とも同国であつて共に明末の耶蘇会《ジエスキート》派の宣教師である。昆陽の見た本は恐くは現に内閣文庫に存する清朝の写本であつたらうが、『漫録』の成つた宝暦十三年を遡ること約百四十年前の著述であつて、其間遠西に於る印刷機械の進歩は著しかつたのである。唯新学の魁をなした其人が此の一種の禁書をば「経国に志ある者」に推薦した所に大なる興味が惹かれる。

昆陽の力によつて洋書の禁が解かれた時より百五十年前の文禄慶長時代を中心として、其前後若干年に亙り、耶蘇会《ジエスキート》其他の旧教諸派が、我国内を首め媽港、呂宋、羅馬

などに於て宗旨及び語学に関する幾多の著書を印行したことは、欧洲の学徒が編輯した種々の書目類によつて知らるゝ外、宣教師の報告書及び之に基いて編纂した布教史中に散見する所でも分る。本考に於ては、耶宗徒の著述及び翻訳の事業について説くの要なく、唯其等の書物刊行の始末を述べるに止める。但し刊行書の全部にわたるのではなく、耶蘇会派の印刷事業、殊に国字を以て刊行した書物に就いて述べて見ようと思ふのである。

天文年中薩摩を出奔して南国に流浪した青年 Angero（アンジロー、弥次郎の訛称）はシャギエル聖人に帰依してパウロと法名を得た我国最初の基督教徒であるが、西紀一五四八年（天文十七年）臥亜《ゴア》にあつて「馬太伝」を和訳して亦訳経事業の先鞭を着けた後、翌年師を導いて薩南に布教の首め、師の著はした宗旨問答書《カテキズム》を訳述した。De Backer の『耶蘇会士刊行書目』によれば、一五四九年（天文十八年）日本で印行したとある。無論既に逸した書であつて、刊行の年代と場所については、自分は疑を存する。尋いでシャギエルが臥亜から招いた宣教師の一人バルタサル・ガゴー（Balthazar Gago）は山口から豊後に入つて大友義鎮（宗麟）に自著の排仏の書を献じたが、国主は之を梓行せしめ、其一本を手許に納めさせたと云ふ話が、クラッセーの『耶蘇教史』（上巻一八二頁）に見える。一五五四年（天文二十三年に当れり）の事である。此等の出版物は、多分邦文国字であつたらうと思ふが、当時の印刷術から推せば、無論木版であつたに違ひない。文明延徳の交薩州に

『大学』の印行あり、天文享禄の際日向に『千字文』、『聚分韻略』の開板あり、有名な大内板の『三重韻』が梓行された十数年後にして以上の吉利支丹版が出た次第であるが、以来三十余年間文禄に至る迄布教の隆盛と共に印刷術の必要は益々強く感ぜられたと思はれる。果せる哉我国の布教及び教育的施設の功績最も大なるヴレニヤーニ(Al.Valegnani)が三たび印度（ゴア）より来朝するに方つて、活字印刷機を日本に輸入するに至つた。彼が長崎に着いたのは、西紀一五九〇年七月二十一日（天正十八年六月二十日）で、秀吉の「高麗入」の約二年前の事である。

註　アレッサンドロ・ヴレニヤーニは伊太利亜パドワの学院《アカデミヤ》出身の学士で、略伝はバルトーリの『耶蘇会史』などにも見えてゐる。一五八〇年（天正八年）及び前後合せて三年の間に、有馬、府内等の西辺のみならず、安土にも学林を建て丶教育に力を注いだ宣教師であつて、天正九年黒坊を伴うて信長に本能寺に謁し、同十九年秀吉に聚楽にまみえた。後の方の場合には、帰朝した遣欧使等を伴ひ、印度副王の大使となつて来たのである。

ヴレニヤーニが渡東の途媽港に滞留中、一五九〇年（天正十八年）我が九州諸侯の『遣欧使節等の紀行』を同地の学林に於て出版した事がある。パジェーの『書目』第四十三号によると、使節等の日記から編纂しドワルテ・デ・サンデ (Duarte de Sande) といふ葡萄牙出の宣教師が拉丁文に訳したもので、別に同年同処の葡文の印本もあり、更に翌年西班牙訳文の刊本も出来たと云ふ。ハックライトの『支那志』（一五九九年）に従へば、該拉丁文の本は唐紙摺にして、二年の後に至り、希代の珍宝の如く幾重にも包んで欧西に舶載されたとある。バルトーリの史には日本の国語及び国字に訳した由を記載し、ヒルドレスの史には和拉両文にて印行したとしてある。但し此国字本の事はパジェー等の『書目』に見えないし、今其存佚を知らない。媽港にて同年に国字にても印行されたとすれば、真に珍とするに足る。コルヂエーの『小書目』には媽港版の葡文の書の標本が載せてある。

バルトーリの史（一六六〇年、万治三年羅馬刊）に見える「刊行書目」（Catalogo dē libri stampati da Nostri in aiuto de' Giapponesi）によるに、媽港及び長崎に於て耶蘇会所刊の書物は或は日本字或は羅馬字にて出で、其数も少くなかつた様である。其中には、サトウ氏の『日本耶蘇会刊行書志』（正続）所載の現存本十六部（正編に十四続編に二種を挙ぐ）中の数種も見え、又佚したものもあるが、媽港版の欧洲紀行が果して邦文国字であるか否かを此処では明示しない。サトウ氏以前近代に於てはパジェー及びバルケルの両『書目』、以後に在つてはヰニヤーザ（Viñaza）の『支那日本両国語学書目』の如きは、博引旁証の余に出でた著述であるとはいへ、サトウ氏の『書志』の精確には及ばない。この『書志』の収むる刊本中十四種は欧洲に存し二部は本邦に存するが、羅馬字本十種、国字本六種である。洋字本はヴレニヤーニ渡来の翌年一五九一年即ち天正十九年の刊行を最古とし、肥前高来郡加津佐の学校の出版にかゝる。国字本は現存のものは、右に後るゝ七年一五九八年即ち慶長三年の刊行を最初とする。国字本は皆長崎板らしいが、洋字本には加津佐板一種、天草板二三種、其他数種は大抵長崎板と認められる。但し、有馬の学校は後加津佐に移り更に天草に遷り、遂に長崎に転じたのである。尚ほ自分が英京の King's College の図書館で一閲した媽港版ロドリゲースの葡文『日本小文典』がある。一六二〇年（元和六年）の耶蘇会刊行書であつて、其中に平仮名で伊呂波及び五十音図を掲げたのは精巧なる活字であつた。

今右諸種の典籍を印行した活字及び印刷機輸入の始末を考へるに、先づフランソワ・ソリエー（François Solier）の『日本耶蘇教史』（一六二七年、寛永四年巴里刊）に次の記事を見る。

ヴレニヤーニは媽港より印刷機（imprimerie）一台を輸入せしめ、之を天草の学林中に備附けしめた。初めて印刷した書物は、拉丁文典（日本語にて説明を添ふ）、拉丁葡萄牙日本対訳の字書、諸聖人一代記（日本文）、吉利支丹宗門書である。（一五九二年の条自七一九至七二〇頁）

又ダニエロ・バルトーリ（Daniello Bartoli）の『耶蘇会史』「日本之部」（一六六〇年、万治三年羅馬刊）にはヴレニヤーニの功業を叙して、

彼は欧洲より此地（日本）まで印書機及び日本字を鏤刻すべき工匠（la stampa, e artefici da intagliare i caratteri Giapponesi）を輸入し、極めて有益なる刊本を遺した。云々。（大意）

以上二書はいづれも十七世紀中の編纂で、一は寛永他は万治の出版であるが、未だ其の根本史料たる伴天連報告書に之を見出す機会を得ないのを遺憾とする。下ってレオン・パジェー（Léon Pagés）の『日本宗教史』（一八六九年、明治二年巴里刊）にも亦ヴレニヤーニの偉業を讃して、彼が一五八七年（天正十五年）欧洲より日本に印刷機一台（une presse d'imprimerie）を将来し、且つ日本文字を凸形に鏤刻すべき工人若干人（des ouvriers pour tailler en relief les caractères japonais）を伴ひ来り、此の機械を以て宣教師等が或は拉丁より訳出したもの或は日本語にて著述したものを印行したことは数々ある由を述べた。

以上の史家の記する所、年代と場所とが少し齟齬するけれど、要するにヴレニヤーニが欧洲より媽港を経て印刷機及び職工を日本に舶載したことは事実である。斯くて羅馬字印本は現存のものにては英国牛津《オックスフォード》の勃氏文庫《ボドレアン・ライブラリ》所蔵の『諸聖者《サントス》の御作業』（加津佐版一五九一年、天正十九年刊）と倫敦大英博物館文庫所蔵の『平家物語』及び『伊曾保物語』合綴本（天草版一五九二―三年、文禄元―二年刊）とを最古とするが、国字本では現存の蘭国ライデン大学及び大英博物館文庫所蔵の『落葉集』（長崎版？一五九八年、慶長三年）を最初とするか否か判らない。鏤刻の工人渡来後八年にして初めて国字の刊本が現はれたとは考へられない。サトウ氏の『書志』の緒言に一五九四年（文禄三年）の一書翰中、日本字で書いた宗旨の書き物があることを記るしてある。此の書きものは多分木版 blocks 本であつたらうとあるが、活字本としてはならぬ相当の理由があるのであらうか。

兎も角も西洋から所謂遠西の奇器が伝来して最初の活字本が我が西辺で刊行されたのは、秀吉が高麗入に先だつ一二年前のことであつて、最初の勅版活字本『古文孝経』（佚）が出来た文禄二年（一五九三年）よりは二三年前、最初の私版活字本『補註蒙求』の出来た文禄五年（即ち慶長元年、一五九六年）よりは五六年前、現存する勅版活字本『錦繡段』の出来た慶長二年（一五九七年）よりは六七年前、而して最初の官版ともいふべき『孔子家語』の出来た慶長四年（一五九九年）より八九年前である。而して最初の銅活字本といはるゝ直江版『六臣注文選』の出来た慶長十二年（一六〇七年）に先だつ事十七八年、而して最初の官版銅活字本なる駿河本『大蔵一覧』の出来た慶長二十年（元和元年、一六一五年）に先だつこと二十五六年と数へられる。而して此等の吉利支丹版を印行した工人等の名は、義堂の『空華日工集』に見える応安三年（明洪武三年、西紀一三七〇年）渡来の支那の活字工なる陳孟千や陳伯寿、或は同年『月江語録』を刻し、又嘉慶元年（明洪武二十年、西紀一三八七年）『柳文集』を刻した兪良甫の如く伝はらぬのは、止むを得ないけれども、少くもヴレニヤーニの名は三要、崇伝、素庵、鉄眼の徒と共に伝ふるに足り、又加津佐、天草、長崎の地は、伏見、駿府、嵯峨等の名と合はせて印刷史上に記憶して置いてよからうと思ふ。但しこれは刊書其ものの価値乃至直接本邦の文明に及ぼした影響如何について云ふのではなく、単に印書史上からの考へに過ぎないのである。

今現存する吉利支丹版国字本を挙ぐると次の六種である。

（一）『落葉集』（RACVYOXV）一五九八年慶長三年、長崎（?）学林版。
薩道《サトウ》氏の『日本耶蘇会士刊行書志』第七。予「国学院雑誌」第十六巻第七号（明治四十三年七月）に之を解題す。美濃紙摺で活字版の様に見えるが、疑はしい点もある。薩氏も活版とは断らない。然し行草体漢字の両旁に平仮名の振仮名を附け、又本字の下に小く平仮名を註し、或は其の序文に国文を平仮名交り草体の漢字で綴つた所など、文字は極めて精巧、慶長時代の本邦製活字版に優ること数等である。

（二）『SALVATOR MUNDI』（救世主）と題する CONFESSIONARIVM（懺悔）の書。一五九八年慶長三年、長崎（?）学林版。
薩氏『書志』第八によるに、草体漢字交り平仮名文の半紙摺本、但し活字であるとは断つてない。上表紙の裏側に木活字らしい片仮名文の十戒の一部が見えると云ふ。更に古いものの断片であらうとのこと。

（三）『どちりな・きりしたん』（Doctrina Christam）年代不明。
薩氏『書志』第九によるに、一六〇〇年（慶長五年）本よりは古い問答書《カテキズム》であつて、草体漢字交り平仮名文の美濃紙摺で、多分活字だらうとのこと。

（四）『ぎや・ど・ぺかどる』（GVIA DO PECADOR）一五九九年慶長四年正月及び三月、長崎（?）学林版。二巻。

薩氏『書志』第十。予原書の標題の割註に「罪人を善に導くの儀也」とあるに由て、仮に『勧善鈔』と名づけて、「禅宗」第百七十一号（明治四十二年六月）に解題す。美濃紙摺の草体交り平仮名文で、予は活字版らしく認めた。

（五）『DOCTRINA CHRISTAM』（どちりな・きりしたん）一六〇〇年慶長五年、長崎版。

薩氏『書志』によるに美濃紙摺の草体漢字交り平仮名文で、前出の『ぎや・ど・ぺかどる』と同じタイプの文字であると云ふ。原書の標題の下に Nagasaqvi ex Officina Gotô Thome Sôin typographi Societatis Iesv と拉丁語で註してある。其の義は長崎耶蘇会活版所後藤登明書院出版といふ意味である。ソーインとは書院か蔵印かの訛りではないかと思ふが、尚ほ一考を要する。予は伊太利亜バルベリニ古文書に元和七年（一六二一年）長崎の信徒より羅馬法王に宛てた奉答文の署名者の中に後藤登明（Goto Thomas）の名を見出したが、本書の出版者と同人であらうと思ふ。活字印行者即ち typographus に邦人の名を得たのは、最も注意すべきことである。

（六）『太平記抜書』。六巻。

薩氏『書志』続集（日本亜細亜協会雑誌第二七巻第二号）「芸文」明治四十五年三月号山田孝雄氏の解説に委しい。本書の標本は同年四月号の口絵に出て居る。慶長七年以後二三年以内の刊行であらうとの山田氏の説は蓋し当つて居らうと思ふ。発行地は矢張長崎に違ひあるまい。美濃紙摺の草書体漢字交り平仮名文である。両解題者共に本書が活字版で、而も『ぎや・ど・ぺかどる』の活字と同じであると認めた。予も『太平記抜書』の写真版について見て曽て倫敦巴里の二大文庫で見た『ぎや・ど・ぺかどる』の活字と全く同一であると思つたのである。

以上六種のうち三種は予の原書又は写真で見たもので、他の三種（羅馬の諸文庫に蔵す）は原書を見ないものである。右六種中、後の三種（四―五―六）はサトウ氏に拠りて同形の活字と認めて差支なく、前の三種の中、（三）は活字らしいと云ふが、（一）（二）も恐くは同様であらうと推定する。此等から考へても、彼のロドリゲースの『日本大文典』中に引用し既に逸書に属した数種の物語をはじめ、幾多の平仮名物が文禄慶長の際活版となつて世に出たのではなからうか。

慶長三年より同七年に至る数年間に印行された吉利支丹版六種は均しく草体漢字交りの平仮名文であつて、当代の勅版官版私版とは正に由来を異にし、又其精巧に於て遥かに凌駕して居る。而も平仮名の活版又は整版は、其頃未だ京畿の間には出来なかつたのである。

次に我国に於ける東邦活字の伝来は朝鮮征伐に基く事は定論である。韓地に於ては、既に高麗朝の末期より朝鮮李朝の初期にかけて鋳字が政府事業として、発達し始めた。我応永の初年度、明の洪武永楽の際の頃で、西洋では活版の発明者といふ独逸のグーテンベルグ或は和蘭のコスターよりも、凡四五十年も前の事であつた。我国に於て応永以後百有余年間の五山版に於て此活版術が応用された確証は見出されない。よし其術が伝来したにしても、中絶して文禄時代に及んだものと見ねばならぬ。慶長二年出版の活字本の跋文に植字術の朝鮮から出た事を明示して居る。其一は勅版『錦繡段』に跋した南禅の玄圃霊三で「此規模頃出朝鮮、伝達天聴、乃似彼様使工摹写焉」とある。跋者は文禄の役に、相国の承兌や東福の永哲と共に秀吉の名護屋の陣営に扈従したのであるから、此語は信用するに足る。其二は同年刊行の『勧学文』の跋で、「此法出朝鮮」とある。又『補註蒙求』等の刊行者たる小瀬甫庵の草稿本に、「永禄以来出来初之事」と標する書があつて、享保十八年朝倉(日下部)景衡の編纂した『遺老物語』と云ふ史籍叢書(写本、第八)の中に収めてあるが、「秀吉公御代の事」として「一字板は高麗入有し故也」とあるから、活字の術が文禄の役に朝鮮から伝つたことは定説とするに足る。今序でに伝来の径路と、勅版活字本の由来とを調べて見よう。

文禄元年の春、征韓の師が出発するに臨んで、総大将の宇喜田秀家は秀吉に謁した時、傍に侍した名医曲直瀬正琳から凱旋土産として朝鮮本をねだられて、国都漢城に於て獲た夥多の書物を帰陣の際悉く正琳に贈つたといふ。此話は、『先哲叢談』(後編三越雲夢)

及び『一話一言』(三十六)に見える。元年五月初旬征韓諸将が相前後して漢城に入つた後、秀家は総軍を督し兵站を管して国都に留つて居たから、爾来文物の移入は、彼与つて力ありと考へてよい。内、名護屋陣には五山名僧の従ふあり、外征の師には玄蘇あり、恵瓊あり、恵瓊の如きは武人の風あるも、同年六月釜山より芸州安国寺へ宛てた書簡に於ては猶「朝鮮大唐入御手、書籍内伝外伝、其外宝物、船に積候て各へ可遣候」と傲語した。又曲直瀬道三(正紹)も亦秀吉より医官として遣はされて出征した。斯くの如くにして活字の伝来は決して偶然ではないことが判る。但し加藤清正が銅活字を分捕したとの伝説は、未だ確証を得ない。

京洛に於ては如何と見るに、文禄二年正月五日上皇正親町院の崩去後、諒闇中早くも二月十四日西洞院時慶に勅して『勧学文』を書いて献らしめ、六月九日には亦時慶に命じて図書の目録を或は書し或は校せしめた事がある。十一月中には時慶に勅して秘本の校写をさせられた。七月には勅使として勧修寺晴豊等を名護屋に遣はされたが、間もなく八月二十五日秀吉は凱陣して大坂城へ帰つた。九月四日には晴豊等も帰洛した。九月二十一日より『孝経』の文字を校讎させ、十一月には新刊功成り、時慶及び侍臣に之を賜はつた。諒闇中『孝経』を御刊行に成つた思召は、前に『勧学文』をお書かせに成つたのと共に、後陽成天皇の御文事として先づ特筆せねばならぬ。『時慶卿記』によつても、宮廷に於ける興学の模様がわかり、又同年七月時慶が朝鮮陣より献上の韓服を進覧した様の事もある。秀吉や晴豊が八九月の交に相前後して帰東してから、『孝経』の校合の始まる九月二十一日迄の間に、朝鮮分捕の活字の献上も有得べき事と想像される。此は固より想像であるが、秀吉が王事に尽した他の方面から推測して、無理な想像ともいはれまい。聚楽城に於ては秀次も亦書物に冷淡ではなかった。天正年中、東征の際足利学校の書物を持来つたこともある。文禄二年『六国史』等を禁裏に上り、又『日本書紀』等数部の書を公卿に贈つた事は『言経卿記』に見え、同二年九月には大和諸寺の僧を召して『源氏物語』を写さしめ、四年五月には、其題字の宸筆を請うて御許を得た。翌六月には嘗て山科言経と共に命を承けて謡曲の校正註釈中の処、此度出来上つて之を奏請した。斯く上下心を一にして興学に尽されたのである。家康が惺窩を召して『貞観政要』を講じさせたのも、此際の事で、即ち文禄二年十二月であつた。

同四年三月には高麗本を御覧になつた。六月には船橋秀賢を召されて御読書があつた。爾来御講書の記録に見えること数多く、遂に慶長二年以来勅版隆盛の挙となつた次第であるが、『時慶卿記』でも、引続いて存したらば、もう少し消息が分る筈である。徳川氏の官版が三要に由て出づるに先だつ数年、秀次の遺臣甫庵の私版が二部だけ知れて居る。『蒙求』の外に『大成論』があつた様であるが、逸して仕舞つたらしい。南化和尚の遺稿（写本）によるに、「大成論跋」と題して、

日東洛陽西洞院之北、勘解由小路之南、中御門浦辻居住甫庵道機書屋新刊一字板、而為童蒙初学之助矣、烏焉馬之誤、甲由申之差、豈兌謗於傍人乎、転学人後来校幸甚、文禄丙申（五年）幽月吉辰、洛陽浦辻、甫庵道機跋

と云ふ文が見える。刊本の『虚白録』には此文は出てゐない。道喜となくて道機とある。而して文は南化の代筆ででもあるのか、尚後考を俟つ。以来慶長元和の勅版官版の盛行となり、元和寛永の私版流行となり、那波魯堂の『学問源流』に、和版の十に八九は活版であると迄記るされた通り活字流行となつたが、斯術も左程の進歩もなく、加ふるに振仮名の不便の為に、遂に整版の為に圧倒されたが、文化以後官板活字本を出す勢があつた丈で、幕末に至つたのである。

活字が朝鮮より伝はつたのは、欧洲より伝はつたよりも、約三年後である。而して国字の活字本の出でたのは、却て朝鮮系統の方が数年早くなつてゐる。現存のもの丈について云つても、其の方が三年程前になつてゐる。サトウ氏は『書志』の緒言に於て、「日本人は活版の便利を宣教師等より伝へたので、朝鮮人から学んだのではあるまいと考へ得られよう」(It seems possible, though perhaps not very probable.) と述べたが、二つの源流があつて、朝鮮系と南蛮系とは、全く異流である事は上述の通りである。然し此二系の支流が全然没交渉であつたか否かは印刷史上一応攻究に価する。本朝印刷の史を案ずるに、片仮名本は、鎌倉時代の末期（元亨）の『黒谷上人語灯録』をはじ

め、南北朝の初期（康永）の『夢中問答』より室町時代初期（応永）の『月庵和尚語録』などに至る迄、古刻の書が存するが、平仮名本に於ては慶長以前の古刻本の存在を聞かない。慶長以後、国文書字書及び抄物の印行と共に片仮名交り本は活版も整版も多く出る様になつた。片仮名活字本では、字書は姑く之を除き、慶長六年及び九年の『徒然草抄』、八年の『太平記』を始め、元和寛永頃の物語や抄物に甚だ多く、枚挙に遑ない程であるが、趣味の上より云へば古拙愛すべきも、技工を論ずれば寧ろ同時代の平仮名本の字体の方に優れたのがある。次に平仮名本にては『好古日録』（上巻第二十八）古暦本の条に慶長元年六月の平仮名の活字暦が模刻してある。『好古小録』（下巻雑考二十）には天正以前の活版国字暦の存在を示して居るが、平仮名か片仮名か判らない。兎も角も慶長初年に活版の新技術を平仮名にも利用した者のあつた事だけは忘れてはならぬ。

従来の書志類で見ると、仮名本殊に平仮名本の起源及び発達に関する研究は割合に怠られて居た様である。是れ一には此類の印本は私版であつて、而も漢籍国史類の盛行に後れ、又は其結果として出たものであるから、人の重きを置かぬわけもある。次には、年代跋文を刻せぬものが甚だ多いが為、勅版や官版や、初期の私版の様に分明に事蹟を知りにくいわけもある。又書史家の多くは儒流で、国文又は末書の類を卑んだからでもあらう。自分が見た古板本は未だ多くないが、二三新古の経籍志で知り得た所をも附加へて、姑く説を立てると、年代の刻してあるのは甚だ少く、平仮名活字本の多数は所謂元和活字らしく見える。標準とすべき確かな活字本の無い為、例へば最近の論でも、従来多数の鑑識家が元和活字とする大槻内野両氏所蔵十二行本『伊曾保物語』を慶長活字とする様な事が起つた。又『平家物語』の寛永元年と印せる古活字本の如きも、之を元和に編入し得られる通り、一に年号に拘泥して仕舞ふのも誤である。今当面の問題は其印本の出版年代よりも、寧ろ活字其物の製造の何れの時代なるかを知る事である。所謂嵯峨本、角蔵本或は光悦本といふも整版以外に活版もあるらしい。『平家物語』でも山田氏の『平家物語の研究』所載の諸異本に当つて見ても平仮名活字本には(一)の一方検校本、(十二)の嵯峨本、(十三)の下村時房刊本、(五十四)の中院本(『群書一覧』の所謂嵯峨本又は同俗称光悦本)を算する外、寛永三年の平仮名整版本がある。此外寛永元年の古活字本も近来某書肆に出でた。即ち以上の活字本中でも嵯峨本といふのは紛らはしい次第であつて、年代より考へて、元和以前、即ち慶長年中の活版本と定めて差支ない者は無い。他の物語本では、整版の光悦本で年代の分つて居るのは、慶長十三年の『伊勢物語』で、平仮名印本の始祖と云はれる。活字本で年代の知れて居るのは、慶長十四年の『太平記』(吉沢義則氏旧蔵)が恐く魁であらう。此本は間々平仮名に濁点を有し、又本字に振仮名が附いて居るのを珍とする。慶長十五年かの嵯峨本『無言抄』を除き、清少納言『枕草紙』、『大和』、『狭衣』、『栄花』等の物語、『撰集抄』などより『伊曾保物語』(十二行十一行元和活字本及寛永活字本)に至る迄刊行の年次を示してないが、大抵元和以降の活版と見受ける。『保元』『平治』等の古活字本は慶長末年以前の刊行であるが、未だ其本を見ないし又古活字本の『水鏡』などと共に、平仮名であるか否か、分らない。其他『弁疑書目録』の植字並に『嵯峨本書目』に見える書には、予の未見のものがあるから、茲には挙げぬ。

要するに慶長十三年の整版『伊勢物語』と同十四年の『太平記』とを目安として論ずれば、我国の平仮名本は同元年の活字暦本を除けば、吉利支丹版の平仮名本に後れること六七年乃至十年である。慶長二年朝鮮活字に摹《も》して『錦繍段』が出来た様に、慶長十年以後の平仮名活字は其以前の吉利支丹活字に何も負ふ所がなかつたらうか。欧洲の刮字工は既に後藤登明の如き長崎の邪宗徒に其術を伝へた様である。而して其術が宗徒以外に何等の影響を与へずに済んだか。昔の堺や博多の位置に当る長崎から京洛辺に此の遠西の奇器を、此の文明の利器を、運用することが伝はらずに終つたか。慶長以来邪宗禁制の政策は次第に峻厳を加へたけれども、寛永以後の思想殊に鎖国時代の考方を以て広く智識を海外に求めた慶長時代の文化を観察するのは当を失する。嵯峨本を弄する好書家は素庵が、乃父に安南渡航船を管した了以を、祖父に策彦と共に入明した宗桂を有したことを念頭に置かば、海運王の子、大工業家の子たるを知らば、以て略此間の消息を察する事が出来よう。然し素庵自身を以て直ちに伝来者と目するのではない。要は欧西の技の九州の一端より東漸したことは、其時代の風潮より察すれば possible だといふに止まる。

東西伝来の活字の技巧及び印刷機、鋳字法等の技術にわたる方面の研究は後日に譲る。我国の平仮名活字の連続式のものがあるは、欧洲に於ても当代既に同様であった。但し我国に於ける両系の平仮名活字を比較するに、字体は全く異なるが、技工に於ては彼遥かに、我の上にあった事は勿論である。

天草吉利支丹版の平家物語抜書及び其編者

文禄元年天草の耶蘇会学校に於て開版せられたる『平家物語』の抜書がサトウ氏に由りて紹介せられしより以来、茲《ここ》に二十年、邦人の之を知るもの未だ多しとなさず、其間二三の雑誌に於て之を伝へたるもののなきにあらざりしも、解題を悉し考証を試みたる人あるを聞かざれば、予嚮きに英京遊学中本書を閲覧せるに因りて、今其編者に就きて考へ及びたる所をも書加へて、此書を世に披露せんとす。案ずるに此書のこと、耶蘇会士の年報書類、日本基督教史籍類、日本関係書目類をはじめ、西洋の典籍に載する所殆どあらざりしを、一八七一、二年（明治四、五年）の交、倫敦のキングス・カレッヂに於て支那語学教授たりしサンマース氏が、『鳳凰《フエーニックス》』といへる「東洋学雑誌」の上に初めて本書の一小節を抜萃して掲載せるが、此佚存書紹介の発端なりしなり。されども、同氏は猶未だ之を解題するに及ばざりしに、一八八八年（明治二十一年）に至りて、サトウ氏、其『日本耶蘇会刊行書目』中に於て、稍々詳細なる解説を与へて、書扉の模写をも添へて世に公にしたるにより我国の学者にも知らる丶に及べり。唯往時にありてはロドリゲーズの『日本文典』（一六〇四年慶長九年に始まり、一六〇八年慶長十三年完成す。長崎耶蘇会学校出版）に物語文体の標本として、『平家』の外、『保元』『平治』の物語及び『太平記』を挙げ、語法の実例として『平家物語』中より文句を引用し来れること多く、其の文句の俗語なるを見るに原書は此の天草出版本なりしことを信ずるのみ。

本書現に倫敦なる大英博物館《ブリチツシユ・ミユゼアム》の珍蔵として存するの外、他に蔵するものありや否やを知らずと雖も、本邦に於ては早く既に佚せしこと疑ひを容れざるべく、遠西に於ても恐くは唯一無二の珍書に属するならんと思はる。而して本書は、単行本として存せず、『イソポの譬へばなし』及び『金句集』の二部等と共に合綴せられ、其大さ8°、即ち長さ約一七センチメートル、幅約一一センチメートル、紙質は、当代の耶蘇会の横文刊行書と共に、我国の厚き雁皮紙を用ゐたり。以上諸部を合綴したる一冊、六百ページを越え、其の中頁数を附せる部分は五五四ページ、而して頁付けは各部分を通ぜり。他に頁数を附せざる紙約五十ページに余り、巻末の余白には難語解を手写せる者二十五六ページあり。『平家』の部は今暫く措き、他の部分を見るに、『イソポ』の部は、標題を印せる紙面と緒言とが、相表裏を成し、二頁ある外、本文及び目録九十七ページより成り、『金句集』は四十六ページを算す。而して『平家』及び『イソポ』両物語中の難語を解したるもの、四十二ページを刷す。今一々詳かに挙げず。唯『イソポ』に至つては、後年其由来全く異れる翻訳に出でたる『伊曾保物語』あり、さしも厳しかりし切支丹禁制の間に、幸に厄を免れて南蛮文学の珍籍として残りたれども、『平家物語』と合綴せる此文禄訳本の伝統を失ひしは、真に惜むべし。以上各部分共に羅馬字綴りにて我国の口語を以て記るす、所謂桃山時代の国語資料として価値最も大なり。又文学史料としても、一は日本の逸品を外人に紹介し、他は欧土の名著を本邦に輸入し、東西文学の交渉上未曾有なる点に於て記念すべき書たり。今主として『平家物語』を解説し、『イソポ物語』につきては、他日を俟ちて別に記るすこととすべし。

先づ此の冊子の開巻には扉の上に次の標題を印す。今、国字に改め記るしたれど、原書羅馬字綴り現今の慣用とは異り、発音亦時に差別あり。波行はすべて軽唇音なるFに発音せる等注意すべき点あれども、語学上の指摘はすべて省く。以下之に倣ふ。その標題に云く、

日本のことばとイストリヤを習ひ知らんと欲する人の為に世話に和らげたる平家

の物語（原書六行）

標紙上右題名の下面、銅版の下絵にものせりとおぼしき絵あり、其技幼稚なりと雖も日本人の手に成りたる桃山時代西洋画の面影を伝ふるものとして、亦珍重するに足るべく、而も其絵や肉筆のペン画なるは更に奇となすべし。描ける所、一見古代羅馬あたりの凱旋の車駕ともうかゞはれ、獅を画いて成らず狗に類すとも云はまほしき技工の拙さも却つて愛すべき点なきにあらず。下方に賛して細書せる羅甸句 Quidnam tanto suo fortior en expugnatore urbium（怒を遅くする者は勇士に愈《まさ》り　おのれの心を治むる者は城を攻取る者に愈る）は『旧約聖書』、箴言第十六章三二に出でたるものなり。

絵の下部には開版の場所及び年次を印せること左の如し。

ゼズスのコンパニヤのコレジヨ天草に於てスペリオーレスの御免許として之を板に刻むものなり、

御出世より一五九二（以上原書四行）

扉の紙面の裏には、梓行者の総序を見る。

此の一巻には日本の平家といふイストリヤと、モラーレス・センテンサスと、エウローパのイソポのフヮブラスを押すものなり。然れば此等の作者はゼンチヨにて其の題目もさのみ重々しからざる儀なりと見ゆると雖も、且つうは言葉稽古の為め、且つうは世の得の為め、此等の類ひの書物を板に開くことは、エクレシヤに於て珍しからざる儀なり。斯くの如くの極めは、デウスの御奉公を志し、其のグローリヤを希ふにあり。然れば此のコレジヨに於て今迄板に開きたる経は此等の儀に就いて定め置かるゝ法度の心宛に応じて穿鑿したる如く、此の一部をもスペリオーレスより定めたまふ人々の穿鑿を以て板に開きて好からんと定められたるものなり。天草に於てフェヅレイロの二十三日に之を書す。時に御出世の年紀一五九三。

文章の雅馴ならざる、読む者をして或は其の我国人の筆に成らずして伴天連なる欧人の手に出でしにあらざるなきかの感を起さしむ。当時彼土の耶蘇会士の我国語国文に達せしものありしこといふまでもなければなり。次に『平家物語抜書』の編者の緒言あり。

　　読誦の人に対して書す、

夫れゼズスのコンパニヤのパードレ、イルマン故郷を去つて蒼波万里を遠しとしたまはず、渺茫たる巨海に船渡りして粟散辺地の扶桑に迹を留め、天の御法を弘め、迷へる衆生を導かんと精々を抽んでたまふこと茲に切なり。予も亦造悪不善の身にして、聊か以て功力なしと雖も、此の人々を師とし、其の後へに随ひ、願ひを同うす。之を物に比するときんば、蠅驥《ようき》に附くに異らず。師是に於て予に示したまふは、「工匠の家屋を造らんと欲するには、先づ其の器物を利くし、漁人の魚類を獲んと思ふときんば、退いて網を結ぶに若くことなし。されば吾等此の国に来つて、天の御法を説かんとするには此の国の風俗を知り、又言葉を達すべきこと専らなり。かるが故に此の両条の助けとなるべき日域《じちゐき》の書を我国の文字に写し、梓に鏤めんとす、汝其の書を選んで之を編め」と。吾元より工み浅うして才短し、力の及ぶ所にあらざるに由つて、千辞万退すと雖も、サンタ・オベヂエンチヤの旨に任せ、是非を論ぜず、貴命に従ふものなり。然れば言葉を学びがてらに、日域の往事を弔らふべき書、これ多しと雖も、就中叡山の住侶、文才に名高き玄恵法印の製作、平家の物語に若くはあらじと思ひ、之を選んで書写せんと欲するに臨んで、又我が師宣ふは、「今此の平家をば書物の如くにせず、両人相対して雑談をなすが如く、言葉の手爾波をも書写せよ」となり、其の故を尋ぬれば、「下学して上達するは常の法なり、何ぞ本を勉めずして末を取らんや、賢きより賢からんとならば、其の手段《てだて》を変へ、一隅を守るべからず。かるが故に言葉の手爾波のみにあらず、此の国の風俗として、一人に数多の名、官位の称へあることをも避くべし」となり。故いかんとなれば「是れ物の理を乱すに由つて、他国の言葉を学ばんとする初心の人の為には大きなる妨なり。今此の言葉を学ばんと自他企だつること全く以て別の儀にあらず。貴き御主ゼズ・キリシトのエヴンゼリヨの御法を弘めん為なれば、此の志願の便りとならざることをば、皆以て除かずんばあるべからず」との儀なり。予退いて愚案を加ふるに、此のこと誠に其の謂れなきにあらず。一々以て皆然なり。仍て右の志願の当所《あてどころ》に応じ、師の命に従つて、嘲りを万民の指頭に受けんことを顧みず、此の物語を力の及ぶ所は本書の言葉を違へず書写し、抜書となしたるものなり。伏して乞ふ、博雅の君子之を読んで、情深うして才の短きを嘲弄すること勿れ。時に御出世一五九二、デゼンブロ、十。不干ファビアン謹んで書す。

右原書の羅馬字綴りに漢字を当つるには、今試みに当代の節用集などに拠りたり。片仮名なるは葡語又は羅甸語にして、其の本邦慣用の音訳原語及び翻訳を附すれば左の如し。

イストリヤ	Historia（羅、葡）	歴史
ゼズス（ぜずす）	Iesus（羅）	耶蘇
コンパニヤ（こんはにや）	Companhia（葡）	会
コレジヨ（これじよ）	Collegio（葡）	学林
スペリオーレス	Superiores（羅）	長老衆
モラーレス・センテンサス	Morales Sentenças（葡）	教訓文章（金句集）
エウローパ（えうらうは）	Europa（羅、葡）	欧羅巴
イソポ（いそほ、伊曾保）	Esopo（葡）	エソップ

フヮブラス	Fabulas（葡）	譬喩談
ゼンチヨ（せんちよ）	Gentio（葡）	異教徒
エクレシヤ（えけれしや）	Ecclesia（羅、葡）	寺院
デウス（でいうす、でうす、天有主）	Deus（羅）	天主
グローリヤ	Gloria（羅、葡）	栄光
フエヹレイロ（へべれいろ?）	Fevereiro（葡）	二月
パドレ（はあてれ、伴天連）	Padre（葡）	教父、師父
イルマン（いるまん）	Irmam（葡）	法兄弟
サンタ・オベヂエンチヤ	Sancta Obedientia（羅）	神聖なる従順
ゼズ・キリスト（ぜず・きりしと）	Jesu Christo（葡）	耶蘇基督
エヷンゼリヨ（ゑばんぜりよ）	Euangelho（葡）	福音
デゼンブロ（でぜんぶろ）	Dezembro（葡）	十二月
フヮビアン（はびあん、巴毗弇）	Fabian	

本書が耶蘇会の学校に於て国語及び歴史の教科書として編纂せられしものなること、標題及び緒言に由りて知らる。而して、既に題名にも、「世話に和らげたる平家の物語」といひ、緒言にも、「両人相対して雑談をなすが如く」といへるに由りて明かなるが、此書は俗語体に綴られたるものなり。世話といふ語を、俗語の意として用うる

こと、既に足利時代の諸書に見え、『下学集』、『塵嚢鈔』、『桂菴家法和点』及び古節用集之を採録せり。又、編者が『平家物語』の作者を玄恵法印とせること、其の時代にありては怪むべからざる所とす。瑞渓周鳳の『臥雲日件録』、文正二年正月四日の夜（洛外北岩倉にて）、瞽者薫一が『平家』を語りし条に、物語の編者を玄恵法印なりとなしゝこと、考証家の屢引く所なるが、同時代の記録なる季弘大俶の『蔗軒日録』、文明十七年三月七日、瞽者宗住の話（堺の某寺にて）にも「平家凡有七本、世之所伝者也、玄恵法印所改作焉」とも見え、共に瞽史の伝説が禅家に及びたるものなり。予未だ此範囲以外に同様の伝説ありや否やを明かにせずと雖も、天草本の編者フヮビアンが、亦之を伝ふるは瞽者の伝説に由りたるや疑なからん。唯一奇とすべきは、後に述ぶるが如く、禅僧より改宗せる耶蘇会士と同名なるフヮビアンに此伝説あることなり。

　案ずるに、近古『平家』が都鄙を問はず、僧俗両間を論ぜず、広く盲人によりて語られしこと、載籍の証する所、其例夥多あり。文学として、歴史として、写本によりて愛読せられしよりも、寧ろ琵琶法師に由りて、一は以て音楽として耳を楽ましめ、一は以て歴史講話として、史的智識を伝播する用をなしゝこと多きが如し。即ち瞽史は上代の語部の名残と見らるべし、皆盲ひたる稗田阿礼たり、小ホーマーたりといふも可ならん。本朝の往事に就きて学識乏しき者が瞽者に問ひて覚束なき智識を得しこと、其例『蔗軒日録』に於て之を見る。即ち、瞽者宗住を「古今神代王代事、莫不該通」と称し、城菊勾当を「本朝王代事跡語之如流」と讃し、「平日昧于日本之事、毎菊至問而仮名記之、老后之益」と記し（文明十七年一月七日、二月三日、同十八年一月十三日の条）、彼等の講ずる所を筆録せる所多く存するが如し。されば天草の耶蘇会学校に於て、『平家抜書』を歴史教科の用に供せしも時宜に適したるものと謂ふべし。又同『日録』、同十七年三月廿三日、「住（宗住）終日為予平家物語如常之談論甚合于予之心」といひ、閏三月十日、「宗住（中略）平家第九平話終」とあるなどは、所謂素語以外、別に「雑談をなすが如」き体裁にてはあらざりしかとも思はる。果して然らばファビアンの『平家物語』俗語体の淵源遠しといはざるべからず。姑く記して後攷を待つ。尚ほ因みに考ふるに、クラッセーの『日本西教史』に一六〇五年（慶長十年）八月、山口に於て殉教したる瞽者ダミアンといふ者、元と堺の人にて琵琶法師なりしが、生来能弁才智あり、一五八七年（天正十五年）山口に於て洗礼を受けたる後、唱歌雑談に託して人家に出入して耶教の大旨を演説せしとあるに於て、茲にも亦『平家』と吉利支丹との交渉存せるを見るは、興趣深きを覚ゆるなり。

緒言に次ぎて、人名、官名、国名及び地名等の標目を挙ぐ。f（Fito）人名、q（Quan）官名、c（Cuni）国名、t（Tocoro, Tera）処又は寺の名なりと知るべしとなり。かくて本文中、此等の名称の左肩に右の略字を印して識別に便す。本文は四巻に分ち、緒言の二頁と共に、通じて四〇八ページ、末に目録六頁正誤表半頁十余条あり。目録の文句亦俗語体なり。正誤表は「平家の書誤り」と題して、「をもて」（紙面）、「くだり」（行数）、「をちど」（越度、誤字）、「かく読め」（訂正）の如く標す。全書の終りに「此の平家物語とイソポのフヮブラスの中の分別しにくき言葉の和らげ」と題して、難語を解釈すること二十二頁、但し解釈には葡語を附せず。例へば「閼伽の水を掬ぶ」を「朝勤めの為に水を汲むこと」と釈し、「あこがるゝ」を「頻りに物を望むこと、又は乞ひこがるゝ」と解し、「悪口」を「人を悪う云ふこと」と訳するが如し。かくの如き正誤表及び語彙の体裁は、当時の耶蘇会出版の著訳書に通じて見る所なり。

本文を普く『平家物語』の諸異本と対照することは、予の未だ試みざる所なれば、数ある異本の中何れに基きて之を口訳せしかを確言する能はずと雖も、流布本と合する所甚だ多きは容易に認めらるゝ所なり。土佐坊昌俊（又は正俊）を、謡曲、舞の本と同じく、正尊とせるが如き点なきにあらざれども、此の口訳本と流布本とは同一源に出でたるものと察せらる。唯今二者を一々比校するの便なきを憾とするのみ。但し、篇目の順序は二本異れり。又口訳本は既に述べたる所、及び次に述ぶる所と思合せて琵琶法師の語り本といかなる関係ありや、攻究を要す。之を分ちて四巻とせるも拠所あるにや未だ究めず。篇目の次第と共に、口訳者の所為となすべきか。本書もと抜萃にして、物語の梗概たるに止まること既に緒言によりて明かなり。即ち第一巻、十二章より成り、「第一、平家の先祖の系図、又忠盛の上の誉れと、清盛の威勢栄華の事」に起りて、「第十二、有王鬼界ケ島に渡つて俊寛に逢うた事」に終る。第二巻、十章より成り、「第一、祇王清盛に愛せられた事」に起りて、「第十、平家のつはものども鳥の羽音に驚いて敗軍して面目を失うた事」に終る。第三巻、十三章より成り、「第一、木曾殿の由来と平家に対して、謀叛を起され合戦せられた事」に起りて、「第十三、木曾都に於て狼藉を為すを法王戒めらるれば、法王に対して合戦をし御所を焼く事」に終る。最後の第四巻は、最も長く、文章を分つこと最も多し、二十八章より成り、「第一、頼朝木曾が狼藉を聞いて其を鎮むる為に、範頼、義経を上ぼせられた事」に起り、「第二十八、平家断絶の事」に終る。本文、活字細かく植字密に、各頁二十四行、而して、其頁数は第一巻九〇、第二巻六三、第三巻六八、第四巻一八三を算せり。本書の総目次及び『平家』の異本としての価値など山田孝雄氏の『平家物語考』を見よ。

此書、緒言にも見ゆるが如く、両人相対して雑談をなすが如き対話式に編まれたる所最も奇なり。巻首に「物語の人数」として、右馬ノ允と喜一検校との主客二人を点出し、「検校の坊、平家の由来が聞きたい程に、あら〳〵略してお語りあれ」とて主人の要めに「やすい事でござる、大方語りまらせうず」とて物語りを始む。さて物語の中途に、主人右馬ノ允の相槌を打つこと頻りなるに、「その事でござる」「その事ぢや」「かしこまつた」との受答へ亦興味少からず。主人は悦に入り、夜な夜な物語りの先きを促がすこと切に、茶をすゝめながら、「この茶を飲うで息をついでまちつとお語りあれ」といふ、瞽者は「ハア、これは辱ない、冥加もないお茶でこそござれ、御苦労みえまらしてござる」と、辞宜しながら話を進む。或ときは「こゝはとつと面白い所でござる程に、ほん〴〵に節を附けて語りまらせう」とて重衡東下の一節を語るうちに、「ハア節でも面白いが、所によつて聞こえかぬる、唯物語にめされい」との需めあり。「ともかうも御意に従へほとゝぎすと申すことがござる、心得まらせた」とて平話に移る。かくて最後に平家断絶の事を語り終れば、「さてさて、長々しい事を退屈もなうお語りあつたの」と労はらる。「そのお事ぢや、私が長い事を語りまらしたよりも、退屈もなう聞かせられたを奇特と存ずる、平家の由来は大略この分でござる程に、どこでも此の物語りに於ては、こなたもみごとあどをうたせられうほどに重宝でござる」とて全編を結ぶ。

今、左に本文の標本を示さん。第一巻、「第六、重盛、父清盛の法皇へ対し奉つての憤りの深いを諫められ、其の謀として勢を集められた事」の中、重盛諫言の一節を掲ぐ。

右馬ノ允「き一、まちつとお続づけあれ。」

き一「さらば夜が更けまらせうずれども、語りまらせう。（中略）稍あつて重盛涙を押へて申さるゝは、『此の仰せを承るに御運は早や末になつたと存ずる。人の運命の傾むかうとては、必ず悪事を思立つものでござる。又御ン有様更にうつゝとも覚えず。太政大臣の官に至る人の甲冑をよろふこと、礼儀を背くではござないか？　就中に御出家の御ン身でござる。これまことに、内には既に破戒無慚の罪を招くのみならず、外には又仁義礼智信の法にも背かうずる儀ぢや。かたがた恐れある申しごとでござれども、心の底に意趣を残さうずる儀でござなければ申上ぐる。世に四恩がござる、それといふは天地の恩、国王の恩、父《ぶ》母《も》の恩、衆生の恩、これでござる。其中に最も重いは朝恩でござる。普天の下、王土にあらずといふことはござない。さればこそ唐土《もろこし》に、かの潁川の水に耳を洗ひ、首陽山に蕨を折つて露の命を継いだる賢人も勅命を背き難き礼儀をば存じたとこそ承つてござる。いかに況んや先祖にも未だ聞かぬ太政大臣を極めさせられ、斯う申す重盛も愚かなる身にてござりながら、内大臣の位に至り、しかのみならず、国郡半ばは一門の所領となつて田園《でんをん》悉く一家の身代となつた儀は、希代の朝恩ではござないか？（中略）重盛今大臣の大将に至るまで、然し乍ら君の御恩でござる。其恩の重いことを思へば、千顆、万顆の玉にも越え、其恩の深い色を按ずれば、一入再入《いちじふさいじふ》の紅ゐにも過ぎた。然れば院中に参り籠らうず、其の儀にてござれば、重盛が身に代り命に代らうずると契つた侍ども少々ござらうず。これ等を召し具して院の御所を守護しまゐらするぞならば、さすが以ての外の御大事でござらうず。さても迷惑な事かな！　君の御為に奉公の忠を致さうずるとすれば、迷盧八万の頂きよりも尚高い父の恩を忽ち忘るゝに、不孝の罪を逃れうとすれば、君の御為に既に不忠の逆臣とならうず。進退《しんだい》こゝに極まつて是非いかにも分ち難い儀ぢや。(中略)唯今も侍一人に仰せつけられて、御つぼの内に引き出されて、重盛が首を刎ねられうことはやすい程の事でござる。これをおの／＼聞召せ』とて、直衣の袖もしぼるばかりに涙を流し、かきくどかれたれば、其座に並居られたる程の人々、心あるも心ないも皆袖をぬらされぬはござなかつた。(下略)」

以て其の「世話に和らげたる」一斑を知るべし。尚別に南蛮本『平家物語抄』あり、語例及び文例を見るに足らん。以下、此世話本の編者を考へんとす。

今稿を続ぎてこの俗語体『平家物語』の編者を考ふるに先ちて、之を開版せる天草耶蘇会学校の始終と当時西教の形勢とを述べ、本書印刷の由来について一言せんとす。

抑も天草の地、ルイス・アルメーダが領主の許可を得て初めて宣教に従事(一五六八年永禄十一年)せしより、帰依するもの甚多く、越えて二年(一五七〇年元亀元年)領主天草氏(天草五豪族の一なり)伴天連カブラルに就きて受洗し、其後数年にしては(一五七七年天正五年)、其の夫人及び嗣子種元をも受洗せしめ、大に信教を奨励し、寺院を建立すること二十有余にも及びしが、天正十五年(一五八七年)六月秀吉が博多に於て禁教令を発せる後に至りては、同地は有馬地方と相対して耶教擁護の中心となり、寛永年間島原天草擾乱の素因を成せり。当時大村純忠は既に死して、新主喜前道念固しといふも、護教の態度の曖昧なる、之を後年の背信に徴して推するを得べく、豊後には、大友宗麟亦程なく卒して、継嗣義統信仰甚だ薄く、耶教に対して向背疑ふべきものあるに、長崎は貿易進運にあれども、西教の本拠たるには、尚年月を要し、府内は寺院薩軍の蹂躙を受け、教勢亦振はざるの有様なるに際して、天草本渡城主ジュアン天草種元は一葦水を相隔て丶有馬晴信と共に決然護法の任に当り、一五八九年（天正十七年）には伴天連六人を天草に招き、学校を置き、島中の耶蘇会徒二十有五人亦寺中に鐘を鳴らし、法を説くこと平日に異らざりき。蓋し之に先つこと二年（一五八七年天正十五年）、禁教令後、平戸に於る耶蘇会士の大会議ありて、伴天連等の本邦滞留を決せしより、有馬氏は七十人以上の会士と京都より退去し来れる学生六七十人とを領内に置き、供与に遺憾なからしめんことを期し、天草氏は大村大友等の諸氏と同じく若干の会士を招きしことありしが、翌年教父等の退去遷延の事に関して、秀吉の激怒を買ひ、京阪堺の教寺破壊となり、教父等刑戮の脅迫となり、其報西国に伝はりて二氏重ねてこの挙に及びしなり。かくて同年（一五八九年天正十七年）冬、天草諸豪族の秀吉に叛くや、小西行長肥後より来りて加藤清正と共に之を鎮定し、天草氏亦降りしが、行長は自ら信者たるを以て之を遇すること厚く、又新に天草を管したれば教勢の挫折を招きしことなし。其年有馬の学校を西の方加津佐（同領内にして口之津の西北に当る海岸）に移し、翌年天草の初学堂《ノビシアード》を大村に遷し、ことあれども、天草の学校は此の耶教薄倖の秋に方りて能く教育と出版とに力を注ぎて、創始以後十年、即ち一五九八年（慶長三年）に及びたること後に説くが如し。

一五九〇年（天正十八年）伴天連ヴリニヤーニ、葡領印度総督使節の資格を以て秀吉に謁する為に、重ねて来朝し、又嚮に其計画に由りて欧南に派遣せられし大友大村有馬諸侯の使節一行も出発の時と同じく彼と同伴して帰朝す。此等一行の到着は我国の耶教史に特筆せらるべき事件たるのみならず、外交史及び文化史の上に一大記念たること言ふまでもなし。他の点は今茲に挙ぐるの要なけれど、ヴリニヤーニが西洋の活字及び活字鋳造機械を船載せしことに至りては、我国の印刷史上重要なる事なりとす（ソリエー、バルトーリ、パジエー等の史による）。翻つて本邦に於る活字伝来の歴史を按ずるに、諸説未だ一定せず、其由来或は古く足利時代にあらんも、記録と実物即ち現存活字版本との明証によれば文禄慶長の年代を以て濫觴とすべく、活字又は其術の朝鮮より伝来しけんことも亦蓋し信ずべきが如し。唯、之を以て征韓役の副産物とせんこと頗る疑ふべし。『時慶卿記』に見ゆる文禄二年閏九月起工の勅版『古文孝経』の活字を、征韓役に出でしとするは不可能にはあらざるも、年代稍々早きに過ぐるの感あればなり。そはともかくも、本邦活字版の権輿と西洋印刷術の伝来とが、略々年代を同じうすること、即ち同時代に活字印刷術が南蛮と高麗との両方より伝はりしことは、実に千載の一遇といはざるべからず。英のサトウ氏、独の某氏（ミュンステルベルヒ氏と覚ゆ）等が、日本活字の起源は西洋にありと考へ得べしとのやうに説きたるは謂れなきにもあらず。

ヴリニヤーニ既に一五九〇年七月二十一日（天正十八年六月二十日）欧南遣使の一行と共に長崎に上陸し、或は有馬を訪ひ、或は加津佐に集会を開く間に、歳も暮れて、翌年一月下旬、我国の年頭に方りて、訳官ロドリゲーズを率ゐて秀吉に謁し、使命の一半を果し、後事をロ氏に託して西国に下り、四遣使の復命式を有馬及び其他の地方に挙げ、加津佐の学校を視察し、翌一五九二年（文禄元年）四使節を天草の教会に入らしめ、遂にロドリゲーズ等の尽力によりて得たる秀吉の答書及び贈物を以て印度に向つて出発せり。此年、長崎を公領とし（『西教史』、『長崎縁起略』）、同地の耶教を迫害せし等の事ありと雖も、其因主として比島使節、西班牙人及び他派との軋轢に出でたるものにして、ヴリニヤーニの真目的たる伝道上の効果は之を挙げ得たりとなすも可なり。即ち彼によりて、耶蘇会徒は秀吉の意を緩めて一時愁眉を開きしと同時に、教育及び弘法上一大便利を得たり。語学書及び宗教書の出版是なり。思ふに、是より先、教学に関する書物は写本のみならず、板本に由りしこと（姑くノイマンの『日本誌』による）疑なかるべく、京阪堺は言ふに及ばず、西辺既に大内版、博多版、薩摩版等あるによりて察すれば、上下文化の中心地に於て、宗教書の開板の挙ありしと信ぜらる。然るに印刷の不便少からざるを以て、茲に欧洲活字の輸入となりぬ。第一にはヴリニヤーニが来朝に先ちて媽港《マカオ》滞留中、一五九〇年（天正十八年）

中早くも『遣南使節紀行』の印刷あり。使節等の手に成りし邦文を、会士某羅甸に訳し、和羅両文共に之を印刷せること史に見ゆるが如し（ハックライトの『支那志』、バルトーリの『日本耶蘇会史』、パジェーの『日本書目』等）。而して活字舶載以後、本邦に於て耶蘇会又は他派開版の書籍幾何あるか明かならず、内外の史乗に拠りて考ふれば、耶教禁制の結果として伝はらざるもの甚多きが如し。古今の書目にも其名伝はりて其書現存せざるものあると共に、書名すら逸せしものも少からざるべく、バルトーリの『日本耶蘇会史』に載せたる「刊行書目」、サトウ氏の『日本耶蘇会刊行書』附録によりても一斑を知るに足るなり。其現存書目に関しては、サトウ氏の同書に採録するもの十四部、皆本邦に佚して稀に欧洲諸国に存す、採録者の功や大なり。其他マカオ、マニラ、羅馬に於て出版せられし語学書類現存すと雖も、年代も後れ、其価値遥に下り、内容亦劣るを以て之を省き、現存古刊本のみについて見るに、十四部中、半は宗教書半は語学書、其刊行の最も早きを一五九一年（天正十九年）とし、最後なるを一六〇五年（慶長十年）又は一六〇八年（慶長十三年）とす。年代の順序に刊行地を検すれば、加津佐版一部、天草版四部、刊行地不明なるもの相接して四部、長崎版四部、右中間に立ちて不明なる刊行地は、史に徴して推せば長崎なるべく思はる。国字を以て印行せるもの、一五九八年（慶長三年）以来両三年の間に在り、その内の或ものに就きては別に紹介せる所の如し。此種今四部を存し、平仮名草体の漢字を以て印刷せるは、本邦の慶長刊本よりも古し。

以上聊か主題を離れたる嫌なきにあらず、之より本題に復らんに、一五九一年（天正十九年）即ちヴリニヤーニ来朝の翌年を以て、加津佐の学校《コレジオ》に本邦編述の『サントス（聖者）の御作業』刊せられ、次に翌年天草の学校に『平家物語』の開板あり。即ち此書の刊行、古さに於て第二位に列せるなり。同年本校に於て、抄訳本『信心録』の出版を経て、翌年一五九三年（文禄二年）アルヴレーズ式の『羅甸文典』の翻訳あり、尋いで一五九五年（文禄四年）カレピーヌス式の『羅葡対訳辞典』の翻訳あり。共に天草の学校に於て、語学教育に資せしものなり。同式の文典と辞典とは、此時代広く欧洲各国の語学に応用せられしものなれば（サトウ氏亦今古の書目家と同じく、アルヴレーズを『日本文典』の著者とせしは誤なり）、之を我国語にあてはめしは、固よりさもあるべき事にして、此以前尚古く伴天連どもの編める日本語学書といふもの、恐くは此書よりも更に幼稚なるものなりしならん。さて天草にては、一五九六年（慶長元年）訳本『御主ぜずきりしとを学び奉る経』の開板ありし翌年、太閤の方針によりて長崎奉行寺沢広高命じて、各地の教父どもを長崎に集め、邦語に精通せる訳官ロドリゲーズ及び其他二三の伴天連を除きて皆之を退去せしむることとなしゝより、翌年に至りて遂に天草の学校を破壊し、教師五十名を長崎に移せり。時に一五九八年（慶長三年）なり。ソリエーの史には、天草の学校にて古き刊行の書として文典、辞典、聖者御伝記、吉利支丹教理の四を挙げて、『平家』に及ばず。四部の内、後の二部亦天草に公刊せられしことあるにや、疑ふべし。天草学校破壊の同年、初めて国字を以て印行せる字書

『落葉集』は、長崎に於てせしものと考ふるの外なからん。有馬領の学校も、既に天草の其れと同じ運命に陥りたればなり。爾来一両年間、長崎又は長崎と察し得べき地に於て国字及び洋字を以て訳本を印行せるもの四部存す。次に同地の学校に於て一六〇三年（慶長八年）『日本辞書』の公刊あり、翌年には『日本文典』の梓行あり、後者はロドリゲーズの著作にかゝり、前者は伴天連衆の編纂にして、ロ氏其の主なる編纂者たりしこと疑ふべからず。共に前年に於ける天草の文典辞典よりは遥に進歩したる独立の編著にして、同じく語学用の読本として編せられたる『平家』及び『伊曾保』の両物語と合はせて当代国語史料無二の宝典たり。是等長崎の両語学書が天草の文典辞典及び読本に負ひしこと深きは疑なけれど、文禄年中ロドリゲーズが伴天連の身を以て、外交官又は通訳官として秀吉の信任を受け、非凡の技を顕はしゝこと、一には其の語学上の才能の、群を抜きしに基けるなれば、天草の語学書類に至るまでも、彼の考案又は指揮に出でたるにあらずやと考へられざるにあらず。尤も当時管長の地位に在りしゴメーズの如く国語に通ずること儕輩を超えたる者あれば（バッケル及ギニヤーザの書目等による）、是れ固よりロ氏一人の力に由るといふにあらざるなり。ともかくもかかる疑問は茲に主として解決を企つべきものにあらず、要は天草学校の語学書の随一たる当面の『平家物語』の編者を考ふるに在り。さて此編者は誰ぞ。

一五九二年十二月十日（文禄元年十一月七日）自ら記せる本書の緒言によれば、編者の名はフワ・

ビアンといふ。抑も邦人の信徒にして此教名を冒せるもの、管見によれば、確実なる邦文の史料にては、極めて稀有にして（『大日本史料』慶長十八年の内、江戸の勢数多講中二人、『契利斯督記』所載の「ベアト」の人名中一人）、其事蹟稍々顕はれたるは、『破提宇子』の著者ハビアン一人に過ぎず、此外、俗書に二種の実例あること、後に挙ぐるが如し。西史の上に見ゆるもの、通訳に著述に弘教に功ありし邦人、初にパウロあり、中頃ロレンソあり、ミケル水石あり、ダミエンあり、共に年報及び史籍に其経歴を伝へらると雖も、フヮビアンといへる名の纔《わづか》に残れるは次の一人に過ぎず。一六〇七年（慶長十二年）、管長パシオがロドリゲーズを伴ひて駿府に大御所を、江戸に将軍を訪ひし事ありしが、五月即ち我が閏四月パシオ将に駿府を辞し去らんとするに臨みて、本多上野介に献ずるに、特に此際「イルマン」フヮビアンが輯録せる一篇の吉利支丹教義書を以てし、耶蘇迫害の誤謬を知らしめんとせしに、上州は此書を受け、後江戸に在りし邦人の「イルマン」パウロといへる者に其疑義を質したりとありて（パジェーの史による）、その年の頃にフヮビアンが、一の『どちりな・きりしたん』（基督教理）を草せること明かなり。又パジェーの史、一六一九年（元和五年）十二月の条、前には長崎に、後には京都に、代官たりしトーアンといへる者の捕縛に関して脚註に、耶蘇会の「イルマン」にして背教者たるフヮビアンと名くる者、排耶の一書を草せる由見え、彼がトーアンの為に弁ぜることありしと記す。此のトーアンは捕縛処刑の年代、場処等西史と齟齬すれども、『長崎縁起略記』を始め、我国の旧誌史乗に見ゆる長崎代官村山東安（東庵、等庵ともあり）なるべく、クラッセーの史に一六〇二年（慶長七年）長崎の信者アントワン・マルヤマ、ロドリゲーズと共に東上、寺沢氏に代りて長崎の代官に任ぜられしとあるは、亦年代の相違あれども同一人なるべし。要するに西史上のフヮビアンは元とロドリゲーズ及び東安と関係する所あり、而して其関係や長崎に於けるものと考へ得らるゝなり。尚前記慶長十二年の事実と相照らして闡明する所あらん。

フヮビアンが排耶録を草せしは何年にあるか不明なれども、仮りに上記の元和五年十二月頃とすれば、同書が元和六年春誌とあるハビアンの『破提宇子』と合する点益々深きも、パジェーに掲ぐる年代そのものすら信じ難ければ、余は唯転宗の一件を取りて、この二書、この二人は同一なりと断ぜんとす。ハビアンが転宗して南都に匿れし頃は、大久保長安が同地の奉行たりし頃なりと自ら記せるによれば、転宗は慶長十四年二月以後、同十八年四月以前なりとすべく、之より先き、慶長十六年八月、十七年三月及び八月、相尋いで厳重なる禁教令を布き、以て十八年十二月より翌十九年の極点に及びしことあり。殊に十七年三月には板倉勝重をして京洛の教寺を破壊せしめ、長谷川藤広をして長崎の邪徒を検せしむることあれば、ハビアンの転びしも此頃にありとして大差なからん。さすれば其著の末に、元和六年より遡りて約七八ケ年以前の事実の見聞を録せることも思合はさるればなり。同書に見ゆる一二の事実より推すに、彼は長崎に住したる事ありしやう思はるれど、同地にて転びしや否やは未だ断じ難き理由別に存す。こは暫く措き、最も注意すべき一事あり、即ち、ハビアン、十九歳にして出家し、寺に修行すること二十二三年、人の数にもかぞへられたりと自白すれば、仮定したる転宗の年、慶長十七年より逆算すれば出家入寺は天正十八年頃とすべきも、前後に多少の伸縮あるべきは勿論なり。然れば天草版『平家物語』の編者フヮビアンを、パジェー史上のフヮビアン、『破提宇子』のハビアンと同一なりとせんこと年代の上よりは不可能にあらず。又、『平家』の緒言と、『破提宇子』との邦語措辞を対照し、二者の間に類似を認め得ざるにあらず。さはれ、茲に最も意を留むべきは『破堤宇子』の著者が元と仏僧なりしか、さらずば仏学に通ずる者なりしこと是なり。即ちこの一篇の書之を証して余りあり。殊に篇中破邪の文、引句及び結語に禅的口調一再ならざることは見逃がすべからず。

寛永十六年八月と奥書せる『吉利支丹物語』は此種の著作中史料として採るべき点最多きものなるが、元和元年の頃大阪に於て或る大名の後室の前に於て行はれたる「イルマン」ハビアンと京の栢翁居士との宗論を記すこと詳かなり。ハビアンを称して「吉利支丹の内の一の物知りたる」、「学問広博にして弁舌明かなるゐるまん」といひ、其素性を説きて「古へ禅坊主おちと見ゆ」といひ、「年は五十ばかり」といふによれば、『破提宇子』の著者なるハビアンと同人なりと考へ得らるゝなり。唯々元和元年に此宗論ありとなすは、たとひ大阪役によりて禁教の取締一時緩みたること、クラッセーの史に見ゆるが如くなりとも、予は断じて誤りとなし、之を遅くも慶長十七八年の禁令以前に掛けんとす。是れ一は、本書の記事、其事柄東西の史に符合して、其年代の錯誤せる例を認むるに由る。慶長十六七年より十八九年に及ぶ事件の継続を元和に始まるが如く記せるを見て知るべし。

次に参考資料として価値遥に下る『南蛮寺興廃記』にはハビアンを梅庵と和様に記るし、宗論を天正十二年九月の出来事とし、其素性を述べては加賀の禅僧慧春の癩病にかゝりて乞食に成果て京の片隅にありしを、南蛮寺の僧に救済せられ、其他二人と共に博識敏捷なるを以て取立てられて、名を梅庵と号し和語にて説法教化に従事すといひ、其年代を言はず、唯々栢翁居士との宗論を天正十二年九月に起りたりとす。本書に記るす年代及び事実俗書としても余りに錯誤甚しく、南蛮寺の創立及び破壊の年亦信じ難く、其の寺号及び創立の由来、規模、地域、寺領等疑を挟むべき点多し。予は西史に一五六八年五月、即ち永禄十一年、堺に避難したりしフロイスが上京して信長に謁し、布教の許可を得て、寺院の再建に着手したる記事あるを以て、ともかくも一の寺院の建立が永禄十一年に在りしとなすを否まずと雖も、所謂信長の南蛮寺建立は、尚後年の事に属し、今当時の形勢を察し『信長記』に散見する耶教関係の記事と現存せる京の耶寺の鐘等の紀年とに拠りて、天正五年頃にてはあらざりしかと考ふるなり。従つて、梅庵帰依の年代も想像し得べし。而して本書南蛮寺破壊の近因を、上述の宗論に帰し、其年を天正十三年となせども、京阪地方の寺院破毀の最初は、秀吉の禁教令発布（天正十五年）後、六ケ月以上を経たる後、即ち早くも天正十六年春なりしこと、西史に明かにして、其近因亦他にあれば、旁々宗論の顛末に関する記事は信じ難し。唯々同書に、寺院破壊の際、梅庵が西国に逃下りしといふ一事注意すべきのみ。

『興廃記』は元と『切支丹根元記』と云ふ書の大概なる由、同書の末に見ゆ。『根元記』予の未だ見ざる所なれど、『吉利支丹濫觴記』、『蛮宗制禁録』等に類似せる書にして、前に引ける『吉利支丹物語』の類を資料とせるが如く、『興廃記』よりも比較的取るべき所あり。『制禁録』に記せるハビアンの経歴は、越中の禅僧恵俊とありて、師の気に違ひて寺を出奔し、諸国を歴巡れるといふ迄の事は、他書に相違あれど、其外、宗論等の件は大同小異にして、南蛮寺破壊の際、早く逐電して肥前に逃下り、後に天草に於て宗門を弘るといへりと見ゆ。最後の一段最も肝要なり。其年代も『興廃記』（元禄刊本）よりも下り、之より出でて価値更に劣れる『切支丹宗門来朝実記』（宝暦五年編か）及び其異本の或るものには天草にて宗門を改むとあれども、或るものには、宗門を弘むとあり、魯魚の誤なること勿論なり。唯『五月雨抄』に『肥島戦記』を引ける末に、ハビアンが其後肥前島原に下れる由を記せるを異聞とす。而して『制禁録』、『興廃記』、『来朝実記』等ハビアンを同宿、イルマン、南蛮寺執事などと称し、又西国逐電後、慶長十六年四月、清正の死後、肥後宇土郡（天草諸島に連れる半島）に於けるハビアンの徒弟等、機に乗じて教を弘め、仏寺に狼藉せりと記るす。尚ほ別に『伴天連記』一名『契利斯督記』の一書あり。予は此書を以て史籍とせず、寧ろ南蛮文学の一好著とし、『黒船物語』、『加津佐物語』、『教化物語』其他数部の佚書（ロドリゲーズの『文典』中、其書名及引句あり）と同種の書より抄出せしものと考ふれど、末の二三節は耶教史上の好参考として取るべく、現存せる此種の書物の中にては、最古く編せられたるものの一（慶長の末年か、遅くも寛永役以前）と信ず。書中、慶長十一年四月初、長崎の辺にて伴天連の内談会ありて、筑前に「イルマン」ハビアン（原書、はいあん）を遣はして、談義をのべさせ、黒田甲州（長政既に筑前守たり）を入門せしめんとするの議ありしことを記せり。時に、肥後には中浦寿里庵（天正の遣欧南使節の一人、天草教会にて入門、寛永十年殉教）、豊前には辻登明（伴天連、大村氏の臣、天正中入社、慶長十九年媽港に配流、後帰国、寛永四年刑）の如き有名なる本邦の会士を派遣せんとしたるによりて類推すれば、ハビアンたる者、亦之に匹敵する有力者ならざるべからず。而して此記のハビアンは、『興廃記』以下諸書の其れと同一人にして、遂に天草より転じて長崎に来り弘教に従事せしものとするを得べし。

　次に起る問題は、『興廃記』一流の類書と『伴天連記』と是等二種の書に見ゆるハビアンと『破提宇子』著者のハビアンと同人なりや否やの一事とす。前に『破提宇子』のハビアン転宗の年を慶長十七年頃とし、出家の年を天正十八年頃としたれど、其転宗を慶長十三年までは遡らせ得るが故に、仮りに同十四五年頃即ち禁令の将に漸く厳重ならんとする頃とせば、入寺の年は天正十四五年頃とするを得べし。即ち禅僧出身なる此のイルマンは、背教の後其仏学の力を以て彼の破耶論を草せしものにして、今『吉利支丹物語』を取りて、宗論の年を、前記の理由によりて禁令発布以前とせんには、彼は慶長十三四年頃、長崎より大阪に上り、宗論を試みたりと考へ得べし。パジエーの史上に見ゆるフヮビアンも、併せて同一人なること論なく、唯本邦の文献に斯くまでも其事迹を伝へられて、学識もあり宣教にも力ありし者が、何故パウロ、ロレンソ等の邦人の如く西史に記載せられざるか、其理由極めて明かなり。背信の行即ち是なり。されば背教以前の伴天連の年報類には、必ずや其事を伝ふる所幾分か多かるべしと期せらる。又、如上本邦の俗書の記事と年代と多く信ずべからずと雖も、又尽く捨つる能はず、姑く取りて前条の考証を試みたり。併せて後の補正を俟つ。

最後に、上に述べたる断片的事実を綜合し、同時に之を補遺し茲にハビアンの経歴を叙せん。彼元と加賀の禅僧恵俊（又恵春に作る）といひ、流浪の末、天正中、秀吉の頃、京都南蛮寺に入りて西教に帰依し、ハビアンと教名を得て、説教に従事し、博識敏慧能く伴天連等を佐く。（是れ所謂カテキスタとしてならん。）時に京畿に在りし伴天連は、オルガンチーノ（邦書ウルガン）、ルイス・フロイス（邦書リイス、又ヤリイス）、グレゴリヨ・デ・セスペデス（邦書ゲリコリ、又ケリコリヤ）等にして、フ、オ両師の如きは京畿伝道者の錚々たるもの、ギレーラに次ぎて二代三代の宣教師にして、共に信長秀吉の両雄と相渉る。信長亡後オルガンチーノ安土を去つて再び京に入りしが、ハビアンの出家も此時代なるべく、天正十五年の禁教令によりて、師は大阪に退去せしのみにて西下せざりしが、学生どもは京畿を去りて、有馬氏の保護の下に置かれぬ。ハビアン亦この伴侶中に伍して肥前に下りしなるべく、後天草に移りては、教育に力を注ぎしことゝ思はる。天草の学校破壊せらるゝや、慶長三年更に長崎に移りて宣教と教育とに勉め、一方には信者にして代官たる村山東安に接し、他方にはロドリゲーズとも親み、いつしか有力なるイルマンにも数へられて、同十一年には黒田長政説伏の任を擬せられ、十二年頃には、管長パシオの命を受けて、駿府の本多上州に呈する為に、耶蘇教義の書を草し、かくの如く宗門に帰すること二十二三年、学才弁口衆に勝れ重く用ゐられしが、慶長十三四年頃、大阪に在りて宗論を戦はせ、後幾ばくもなく厳しき禁制の下に転宗して、南都に匿れ、更に大和の郷村にさすらひて、後元和六年春に至りて『破提宇子』の書を作る。仏より出でて耶に入り、転びて再び正に帰す、背信の末、尚破耶の論を草す、敏慧なる一才子、西教諸史の之を伝へざる亦宜なり。彼の西学に至りては、彼の著によりて窺ふを得べく、今茲に記すの労を省く。予は一歩を進めて、『平家物語』の俗訳も亦天草の学校に於て文才ありて敏慧なる彼の手に成りし者と考へ、語学の俊才ロドリゲーズをも佐けて天草及び長崎に語学書の編纂に与かりしならんと想像す。一五九九年（慶長四年）長崎にて刊行せられしと思はる、国字の訳書

『ぎや・ど・ぺかどうる』亦同一の手に成りしにあらずやとも臆測すれど、前条と合はせて他日の考を期せんとす。『平家』と合綴せる『イソポの物語』の編者も、同一なりや否や亦定め難し。唯桃山時代の標準語を以て、問答体に、趣向面白く『平家』を和らげたる此書あり。たとひ西教史上に其名滅すとも、国語史上に之を記念して可ならんか。

吉利支丹版四種

一　『金句集』

文禄の吉利支丹版『平家』及『伊曾保』両物語の次に『金句集』と題し、同じく羅馬字にて東方の金言を集めたるものを附録とせることは、予の既に述べたる所なり。本集の首には、

四書七書などの中より抜出し金句集と為すものなり。

大方それ〳〵に註するものなり。

とあり、アルファベット順に格言を配列して、一々俗語を以て註釈を施せり。其数は今明かにせざれど全本の約四十六頁を占むる分量なり。恐くは本邦に於て此種の編纂としては、最も古きものゝ一ならん。邪宗の徒が、第一に、諸行無常の理を寓せる平語を取り、第二に趣味深き鳥獣の喩言を選みたる後、さて第三に此の、語短く意長き聖賢の金言を集め以て扶桑、遠西、漢土の三域に教化の材を資りたるは、用意の周密なるを察すべく、又糧を敵に由りたるの手際を感ずべきなり。今辛亥の新春を迎ふるに方りて、是等の金言を誦し、猪武者の奮迅を抑ふるに資せんとするは、当代訓育の精神に適はずや。

A

過つては改むるに憚ること勿れ。

意《こころ》。過りを直すことを恥づるな。

朝に道を聞いて夕に死すとも可なり。

意。朝物を習うて、夕に死するともよいぞ。

B

父母《ぶも》その子を養つて教へざるは、是れ其子を愛せざるなり。

意。父母《はわ》の子に物を教へ習はせぬは其子を悪む意ぢや。

C

忠臣を尋ぬるに、必ず孝子の門《もん》に出づ。

意。忠尽くす臣下を尋ぬれば、孝行を本《ほん》にする所より出づるぞ。

口は是れ禍の門。

意。禍は多分口から起る。

智を使ひ、勇を使ひ、貪《とん》を使ひ、愚を使ふ。

意。良い主人は智慧ある者を使ひ、健気な者を使ひ、欲に耽る者をも使ひ、愚痴なる者をも棄てずして、それ〳〵の用に応じて使ふぞ。

忠臣二君《じくん》に仕へず、貞女両夫に見えず。

意。良い臣下は二人の君には仕へず、正しい女は二人の夫にまみえぬものぢや。

D

同病相憐む。

意。誰も同類を思ふものぢや。

E

兵疲るゝ時《とき》んば、将の威行はれず。

意。軍勢が草臥れ果つれば、大将の威勢も無いぞ。

「ク」「チ」をCに収めたるは其の cu chi と綴りたるが為なること、ハ行音は文禄時代に在りては、尚一般にF音なりしこと、言ふまでもなし。『金句集』の次に邪宗徒は「五常」を附説せり。「仁」を説いて云く「自らを忘れ、他を愛して、危きを救ひ、窮れるを助け、すべて物に情を先とし、事に触れて憐みの心あるを仁といふ」と。以て其一斑を知るべし。

二 『勧善鈔』

『ギア・ド・ペカドール』Guia do Pecador 原本題して『きやとへかとる罪人を善に導くの儀也』と書す、今仮りに訳して『勧善鈔』と名づけつ。西班牙のルイス・デ・グラナダ Luis de Granada の原著を本邦に於て西教徒抄訳して、西暦一五九九年、即我が慶長四年耶蘇会の某学校より出版せるものなり。上下二巻、美濃紙摺、草書体平仮名交りの通俗和文にして、間々拉丁文を羅馬字にて挟入せり。印刷は活字なるが如し。洋語を文中に混ずること頗る多く（平仮名にて）、西人の名は星標《アステリスク》を冠して区別し、洋語には「ぱぴぷぺぽ」の如く、所謂半濁点を使用す。又一種の連結略符を用ゐて「でうす」（神）、「きりしと」（基督）、「ぜずす」（耶蘇）等の聖名を表はせり、今印刷上の不便を慮りて此処に示さず。其他、印刷に関して挙ぐべき点あれども大方省略せり。

本書は我国に於ては恐くは既に佚書の部に属するなるべく、今倫敦の大英博物館《ブリチッシュ・ミュゼアム》と巴里の国民図書館《ビブリオテーク・ナショナール》とに各一部を蔵せる外、所蔵者あるを聞かず、而も其巴里本は上巻を欠き、且つ下巻本文の末及附録字彙の初に欠脱あり、倫敦本亦下巻の字彙に紙葉の欠けたるを見る。羅馬のバルベリニ図書館に、後年の印行にかかる本書下巻の字彙の断片存する由、サトウの『日本耶蘇会刊行書目』に見ゆれども、予未だ之を検出するに及ばず。又、右の如く、本書に、一五九九年（慶長四年）以後増補刊本あるが如きも、予其所蔵者を知らず。尚古くは一七四二年、巴里出版のフールモン著『支那文典』附録支那書籍目録の末に、日本書として本書と『落葉集』（一五九八年慶長三年耶蘇会出版の漢字彙）とを挙げ、パジエーの『日本書目』等にも本書の名顕はる。尚、我国の西教徒が本書を読みしこと、一六〇五年（慶長十年）前後の伴天連報告書に見ゆるが如し。

上巻の表紙には横文にて上部に『ギア・ド・ペカドール』と題し、下部に横文拉丁語もて一五九九年耶蘇会学校刊行のことを記し、内題には、草書にて前掲の如く印刷す。下巻には「三月中旬鏤梓也」の文句ある外、上下横文にて前記の文を印せるの相違あり。各巻、目録二葉、訳者の緒言、「対読誦之人序」一葉又は半葉あり。上巻は、著者の序言及本文併せて百六葉、下巻は本文七十七葉、而して両巻共に字彙凡十葉を添ふ。後に述ぶるが如し。又、各本文の末に「違字少々」と題して、正誤表少許を掲ぐ。さて本文、十七行、毎行凡三十字内外詰め、印刷の字体頗る巧にして鮮明なり。

先づ、文体の大要を示すために、下巻第五「世界と悪の執着に引れて善の道を恐るゝ人の迷ひを導く事」の章の中より一節を左に抄せん。

一　世界の栄花のみじかき事

現在の楽しみを論ずるに墓なき世界の栄え衰へ一命の長短皆もて目の前の事なれば委く示すに及ばず命ながき人とても纔に百年にみたず消安き露の命を頼みて一旦の邪なる楽みに耽る事墓なき事に非ずや昔より数輩の帝王大名高家の人々如何程か其位を得玉ふといへども或は日を経ず月を累ねずして死し玉ふ事其例多き者也、さんきりぞうすとも宣ふごとく縦ひ三百歳の齢を保ち楽み身に余るといふとも未来永々の果しなき楽みに比べば夢幻の如しと也さらもん宣く縦ひ人長生して心のまゝに振舞といふとも闇の時刻と終りなき日を思案すべき事尤なり其日来らばこしかたのあだなる事を見知べしと又「いざいやす」十九に見ゆるごとく悪人の一命は夢中に飢たる人の食し渇したるは飲むと見ゆれ共覚て後は飢を扶けず其渇を止ずして飲むと思ひし楽みは皆偽り也と知る者也古より今に至るまで如何程の帝王将軍か如此ならずといふ事ありやばるつぽろへたの云く猛き獣を随へ飛鳥を狩りとり人のもてなす金銀を山とつみ財宝に限りなく宝の器の数を尽して蓄へ置し大人大家は今いづくにあるぞと誠なるかないくばくの大名高家か死し果て「いんへるの」に沈み今は其宝皆他人の物となり跡形もなくなり果たる者也世に名を得たる智者学匠も今いづくにあるぞさらもん帝王の栄花又は弓箭を取て天下に眼高かりしあれしあんでれ帝王の威勢を初として代々に名高きらうまの帝王達或は財宝に飽きみち威勢さかんなりし臣下大官は今いづくにあるぞ虚き煙と上り雲と消にしぞかし爰を以て世界の栄花の墓なき事如何計ぞといふ事を観念せよ（横線、勾画等にて人名、地名、件名等を記るしたるは今解題者の筆にかゝる、濁点及半濁点は原文の儘、原書には異体仮名多く、而して句読なし）

以て一斑を知るべし。宛も仏徒の書を読むが如く、殊に此一節に至りては行文拙劣なりといへども『平家物語』又は『方丈記』の首を読むが如き感を起さしむ。当時の耶蘇教史を案ずるに、仏徒より入りて吉利支丹に帰依せしもの少からず、而して其輩中、伴天連を輔佐し、翻訳に宣教に力を尽くして大功ありし者も聞ゆれば、本書の訳者も略推察するに難からざるべし。但し此訳書の刊行せられし学校は恐くは長崎耶蘇会学校ならん。

次に横文入りの文を挙ぐべし。

Omnis ergo arbor, quae non facit fructum bonum excidetur, or inignem mittetur. (Matt.)（馬太伝中の句）よき実のならざる樹はきりて火にくべらるべしと宣へり。学校にて拉丁語を教へしこと史にも見え、伴天連の報告書にも載せたり。訳文の生硬ならざるもうれし。

各巻末に附録せる字書は、『落葉集』の体裁に似たる点多し。第一に漢字の偏旁の下に、所属の漢字を掲げ、主として其訓を振仮名にて示し、次いで其漢字の熟字及其音を示す。例へば「言」を「ごんべん」といふ振仮名にて、あらはし、其下に同じ字の草体及偏旁（草体）の形を挙げ、さて

言《ことば》　諸《もろ〳〵》　謂《いはれ》　謹《つゝしむ》　誠《まこと》　談《だんず》

の如く次第し、熟字に移りては、

諸悪《しよあく》　諸善《しよぜん》　諸国《しよこく》　記録《きろく》　警固《けいご》　論者《ろんじや》　誓文《せいもん》

を挙ぐるがごとし。

第二に、伊呂波順にて、書中の文字の音（又は訓）を示せる字彙あり。

一部《いちぶ》　一期《いちご》　一紙半銭《いつしはんせん》　一滴《いつてき》　一篇《いつぺん》　一疋《いつぴき》　所以者何《ゆへいかんとなれば》　左右《さう》さゆう　内証《ないせう》　在々《ざい〳〵》

所々《しよ〳〵》　上手《じやうず》　鳥獣《とりけだもの》　乗得《のりえる》　家猪《ぶた》　尋常《よのつね》

等の如し。音訓にも半濁点を用うること注意すべし。

第三に、聖名の連結略符及和語の字彙あり。主として訓を挙げ、語の配列に一定の

順序なし。まづ一字の語を列ね、次に二字又は二字以上に及ぶ。例へば

重《かさなる》おもし　生《むまる》いける　自《みづから》をのづから　比《くらぶる》ひする　毛《け》　得《える》　足《あし》たんぬ　城《しろ》　別《べつして》　専《もつぱら》

日数《ひかず》　終日《ひめもす》（モトノマヽ）　加之《しかのみならず》

の如し。

三　『落葉集』

『落葉集』といへる耶蘇会士刊行の字書については本邦の書物に何等の記載なきが如く、我国に於ては既に逸書に属するに似たり。されど「待賈堂《たいこどう》」といふ蔵印を押したる一本の、現に大英博物館《ブリチツシユ・ミユゼアム》の泰東部の文庫に蔵せらるゝに由りて見れば、此書嘗て達磨屋活東子の珍襲として江戸に存せしことあるを知るべし。此本元とサトウ氏が我国に得て、一八八三年（明治十六年）之を英国に将来し、倫敦なる同館に寄附せしものに係る。同氏の解題、『日本耶蘇会士刊行書目』の中に見ゆ、宜しく参考すべし。蘭国ライデン大学図書館亦此書の善本を蔵す、有名なる文献学者ヨセフ・スカリゲル（一五四〇年天文九年生、一六〇九年慶長十四年死）の伝本と云ふ。此鴻儒は一五九三年（文禄二年）以来同府の大学教授たりき。其他英国の某貴族が一本を有すると聞く外、遠西にも亦多く佚存せるを知らず。

瑞典の学者ツンベルグの来朝するや、一七七六年（安永五年）江戸に於て種々の書籍を覧、

其中に『落葉集』ありしこと、其『紀行』中に見ゆ。後年活東子の蔵書中に存せし本と別本なりや否や知るべからざれども、切支丹禁制の厳重なりし徳川時代を通じて幸に焚書の厄を免れて近来に至るまで東都に其影を留めたりしは奇と謂つべし。仏人フールモンは一七四二年（寛保二年）『支那文典』を著はして、之に添ふるに巴里の王国図書館所蔵支那書目録を以てするに方り、日本の書物三部を加へたり。其一は即ち『落葉集』にして其二は『勧善鈔《ギヤ・ド・ペカドール》』なり、共に切支丹版に属す。後、英国の東洋学者マースデンも一七九六年（寛政八年）『東洋語学書目』を編して、其中に『落葉集』を挙げ、独逸の言語学者アーデルングも一八〇六年（文化三年）其名著『言語集《ミトリダーテス》』巻一、日本語の条下に於て、語学書目の中にマースデン等に拠りて同じく此書を掲げたるが如く、西欧の学者は高閣に束ねながらも猶此字書の存在を知りたりき。其他尚クラプロート等の『書目』にも書名は見ゆるなるべく、又ジーボルトの『日本書籍入門《イサゴーグ》』にも指摘せられたれども、サトウ氏が解題を附して世に紹介するに至るまでは、皆前人の挙ぐる所に拠りて、単に其名を伝ふるに過ぎざりしなり。而してサトウ氏の解題亦簡にして悉さず。乃ち予が茲に此稀覯字書の体裁と成立とを解説して国語学界に公にする亦徒爾ならざるべきを信ず。

抑も此字書が本邦の国語学史上変則の一産物として注目すべく、字書編纂上一新案を出したるものなるは、下に記るす所によりて明かなれど、徳川時代の国語学に何等の影響を遺す能はずして、彗星の如く一過せしに止まるは真に惜むべし。然のみならず、印刷史上に於ても、曩に解題せる『勧善鈔』と共に珍重すべき活版本にして、版式に於て興味を覚えしむる点甚多し。先づ表紙を見るに、中央に葡萄牙国の紋章を印刷し、其上段に南蛮流に綴りたる洋字を以て RACVYOXV 即ち「ラクヨーシュー」(落葉集)と題し、下段には「耶蘇会の日本学林に於て、長老衆の御免許を以て、一五九八年」と、羅典語にて洋字を表はせり。出版年次は本書の中に於ても再び亜剌比亜数字を以て 1598 と記るしたるが、即ち我が慶長三年に当る。而して刊行の場処は予の考ふる所にては長崎とすべきが如し。編者は何人か知るを得ざれども、和漢の文字に達し、併せて西学の一端をも暁れる本邦の耶蘇会徒が、宣教師等の指導を受けつゝ、主として字学の初歩に便せんが為に編纂せしものに外ならざるべし。その序に云く、

是《これ》つらの字書、世にふりておほしといへども、あるは字のこゑばかりにしてよみなく、或はよみをしるしてこゑを記せず、是なんものゝ不足といふべきにや、茲に先達のもてあそびし文字言句の落索を拾ひあつめ、かしらに母字を置き、それにつゞく字を下にならべて、字の音声を右に記し、読を左にして色葉集の跡を追ひ、いろはの次第□□(一字半蝕アリ、案ズルニをまノ二字カ)なんで以て字書をつくる、仍此一冊を落葉集と号す、又此書の終には一字〳〵のよみを本とし、おなじく二三字の世話をも少々相加へて今一篇のいろはをついづる者也、凡可謂万戸之賜歟、

以て大体の成立を知るべし。〔この項後略〕

四　『懺悔録』

『吉利支丹物語』巻上のうち、「きりしたんぶつぽふの事」の条に所謂南蛮寺内の有様を記るし、秘密の間、対面の間、懺悔の間の三室があつて、第一の間には耶蘇磔刑のすがたを見せ、第二の間には聖母のかたちを示し、さて第三なる奥の間は「懺悔のまと申て、此間の咎悪事どもを伴天連、以留満、宗体の者どもまで車座になほつて其のまん中にて懺悔をし、わびごとをして、した丶かに恥ぢしめられて後、件んのべんていいしやをもつて伴天連が手づから打つて血を出し、袱紗物を以て拭ひ、其腕を洗はずして仏を拝むを大行《だいぎやう》といふ。斯様の行《ぎやう》を勤むれば朝夕影形の如く提宇子守護し給ふ間、身命は露塵ほども惜むべからず」云々とある。(『続々群書類従』第十二宗教部五三四頁参照、今抄出して漢字を充つ)

然らば其懺悔やわびごとは、如何なる事柄を如何に為るのであるかといふに、大体はドミニカ派の宣教師ヂダコ・コリャードーの編した日本語の『懺悔録』(後に解題す)に拠つて知ることが出来る。即ち主に十戒即ち「十条のマダメント＝デウスよりの御掟之事」(『続々群書類従』第十二宗教部所収、全斎太田方撰『契利斯督記』六五七頁参照)に違背する行に対する懺悔《コンフエツシヨン》である。コ師の『懺悔録』の中から抄出して左に示す。

(師)いつ頃コンフェッシヨンを申しあつたか。

（徒甲）　それがしが今歳デウスのおん慈悲の上よりキリシタンに成りまらして御座る故に、まだコンフェッシヨンを申さいでござる。

（徒乙）　われが四五六年さきよりキリシタンでおりあつたれども、御存じの如く、パドレ様のおん逼塞に由て、連々コンフェッシヨンを申しあげうとて力の及び才覚致いたれども、遂に其のちようびがござらいで、今迄コンフェッシヨンを申上げまらせなんでござる。

（徒丙）　わたくしが十五年まへお水を授かりまらしてござれども、それはむさと人並に仕つた所で、此程までキリシタンのおん教へに就て、未だしかぐ\分別得心と申すことは御座らいで、キリシタンの行儀、例へば毎年づゝせめて一度のコンフェッシヨンの事、又十の御掟を保つ事なんどに構はいで、唯浮世の何でもないことにたづさはつてまかりゐてござる。さりながら此中《このぢう》御談義を少しうけたもつてから心中にデウスに対して信心の心を催し、兎角大事なる後生を助かる為に、先づキリシタンの事を一々合点し、身持を改め、之にのみ誠精を尽さいではと思ひ当つたに由て、それから即ちキリシタンの事を皆習ひまらして又コンフェッシヨンの覚悟も致いてござる。さりながら末のコンフェッシヨンは三四年《そよねん》の前でござつた。

（師）　さてもぐ\大きなるデウスのおん慈悲かな。まことに猛悪無道果報拙ない咎人、デウスを背き奉り、其御掟に応はいで《いろ》悪癖に貪着してゐる所に、却てデウスそれに御恩を施し、おん光で照し、又万事叶ひ給ふおん力を以て其心をお直し改め、後生を助かる様にグラシヤを与へ下さるゝこと言語に及ばぬおん憫みでござる。して、然うあるが、定めてオラシヨと又フォーデスの条々を事細かにお知りあらうまで。

(徒)なか〳〵。多分デウスのお事《こと》をば知りまらしてござる。

(師)デウスと申すは何でござるか。

(徒)デウスと申し奉ることは万事叶ひ給ふ、よろづの源、天地森羅万象を造り、それ〳〵の御はからひて、始めもない果しも無い御尊体おん方でござる。

(師)されば、デウスはいくつで御座るぞ。

(徒)いや〳〵。デウスの尊体は唯御一体でござる。

(師)何処《どく》で聞きまらするも其沙汰がござらぬ。兎角三つと聞及びまらしてござる。

(徒)おゝ、其お事でござる。御意の如くデウスのおんことわりに就て三つとも御一体とも聞えまらすれども、三つと申す時はデウスのペルソーナのおん所に当りまらする。又御一体とうけたもるは、デウスのヂビニダートと言つぱ、御尊体に相叶ひ給ふとキリシタン皆合点仕る。

（師） 然れば其沙汰を細かに語つてたもれ。

（徒） 緩怠ながら仰せの如く、お前で吾等が分知に従つて導かる、為申上げまらせうず。先づデウス無量無辺のおん智慧、御計らひ、不たいの御安楽、御愛憐、御柔和又量りましまさぬ万づの御善徳、其御尊体に籠り給ふこと、是亦御一体の所もゼンチヨにまでも明白ぢや。さり乍ら三つのおペルソーナは格別のキリシタンたる者の分別でござる。（下略）

右の様な次第でこれから十戒の事に及ぶ。所謂十条のマダメント即ちデウスよりの御掟之事の内、「第一、御尊体のデウスを万事に越えて御大切に存じ敬ひ尊み奉る事」の話から始まる。

（徒） さて、一番の御掟に就ての咎を申し現はす所に、先づ二三度ゼンチヨとキリシタンの取沙汰に就き物語を承《うけたも》つて一世界のキリシタンの数ゼンチヨの数に比べて見れば水の一雫大河に比ぶる如くぢやと耳に入つた時は「ハッ、これは何としたことか」と思うて兎角キリシタンの事に就て不審が起つて疑ひまらしてござる。（中略）

又一度躬が息子が深う煩うた時、其難儀逼迫に窮つてキリシタンの心で一心《いっしん》不乱《ぶらん》に、其子が命の助かり永らゆる様にデウスを頼みまらしたれども其益が御座らいで死ぬる程の煩ひや否やと知る為に、算を置きまらした。それにつけても其難儀さに責められて息子を失はぬ為め、ゼンチヨの意見を聞いて、山伏を呼寄せて子の上に祈り祈禱をさせ、札守《ふだまぶ》りも掛けさせまらしてござる。これは眷属の前でのこと丶、又近辺衆の聞こえた所で、キリシタン衆（マヽ）、ハッ、キリシタンたる者はべちの咎を仕つてさへ悪いが、難儀の時ゼンチヨの様に祈りなんどを仕る事沙汰の限りぢやと皆見限つて申されたところで、躬が過まりが尚深うなりまらした。これは二度でござつたに、一度はゼンチヨの神仏を頼もしう存じて、ま一度は役に立たぬと存じながら知り人《うと》ゼンチヨより勧められて致しまらした。

又此中《このぢう》将軍様の御法度に従つて其奉行都より下られて善悪この辺りのキリシタン衆を転ばせうとて皆に判も据ゑ、キリシタンの行儀をさし置け、せめて上向きになりとも転べと切りに勧められたに由て吾等が女房子供の命を逃れうずる為に遂に口ばかりで転びまらした。

（師） 上向きばかりでも転ぶ者がそれを言戻さいでならぬが其分であつたか。

（徒） いや、まだでござる。それこそ深う悲しうござりまらすれ。兎角其奉行キリシタンの事を打崩いてからは其儘上（へ）罷り上られてござるさかひに、何もえ致しまらせいで今迄此分に罷りゐるが、御意見お頼みまらする。（下略）

斯くて順々に二番三番の掟に移るのであるが、「デウスの尊き御名に掛けて空しき誓《ちかひ》

すべからず候事」ともある、二番の御掟に対して懺悔して云ふには、

(徒)(上略)又ばくち打に負けて、相手に金三百目を取られたに由て身を呪うて赤癩《しやくらい》、白癩《びやくらい》にかぶらう、一期の間に、も打つまいと約束したれども、其後二三度打ちまらした。さり乍ら一度は強ひられて慰みにばかり金を懸けいでござつた。二度は下手の金をば必ず取らうとて致しまらしたれば、兎角互に勝ち負けとは御座らなんだ。

次に「四番《しばん》の御掟《ごおきて》について」の咎を犯したに対して左の如き懺悔がある。

(徒) 私が女房も子供も親も持ちまらした者でおぢやる、さうで御座れば姑とおよそ仲ちがうてゐまらする。其仔細は、それが意地が悪うて子供か女房にか或は意見或は折檻を加ゆる時あれ得堪《こら》へられいで泣叫び狂はれまらするに由てでござる。又女房夫婦の契りに偏気せらるゝ時も定めてぬしが母の言付であらうと推量して、それでも一向叱りまらする。(中略)又余り永らゆるあの年寄が早う死ねかしと再々心底より存じまらした。(中略)何か気遣ひ怪我煩ひに遭はれかしと望みまらしたが二度でござつた。

即ち「父母に孝行にすべし」とある第四戒を犯したに就ての懺悔である。更に進んで邪婬戒の条になると頗る立入つた所までを懺悔してあり、其破倫卑猥なことは到底明らさまに口筆に上ぼし得べきでないのに、さりとては思切つたもの哉と驚かれる。又

本書の末の方に「慈悲の所作に対して」と題する条に面白い一節が見えるから、序でに抄出しよう。

　私、鉄砲薬を作る者でござればオランダのエレヘス、海賊人に其薬を売り、そのうへ兵糧、鉄砲、其弾、石火矢《いしびや》、海戦の道具をも皆尋ね出し、其為に買ひまらしてござる。兎角あれらは転びキリシタンと、又海賊の者なれば、定めて左様にもした事を売り、通事《つず》するが、おん戒めでござらうと推察いたし乍ら四年の間にしつゞきまらした。（下略）

何やら天草の乱の暗示の様にも聞える。

右の如くコリャードーの『懺悔録』は、我国の耶教史料として有益であるばかりでなく、風俗史料としても面白く、口語史料としては屈竟である。以上挙げた師徒両人の問答は宛然吾人が狂言で聞く所の言語で、又天草吉利支丹版の『平家物語』中の琵琶法師き一と主人右馬ノ允との対話その儘であり、同時に文禄旧訳の『伊曾保物語』の言葉とも同式で、更に一層疎末な文句がある所に却て興味を覚えしめるのである。本書の価値も亦此点に存する。

　本書は日本語と羅典語と対照して印刷してある。即ち国語は羅馬字を以て左面に、羅文は伊太利字を以て右面に摺つてある。扉紙、序文、正誤表を加へて、全文凡六十六頁ある。扉の上に見える書名等は次の通りだ。

日本の言葉にようコンフェッションを申す様体《やうだい》と、又コンフエソルより御穿鑿めさる、為めの肝要なる条々の事。談義者の門派のフライ・ヂダコ・コリャードーと云ふ出家羅馬に於て之をしたて者なり。一六三二。

出版の年は我国の寛永九年にあたる。其下には略々同意の羅文を記るす。読者に対する例の序文は羅文のみで綴り、同年七月八日附で羅馬に於て誌してある。一種の日本語学書に充てる目的で編したのである。

本書の編者コリャードー Didaco Collado は西班牙生れのドミンゴ派の宣教師で、一六一九年（元和五年）日本に向ひ我国で邪宗禁制の厳重であつた最中に於て、布教に身を委ねて居たのである。数年の後一六二五年（寛永二年）宗派の用務を帯びて羅馬に使ひし、滞在中『日本文典』と『日本辞書』を出版した。『懺悔録』を公刊したのと同年頃で、共に羅典文で編んである。日本語学者としては耶蘇会派のロドリゲーズに次いで有名であり、其著述も世に聞えてゐるが、とても口師には及ばない。別に支那辞典の著もあるが、これは我が未見の書である。一六三五年（寛永十二年）帰東後マニラに航海中、暴風に遭つて破船した際、自分は身を以て助かることが出来たにも拘はらず、同船者に末期の宣教をした為に衆と共に溺死した。それは一六三八年（寛永十五年）のことである。

此『懺悔録』は西洋の図書館などには珍らしくはないのみならず、今は我国にも伝はつてをる。殊に一八六六年パジェーが巴里で翻刻した本もあるから、知つてをられる人々も少くあるまい。

乾坤弁説の原述者沢野忠庵

往時遠西より伝来した吉利支丹が我国の文化に及ぼした影響については、功過共に挙ぐべきであるが、茲には姑く問題の範囲を縮めて異教の禁圧益々峻烈を極めた寛永年度以来、官憲に捕へられて止むを得ず転宗又は帰順した結果が主な縁となつて本邦学芸の発達に資し或は幕府当代の弁用に供せられた南蛮宣教師の事蹟に関して述べて見ようと思ふ。是等極東布教の末期に方り、健気にも渡航した伴天連のうち、其名の聞え其事の伝ふべきものは、先づ御国振の名を冒した沢野忠庵、岡本三右衛門の両人とヨワン・バッティスタ・シローテとに止まると云つてよからう。この最後の伊太利出の聖《サン》フランシスコ派の伴天連、原名ヂヨヴンニ・バッチスタ・シドーチ（Giovanni Battista Sidoti）が新井白石に調べられた始末は、著名過ぎて茲に説く要はない。次に、此伊人と同じくシチリヤ島の出身で而も郷里も殆ど一処なる岡本三右衛門は、白石等によつてコンパニヤ・ジョセイフ、或はジョセイフ・コウロと呼ばれ、原名をヂュセッペ・キアラ（Giuseppe Chiara）と称する耶蘇会派《コンパニヤ・ジエス》の宣教師であつて、延宝三年には宗門之書物三冊を編して奉り、同六年には官庫所蔵の天地之図の説明及修理に任じた事もある。殊に「教法の大要」等を認めた右の書冊が後年白石に利用されて、奇縁にも同郷の後輩の究問に資せられたことは『西洋紀聞』等に見える通りである。其墓石の如きも先年史蹟探究者の調査に上ぼつた所である。彼及其同僚の捕縛糺明等の顚末は内外の記録史乗に悉くしてあり、幽囚の事情は切支丹屋敷の沿革と離るべからざる関係を有つて居る。而して尚彼等の糺問には、今茲に主として叙述せんとする沢野忠庵といふ葡萄牙生れの転び伴天連が、本邦の訳官と共に通詞の任に当つたことを一言して置くの要がある。

　沢野忠庵は、本名クリストワン・フェレイラ（Christovão Ferreira）といひ、其著『顕偽録』の奥書には片仮名で、キリストワン・ヘレイラと見えて居る。葡萄牙の北部 Torres Vedras 生れの耶蘇会派の伴天連で、西土の宗教史籍では背教者として名高い。シャールヴアの『日本誌』には、我国での通称として江戸チューア（Yedo Tzua）の名を揚げてあるが、江戸忠庵の転訛であらう。又モンターヌスの『日本紀』にはショーワン（Syovan）として和蘭海員の審問の際等の通訳に其名屢々見えて居る。これは蘭人の発音の訛りである。彼が宗門の目明であつた所から、パジェーの『教史』の細註には西班牙語で Juan de las Llaves（鍵のホアン）の称を伝へた。これは我邦で目明忠庵と呼んだのを訳したに違ひない。

忠庵の本邦渡来は『乾坤弁説』の例言に日本在住四十年とあるのと、クラッセーの『基教史』に日本宣教二十四年、パジェーの『史』に同二十三年とあるのとに由つて逆算し、略々慶長十六七年即ち西紀一六一〇年代の初頃であらうと推定する。尋いで元和年中彼が上国及平戸に布教して名声を博し効果を収めたことは、シャールヴアやパジェーの記るす所で分明である。その捕縛される迄の二十余年間「此法ヲ万民ニ教ンガタメ多年ノ間、不厭飢寒労苦《きかんらうくをいとはず》、山野《さんや》ニ隠形《かたちをかくし》、不惜身命《しんめいををしまず》、不怖制法《せいはふをおそれず》、東漂西泊シテ此法ヲ弘」めて居た事は、自ら『顕偽録』の首めに述べ、又向井元升が『乾坤弁説』の序文に記るした如くである。逮捕の年は西史皆一六三三年（寛永十年）となし、『長崎港草』（巻一）などには、寛永五六年から稍々下つての頃としてあるけれども、畢竟同一に帰するわけである。但しパジェーの『教史』及『書目』によれば一六二七年（寛永四年）より一六三二年（寛永九年）に至る年度に、殆ど毎歳一回の報告書を認めて居り、現に捕縛の前年一六三二年三月二十二日（寛永九年二月二日）に書いた葡文の消息がパジェーの『史』の附録に見える位であるから、彼の捕へられたのは西史に従つて其翌年とする方が正しい。追捕の地は、パジェーには大阪とし、護送されて西暦九月二十四日（我八月二十一日）長崎に着いて牢獄に投ぜられ、同十月十八日（我九月十六日）他の宗徒と共に酷烈なる苛責を受くるに至つた。他の伴天連等は布教史上に殉教者の名を遺して命を終つたのであるが、フェレイラは、是迄の信仰徳望豪毅に似もやらず、生を得て遂に転宗を肯じたのである。転宗以後彼の閲歴は断片的ながら通信や風説で西土に伝つたらしく、上記の諸基教史にも、或は受禄就職の事を記し、或は長崎在住の状を叙し、又彼を惜むあまり、其悔悟改信を勧むる為に、旁々布教師を再三我国に派遣した事情などを載せてある。中には其後彼の改心刑死を信ずる者もあつた様で、フェレイラの転宗は余程重きを置かれたのであつた。それも彼は最後に教区管長《プロビンシャル》の要職を務め、自ら称して日本天河司罰天連と云つた程であるから、南蛮の徒も其変節を遺憾としたに違ひない。

シャールヺアによれば、彼が嚮に属官ともなり相談役ともなつた伴天連セバスチアン・ギエイラ（S.Vieyra）が一六三四年（寛永十一年）江戸に護送された時、彼も同伴して東都に往つたが、間もなく長崎に帰り、其名を江戸忠庵と呼び、日本服を着して居たと云ふ。細井広沢が享保十二年に写した『測量秘辞』と題する書を見ると、長崎の盧草拙（同十一年七月二十五日附答書）は、

　沢野忠庵は本南蛮人にて日本へ帰化仕候而日本形に成申候。忠次郎名キ（?）居申候。京都に在住申候を板倉様（周防守重宗）御所司の時分御吟味之役に付公儀より三十人扶持被下候而長崎五島町に被召置候而宗門の目付に被仰付候（中略）只今御屋敷に相納申候町々の宗旨踏絵帳面は先年は右両人（忠庵了順）方へ相納申候（下略）

と記るし、『長崎港草』にも忠庵等を邪宗の目明《めあかし》と名付けて転宗者帰正の証人に立た

しめる様にして年給を与へた事を載せてある。尚彼が踏絵の類を以て教徒検出の具に供した事はパジェー一六四一年の条にも見える。斯くて邪宗の禁制を益々厳にし且つ外国渡航の禁止を令した寛永十三年の九月には、忠庵は宗門所秘の大綱を挙げて真偽を顕はし是非を論じて、『顕偽録』といふ一書を草した。加賀の禅僧慧春の成れの果なるハビアン（Fabian）が帰正して元和六年に編した『破提宇子』に次いで最も古い破邪の書であるが、忠庵が亦転宗後禅宗となつたのも奇遇のみとは云へまい。禅僧雪窓が正保五年頃草した『邪教大意』（『南蛮寺興廃記』附録）は、この『顕偽録』の内容を摘録したとも考へられる程似てゐるけれども、二書直接の関係を速断することは出来ない。然し元来右の雪窓宗崔といふ僧は、長崎の臨済派禅刹なる東明山興福寺の開山とも云ふべき雪窓と同人ではないかと思はれるが、如何であらうか。『長崎港草』（巻十二）によれば正保四年豊後の僧雪窓旨を承けて此寺に来り説法をしたとあるので、察するに此時代に其筋の奨励にあづかり、或は命を奉じて破邪の説教を勤めた僧侶の一人ではなからうかと考へる。徹定和尚の『闢邪管見録』（下巻）には南禅寺雪窓とあり、此頃上方辺に同名の禅僧の生存は『一糸語録』などを見ても知られるから、結局の断定は附けかねるのである。次に岡本三右衛門が教法の大要を認めた宗門之書三冊なるものも、同種の破邪書に相違ない。『西洋紀聞』及『采覧異言』や『査祆余録』にも同書の事が見えるが、『契利斯督記』の下半部に掲げた明暦年中の取調書も内容の真義に於ては右の成書に変らぬと思ふ。『西洋紀聞』下巻の半ばも亦シローテが説いた宗法の大意に外ならぬと見做し得るのである。之を要するに、忠庵の『顕偽録』は梅庵の『破提宇子』及雪窓の『邪教大意』の間に出来た此種の書物の随一であつて、徳川時代初期の斥耶書としては、前後の二書及鈴木正三の諸著とは違つて外人の邦文著述だけに最も珍重すべきものである。徂徠の『政談』（巻四）に「吉利支丹宗門ノ書籍ヲ見ル人無キ故ニ其教如何ナルト云ヲ知ル人無シ……御庫ニ有ルヲモ儒者ドモニ見セ置レテ邪宗ノ吟味サセ度者也」とあるが、必要ある時には是等の書が相当の用にたつことは、白石が糺問の場合でも能く分る。達識の白石には教法の真意は理解された様で、三右衛門の著を読んで「布教が強ち反逆の謀にて無之趣」を弁じた書だと云つた程である。

　忠庵が日本語に通じ、『太平記』等の書を読習つた事は、『乾坤弁説』の凡例及盧草拙の答書に見える通りで、現に其作の『顕偽録』と右天文書の本文とが構文の能を示す。かの破邪の筆録の奥書に「細欲記之不解文字、審欲言之、依五音別而寡義乎」と怪しげな擬漢文で自白したが、この告白の文章も本文も代筆である。草拙の答書や『弁説』の凡例にある様に、筆写は覚束なかつたのである。さて読書構文の力が右の如き風であつたとすれば、談話説法に熟して居たことは言ふまでもない。従つて訳官をも兼ね、屢々鎖国後密航渡来の外人に対して通訳を勤めたことは、洋籍に詳記する如くで、教史には、彼を蘭人の書記兼通辞と呼んでをる。シャールヴァ及びパジェーに拠るに、一六三七年（寛永十四年）一六三九年（寛永十六年）及一六四二年（寛永十九年）には密航の伴天連が忠庵を法廷に見掛けて、或は痛罵し或は極諫したこともあり、或は書を送つて改信を迫つたこともあつたが、忠庵は悔悟しながらも従はなかつたと云ふ。是等の場合にも、審問の通弁には彼が当つたのである。殊に史上に名高いのは、一六四三年（寛永二十年）ジョセイフ岡本三右衛門等の一行が筑前大島に来航して捕へられ、長崎から江戸に護送されて審問された時の事である。其時目明忠庵は、南蛮通事名村八左衛門、西吉兵衛と共に有司に従つて、囚はれの伴天連どもに附添ひ江戸に来た所が、偶々奥州南部の浜に漂着した阿蘭陀の探検船の船員十名が捕へられた事件が起つた。蘭人が南蛮人と誤認され吉利支丹として取扱はれたのである。従つて両事件は相関連した密謀と考へられて、江戸では厳しい詮議を受くる次第となつた。事件の大体は長崎及南部の史乗、『徳川実紀』や『通航一覧』等に見えるが、委細はモンターヌスの『日本紀』後篇に悉くしてある。忠庵が目明兼通詞として南蛮の教徒を訊問し、紅毛《オランダ》の海員を取調べた始末は、同書中に詳かである。蘭人が江戸に護送される前、南部に派遣された僧形の訳官があつて、西班牙語を能くし、葡語にも達し稍々蘭英二語にも渉るとあるのは、忠庵の事ではない様である。彼等は此者を西班牙人の背教者と呼んだ。彼我の記録上月日の対照に由ると、長崎よりの一行が着府以前に此者等は派遣されたらしいのである。斯くて審問の末に岡本三右衛門等は転宗して吉利支丹屋敷に幽囚され、海船の諸員は嫌疑晴れて赦免される、之に先つて訳官忠庵は賞せられて、帰西すると云ふ段取りになつた。但し我国の記録には、海員の中若干人は江戸に留置かれて火技伝授に従事したとあるけれども、モンターヌスには其事を伝へてない。兎に角、同年(寛永二十年)五月末より約半年に亙る二大事件は一先づ落着したわけである。尚ほ数年後、正保四年六月、長崎に南蛮船二隻入港したのに和蘭甲比丹《カピタン》が予め之を注進しなかつたことがある。乃ち翌慶安元年井上筑後守重政が再び西下して、又もや目《め》明《あかし》忠庵を以て蘭人を詰つて、答書を出さした。斯様な関係は他にもまだ存するのであらうが、伝はらない。

　以上忠庵が関係した諸件の中で、最も主要なるは、岡本三右衛門等審問の時である。『乾坤弁説』の序文に由ると、彼等の中、天文に精しい者があつて天文書を井上筑後守に差出した、筑後守は二三年後之を忠庵に下して翻訳させた、彼は之を倭訳するに当つて、我国の文字が書けぬので洋字で、写取つた、通辞西吉兵衛が命を奉じて洋字を読むと、傍から向井元升が之を筆記して出来上つたのが、『乾坤弁説』中の本説であると云ふ。向井の序にも、忠庵が天文の学に精しい事を述べて居るのでも解るが、彼の翻訳は単純な翻訳とは見えず、余程自分の考をも挟み、和漢の旧説をも参照して居る。訳文に日本の事を我朝と唱へた位日本的になつて居る。然し骨髄に至ては、遠西の伝襲的星学説を脱しない。元来、往古欧洲諸大学では僧俗共一般に天文学の智識を授けられた者で、其点は漢学者にも相似の所がある。極東に渡来した宣教師の中にも、斯学の造詣深き者があつて、支那の様な学問好きの国に到つては、利瑪竇《マテオ・リッチ》等をして名を成さしめたのである。日本に布教した者でも、開拓者のシャギエルを始め、天文算数の理を以て邦人の心を収めようと企てた者がないではなかつた。又法網を潜つて密航を企てる様に成てからは、実際上斯学の運用は益々必要になつて来たわけである。斯る因縁で忠庵の天文書は、彼処まで進んだのであるが、此頃には西説に基いた漢訳天文学書の如きも日本殊に長崎辺に入つて居たので、寛永七年の禁書以後と雖も其学説を根絶することは出来なかつた。『先民伝』中の談天家を見ても林以下関、小林、小野等西学に関聯して居ることは争はれぬ。斯う云ふ崎陽の学問界に吉利支丹から離れた天文学が、忠庵や其訳書によつて、変形して入込んで来た。西川如見の如きが、此裡から生れたのも偶然ではない。

忠庵の本説に対して南蛮学家の所論を弁駁したのが向井の『乾坤弁説』四巻である。忠庵の原序が慶安三年、向井の序文が長崎で明暦己亥とある。明暦四年戊戌既に万治元年と改元し、而も是年向井一家は長崎から京都に移住したのであるから、右序文の年月干支場所は矛盾極まる。此点は疑惑を起させるけれども、元升の子元成と同学同友の廬草拙の答書や其の案で其子千里が編した『先民伝』を信じれば、本文の弁説者を疑ふことは出来ぬ。然るに、忠庵の天文書には、又別の写本が存する、即ち向井の『弁説』を添へない二冊本で、『天地論』、『南蛮運気論』等の書名を以て伝へられた。此別本の成立については『測量秘辞』中の廬草拙答書に、

長崎に仮名天文鈔と申書二冊諸人皆写し置申候書物御座候。又は三国運気通要鈔とも題し申候。随分天文の道理分明に聞へ申候。此書は先年浅野長済様と申医師江戸より御下り被成候て、南蛮の目付沢野忠庵に被仰付候て、西洋の天文の学の趣を被為書候。其の節忠庵は元より日本文字は読申候得共、和字を綴義は成申さす候に付、光源寺住持松吟と申僧筆訳仕候。就夫此書を世に光源寺天文書とも申候。松吟が本筆の書物は吉村郷右衛門が方へ所持可仕と奉存候。此者祖父は末次平蔵家来に而候付其節末次平蔵方へも松吟直書納り申候。其書を相伝居申候。且つ又此二冊の書の内を段々挙申候而弁破致候書物を乾坤弁説と申候而四冊御座候。是は只今の元成が親に元升と申候者御座候、後は京都に上り大医の名を振申候、此人撰作致申候。然共天文の難破に於て不分明の儀も有之候。

とあるので明かである。之に由て考へると、右の書物は忠庵の翻訳書ではなくて、自著らしく見える。翻つて考へて見ると、向井元升の序文は、或は後人の所為であつて、其文辞の拙劣は干支の錯誤と相竢つて自作ではなく、忠庵のは翻訳でなくして撰述であると云ふ考を起させる。況んや『乾坤弁説』中の本説が余りに翻訳を脱して居るの

を見ても、益々斯る考を強めるのである。盧草拙の答書に、

乾坤弁説の事は定而向井氏（元成）より先年御借被成候半と奉存候。此後は懸御目候節大意可申上候。是には少々子細も有之事御座候。

とあつて、盧向井両氏に質問した渡辺軍蔵あたりからも江戸にも伝はり、前記の『天文鈔』と共に西学弘布の一端ともなつた。但し最早享保年中であるから、漢訳天文学書の舶載は許可されて居た頃である。さて右の始末であるとすると、忠庵の蛮字和語『天文鈔』の筆訳者は、向井氏では無くて、僧松吟である。この僧は、柳河から長崎に入込んで寛永八年頃、光源寺（真宗西本願寺末寺）を建て、教化に従事した者である。尚長崎の談天家たる林門の高足小林謙貞にも『二儀略説』、一名『一輪論』といふ天文書二巻があつて、矢張忠庵流の説方をしてある。是等大同小異の諸別本の対校及伝統の考究は茲には略する。忠庵には天文の弟子は無かつたけれども、其所説は学者間に珍重され、却て向井の『弁説』よりも優れて居ると認められた。

天文の上で南蛮の旧説が和蘭の新説に由て改進せられる様になつたのは、所謂蘭学開始後の事に属し、西に本木、志筑の先覚出で、東に高橋、間の俊才現はれてからの事には相違ないが、元禄前には蘭国舶載の天地図あり、元禄中にケンペルの指導あり、元文中には北島見信の『紅毛天地二図贅説』ありて、蘭説の萌芽は見えて居たのである。然し天文は医術ほど人生に適切でないから、革進の期は大分後れ、南蛮流の天文

説は、漢訳の同系統の星学と共に後世まで持囃されたのである。

医術は天文よりも早く南蛮系を脱して紅毛流に移つた。而して南蛮流外科に在ては、忠庵も亦始祖の一人となつて居る。盧氏の答書に忠庵は外科の弟子はあるが、天文の弟子はないとある通り、『先民伝』にも医流のみを挙げ、西玄甫（吉兵衛）半田順庵を其門下としてある。而して両門人とも、一家を成して従遊者は非常に多かつた。玄甫と交厚き杉本忠恵も矢張南蛮流であつて、寛文の初め江戸に徴されて侍医になつた。盧氏の書に、この者は沢野忠庵の婿であると云つてある。西氏も亦杉本に接踵して江府に上り、侍医に擢でられたのであるから、忠庵流は一時蔓延したものと思はれる。当流の外科書も伝はつて今に存して居る。

前述の如く忠庵は宗門（日明と通詞）と天文と外科との三事に関係して、当代相当の寄与をしたものと云つて差支ない。無論彼等耶宗の徒の余業たる方技に向つて、多きを又深きを求めることは出来ないのであるから、其徒相応の貢献に止まるのは当然である。然し彼の転宗に至つては、吉利支丹道徳から見ても日本流の倫理観から云つても、非難する価がある。シャールヴァの『日本誌』一六五〇年（慶安三年）の条下に、彼稀に自由を得て長崎に在住し、破廉恥で富有な唐人の寡婦たる日本婦人を娶つたが永く同棲もせず又軽浮で一定の地位に留まらず、人から擯斥されて交る者もないとあるのは、多少憎悪心からの評でもあらうが、いくらか当つて居ようと思ふ。盧氏の答書に、忠庵には忠次郎といふヒロウト（案針《ピロート》）の功者があると出て居る。これに前記の杉本忠恵に嫁した娘を加へて、少くとも二人の子があつたわけである。

西史には一六五二年（承応元年）フェレイラの刑死を伝へて居るが、刑死と云ふのは西土の宣教師輩が彼の終りを完うさせようとする為の附会といふ説もある。『乾坤弁説』の序に由ても明暦己亥以前に「斃」るとあるから、刑死は事実かも知れぬ。承応元年が彼の歿年であるとすれば、行年は一五八〇年（天正八年）生れの七十三歳である。クラッセーの『史』に、彼を八十余年の命を保つとしたのは誤であらう。

山田孝雄（やまだ　よしお）

明治六年、富山に生れる。中学校を中退後、教員検定試験を通って中学の教職に就きながら、国語学を中心とした幅広い分野で、国文法研究に先鞭をつける「日本文法論」をはじめとする業績を挙げ、その後東北帝大教授、神宮皇学館大学学長を経て、昭和十九年に貴族院議員に補せられる間には、「平田篤胤」「国学の本義」等を著して近世の国学の精神を説く。公職追放の処分をうけた戦後も、それまでに収めた諸成果を綜合した旺盛な著述活動を展開し、昭和三十二年に文化勲章を受章するが、翌年に歿した。「俳句」誌に発表の論攷を主とした「俳諧語談」は、歿後の同三十七年の出版にかかり、各篇の終りに附す注は、息の山田忠雄による。

新村　出（しんむら　いずる）

明治九年、山口県に生れる。第一高等学校を経て東京帝大で言語学を専攻し、同大において、次いで京都帝大に転じ、多年国語学を講じて後進の教育に当るとともに、国語史の実証主義的な研究と併せて語源研究に卓れた創見を示す。前者は「東方言語史叢考」に、後者は「東亜語源志」「琅玕記」に集成され、それらの論考は岩波書店版「広辞苑」の編纂に反映されているが、他方で早くから南蛮関係の資料の考証、紹介につとめ、その文化史的な考察を「南蛮記」として大正四年に刊行したのに続いて「南蛮更紗」があり、その他、書誌学、伝記研究等、作歌も能くしたその業は広汎に亘る。昭和三十一年に文化勲章を受章し、同四十二年歿。

近代浪漫派文庫　18　山田孝雄　新村出

二〇〇六年十一月十三日　第一刷発行

著者　山田孝雄　新村　出／発行者　中井武文／発行所　株式会社新学社　〒六〇七―八五〇一　京都市山科区東野中井ノ上町一一―三九　印刷・製本＝天理時報社／DTP＝昭英社／編集協力＝風日舎

ISBN 4-7868-0076-7

落丁本、乱丁本は左記の小社近代浪漫派文庫係までお送り下さい。送料小社負担でお取り替えいたします。
お問い合わせは、〒二〇六―八六〇二　東京都多摩市唐木田一―一六―二　新学社　東京支社
TEL〇四二―三五六―七七五〇までお願いします。

◉近代浪漫派文庫刊行のことば

文芸の変質と近年の文芸書出版の不振は、出版界のみならず、多くの人たちの夙に認めるところであろう。そうした状況にもかかわらず、先に『保田與重郎文庫』（全三十二冊）を送り出した小社は、日本の文芸に敬意と愛情を懐き、その系譜を信じる確かな読書人の存在を確認することができた。

その結果に励まされて、専ら時代に追従し、徒らに新奇を追うごとき文芸ジャーナリズムから一歩距離をおいた新しい文芸書シリーズの刊行を小社は思い立った。即ち、狭義の文学史や文壇に捉われることなく、浪漫的心性に富んだ近代の文学者・芸術家を選んで四十二冊とし、小説、詩歌、エッセイなど、それぞれの作家精神を窺うにたる作品を文庫本という小宇宙に収めるものである。

以って近代日本が生んだ文芸精神の一系譜を伝え得る、類例のない出版活動と信じる。

新学社

新学社近代浪漫派文庫（全42冊）

❶維新草莽詩文集
❷富岡鉄斎／大田垣蓮月
③西郷隆盛／乃木希典
④内村鑑三／岡倉天心
⑤徳富蘇峰／黒岩涙香
⑥幸田露伴
⑦正岡子規／高浜虚子
⑧北村透谷／高山樗牛
⑨宮崎滔天
⑩樋口一葉／一宮操子
⑪島崎藤村
[12]土井晩翠／上田敏
⑬与謝野鉄幹／与謝野晶子
⑭登張竹風／生田長江
⓯蒲原有明／薄田泣菫
⑯柳田国男
⑰伊藤左千夫／佐佐木信綱
⑱山田孝雄／新村出
⑲島木赤彦／斎藤茂吉
⑳北原白秋／吉井勇
㉑萩原朔太郎
㉒前田普羅／原石鼎
㉓大手拓次／佐藤惣之助
㉔折口信夫
㉕宮沢賢治／早川孝太郎
㉖岡本かの子／上村松園
㉗佐藤春夫
㉘河井寛次郎／棟方志功
㉙大木惇夫／蔵原伸二郎
㉚中河与一／横光利一
㉛尾崎士郎／中谷孝雄
㉜川端康成
㉝「日本浪曼派」集
㉞立原道造／津村信夫
㉟蓮田善明／伊東静雄
㊱大東亜戦争詩文集
㊲岡潔／胡蘭成
㊳小林秀雄
㊴前川佐美雄／清水比庵
㊵太宰治／檀一雄
㊶今東光／五味康祐
㊷三島由紀夫

※白マルは既刊　四角は次回配本